Sie möchten keine Neuerscheinung verpassen?
Dann tragen Sie sich jetzt für unseren Newsletter ein!

www.ylva-verlag.de

Weitere Bücher on Clare Lydon

Biete Hoffnung, suche Glück

Das Gefühl von Liebe

Bevor du sagst »Ich will«

Übersetzung aus dem Englischen
von Olivia Swann

Weil es immer noch Liebe ist

CLARE LYDON

Kapitel 1

Ich hatte die falschen Schuhe an. Meine neuen, marineblauen Brogues scheuerten bereits, dabei war ich nur bis ans verdammte Auto gelaufen. Heute waren sie jedoch die geringsten meiner Sorgen.

»Wir schaffen das. Wir werden das sowas von schaffen.« Gemma beugte sich herüber und legte ihre frisch manikürte Hand mit den kurzen, akkurat dunkelrot lackierten Nägeln auf meine.

»Du wirst das überstehen. Ich weiß, dass es ein schwieriger Tag ist und Kerry uns gestern Abend auch noch völlig damit überrumpelt hat, dass Du-weißt-schon-wer auch kommt, aber heute geht es nur um James und Kerry, in Ordnung?«

Ich lächelte Gemma verbissen an. Ich fürchtete, dass ich ihr widersprechen würde, falls ich den Mund öffnete.

Draußen hatte der Morgen seinen Höhepunkt erreicht, die Sonne knallte heiß auf das Autodach, obwohl es gerade mal halb zehn morgens war. Was ich sah, erinnerte mich an die endlosen Sommertage, die wir vor langer Zeit alle gemeinsam an der Universität verbracht hatten. Sobald das Semester damals vorbei war, die Klausuren geschrieben und die Sorgen abgelegt, brutzelten wir in der Sonne, vollgeschmiert mit mehreren Lagen Kokosnussöl. Mit meinen hellen Haaren und der blassen Haut gewann die Sonne diesen Kampf stets. Selbst das Gras, auf das ich gerade aus dem Auto sah, erinnerte mich an das Universitätsgelände mit seinen makellosen, der Norm nach getrimmten Rasenflächen. Alles war damals so, wie es sein sollte.

Und deswegen im Grunde das genaue Gegenteil von diesem Morgen. Denn heute begruben wir James. Den ersten aus unserer Freundesgruppe, der gestorben war.

»Ich versuche ja mich abzulenken, aber meine Gedanken jagen ständig von einem Desaster zum nächsten. James, Maddie, James, Maddie.« Ich vergrub mein Gesicht in meinen Händen. Sollte Maddie mit einer wunderschönen Frau hier auftauchen, würde ich auf der Stelle sterben. »Ich brauche etwas zu trinken und es ist nicht einmal zehn Uhr. Habe ich bereits erwähnt, dass das hier ein dummer Ort für eine Beerdigung ist? Im Krematorium dabei zu sein ist doch morbid.«

Gemma tätschelte mein Knie, während ich die Hände aus meinem Gesicht nahm.

»Nur ungefähr siebenundvierzig Mal allein auf dem Weg hierher.«

Meine beste Freundin warf mir einen Blick zu, bevor sie ihre kurzen, dunklen Haare betastete. Sie hatte sie erst diese Woche geschnitten und musste sich noch an den neuen Haarschnitt gewöhnen. Jeder auf der Arbeit sagte ihr ständig, sie sähe aus wie Halle Berry in dem James-Bond-Film. Gemma sagte darauf, sie müssten ihre Vergleiche mal modernisieren, aber ich riet ihr, sich lieber auf den Aspekt zu konzentrieren, dass sie für ein Bond-Girl gehalten wurde.

»Sprich mir nach: Mein Name ist Justine Thomas, ich bin eine erfolgreiche Unternehmerin und eine umwerfende Frau noch dazu.« Gemma wartete einige Augenblicke. »Du sollst mir nachsprechen.«

»Ich bin keine Fünfjährige.«

»Nein«, stimmte sie mir zu. »Aber du bist im Begriff, die Frau zu treffen, die dein Herz vollständig zerschmettert hat, daher fühlst du dich im Moment eher wie mit vierundzwanzig, nehme ich an. Ich möchte dich nur daran erinnern, dass du in der Zwischenzeit aufgeblüht bist, du hast ein erfolgreiches Unternehmen aufgebaut und hast es dadurch in die nationalen Zeitungen geschafft. Du bist großartig.«

Ich lachte auf. »Maddie ist mittlerweile vermutlich eine Millionärin. Du weißt, wie sie war. Ehrgeizig. Entschlossen. Ein Erfolgsmensch.«

»Und was ist mit dir? Du bist all das und reizend noch dazu.« Sie tippte mit einem Finger an den Spiegel meiner Sonnenblende. »Wirf einen Blick in den Spiegel, sieh selbst.«

Ich seufzte. »Ich weiß, dass ich mich gut geschlagen habe.«

»Du musst einfach mal daran erinnert werden, jetzt da Maddie dir bevorsteht.«

»Sie ist kein Unheil, das mir bevorstehen kann. Und die Sache mit ihr ist schon eine Weile her.«

»Ich weiß, aber es ist dennoch passiert und hat seitdem dein Leben beeinflusst.«

Ich runzelte die Stirn, bevor ich mich Gemma zuwandte, die nicht nur meine beste Freundin, sondern seit fünf Jahren auch meine Geschäftspartnerin war. »Danke, dass du dich sorgst, aber ich kann damit umgehen. Ich bin erwachsen und, mehr noch, verantwortungsbewusst geworden. Maddie und ich, das ist ein Jahrzehnt her. Ich werde heute höflich sein, lächeln. Danach muss ich sie nie wiedersehen. Ich wusste, dass das eines Tages passieren könnte und James hat das nur beschleunigt. Verdammt. Warum musste James auch sterben?« Ich lächelte, obwohl mir jedes Mal das Herz ein wenig mehr brach, wenn ich das aussprach.

Ich hatte James wie einen Bruder geliebt. Hinzu kam, dass er tatsächlich viel weniger nervenaufreibend als mein echter Bruder war. Eine Welle der Traurigkeit überkam mich und ich rief mir ins Gedächtnis: Maddie war heute nicht von Bedeutung, sondern James und Kerry.

Immer mehr Autos füllten den Parkplatz und Trauernde in auffälliger Kleidung kamen an uns vorbei. Ein Mann trug einen Anzug in den Farben der Flagge Großbritanniens. Offensichtlich hatte er Kerrys Nachricht, auf Schwarz zu verzichten, erhalten.

Eine meiner besten Freundinnen war im Begriff, den Mann, den sie dreizehn Jahre geliebt hatte, zu begraben. Ich konnte mir nicht ausmalen, wie sie sich fühlen musste.

Ich räusperte mich. »Sollen wir aufbrechen?« Nachdem ich einmal tief ein- und ausgeatmet hatte, sagte ich: »Ich möchte da sein, wenn Kerry mit ihren Eltern ankommt. Sie wird unsere Unterstützung brauchen.«

Gemma nickte. »Natürlich.« Sie nahm ihren Lippenstift aus der Tasche, klappte die Sonnenblende herunter und zog mit einem Blick in den kleinen Spiegel ihre Lippen nach. »Wie sehe ich aus?«

Sie hatte mir eben erzählt, dass die Marke des Lippenstifts »Brave« hieß, *Mutig*, was mir passend erschien. Im Kontrast zu ihrer weichen, braunen Haut kam die Farbe super zur Geltung. Gemma sah immer großartig aus, egal, was sie trug – und ihr heutiges Outfit war definitiv ein Statement. Ich betrachtete ihre gelbe Hose und das orangefarbene Oberteil, welche sie mit eleganten weißen Schuhen kombiniert hatte. »Wie du aussiehst? Als wärst du das Unterhaltungsprogramm auf einem Kindergeburtstag.«

Sie lachte. »Genau das, was ich im Sinn hatte.«

Ein Klopfen an der Scheibe unterbrach uns. Es war unser Freund Rob, der in seinem tristen schwarzen Anzug und der Krawatte aussah, als ginge er auf eine Beerdigung – und somit genau dem zuwiderlief, was Kerry angewiesen hatte.

Gemma ließ ihr Fenster herunter.

»Na, ihr Zuckerschnecken? Kommt ihr, oder wollt ihr lieber den restlichen Morgen in dieser überhitzten Metallkiste sitzen?« Rob grinste breit. »Ich habe gehört, dass sie drinnen Klimaanlagen haben. An eurer Stelle würde ich mich dafür entscheiden.«

»Sehr lustig«, erwiderte Gemma. »Wir wollten ohnehin gerade aussteigen. Wo ist Jeremy?«

Er verzog sein Gesicht. »Unser Babysitter ist abgesprungen, also konnte Jeremy nicht kommen. Er hat mich gerade in der Stadt abgesetzt. Es tut ihm schrecklich leid, aber er lässt euch grüßen.«

Ich seufzte. Ich liebte Rob und seinen Mann Jeremy, aber seit sie letztes Jahr über eine Leihmutter Zwillinge bekommen hatten, war üblicherweise immer nur einer von ihnen bei etwaigen Anlässen zugegen. Rob war eine Konstante in unserem Leben, da er die Bäckerei gegenüber unserer Backschule in Bristol führte. Wir waren sowohl Unternehmensnachbarn als auch Freunde.

»Und was soll all das Schwarz?«

Er zuckte mit den Schultern. »Ich hatte ein sehr viel kesseres Outfit an, aber die Zwillinge haben sich dreimal darauf übergeben. Jeweils. Schlussendlich war dieser Anzug das einzige saubere Kleidungsstück, das gebügelt war.«

»Rob!«, erklang eine Stimme von irgendwo auf dem Parkplatz.

Rob sah auf und winkte, als jemand, den ich nicht kannte, auf ihn zukam und ihn umarmte. Dies war meine erste Beerdigung, aber mir war jetzt schon klar, dass es wie jedes andere wichtige Ereignis im Leben war, nur ohne den eigentlichen Ehrengast.

Ich warf Gemma einen Blick zu. »Wollen wir los?« Als sie nickte, öffnete ich die Tür und genau in dem Moment, in dem meine Brogues den Asphalt berührten, kam ein brandneuer, roter Mini neben uns zum Stehen. Er hatte abgedunkelte Fenster, Sportfelgen und schrie nach Geld. Wer auch immer dieses Auto fuhr, wollte der Welt mitteilen, wer er oder sie war.

Der Motor des Minis wurde abgestellt, als ich die Beifahrertür von Gemmas Ford Focus zuschlug. Ich hob die Arme über den Kopf und streckte mich. Die Fahrt zum Krematorium hatte nur zwanzig Minuten gedauert, aber ich fühlte mich bereits klebrig vor Hitze. Umso zufriedener war ich, dass ich mich für eine blassblaue Hose, ein kurzärmeliges T-Shirt und gegen eine Jacke entschieden hatte. Ich warf Gemma und Rob über das Autodach hinweg ein Lächeln zu, aber sie sahen mich beide mit einem Ausdruck von Panik im Gesicht an. Was war los?

Eine Autotür knallte hinter mir zu und meine beiden Freunde erstarrten förmlich.

Plötzlich wurde mir klar, wem der Mini gehörte und wer so dringend bemerkt werden wollte. Ich wusste, wer hinter mit stand und der Grund dafür war, dass meine Freunde an einem derart heißen Tag zu Eissäulen erstarrt waren.

Ich schloss die Augen, mein Herz klopfte hart und ich hatte das Gefühl, jedes einzelne Härchen in meinem Nacken würde sich einzeln aufrichten. So oft hatte ich mir über die Jahre diesen Moment ausgemalt und nun stand er kurz bevor.

Ich ballte die Fäuste, die Arme an meinen Seiten, die Angst ein kratzendes Brennen in meiner Kehle. Ich nahm einen tiefen Atemzug, drehte mich um.

Und dort stand Maddie. Die einzige bedeutsame Ex in meinem Leben. Noch immer schlank und großgewachsen, noch immer wunderschön. Noch immer hatte sie gepflegte, volle Augenbrauen. Und wie konnten ihre blonden Haare noch immer in so verdammt glänzenden und perfekten Wellen liegen?

Sofort fühlte ich mich wieder, ganz wie Gemma vorausgesehen hatte, als wäre ich vierundzwanzig Jahre alt. Verloren, verlassen und mit gebrochenem Herzen. Nur war es diesmal so, dass Wut augenblicklich meinen Gemütszustand übernahm.

Ich hatte mich gefragt, wie ich reagieren würde. Nun hatte ich meine Antwort.

Jap, ich hatte vollständig damit abgeschlossen.

Maddie trug eine maßgeschneiderte schwarze Hose, eine schwarze Bluse und schwarze Schnürschuhe. Sie hatte das Memo bezüglich des Dresscodes scheinbar nicht erhalten. Der Gedanke besänftigte mich etwas. Das zeigte überdeutlich, dass sie kein Teil unserer Gruppe mehr war. Das war wichtig. Sie hatte dieses Anrecht vor langer Zeit verloren.

Maddie Kind. Einst die Frau meiner Träume, wurde sie anschließend die Urheberin meiner Albträume.

»Hi, Justine.« Sie fixierte mich mit einem Blick aus ihren durchdringenden grauen Augen und mein Atem stockte. »Schön, dich zu sehen.«

Ich konnte nicht dasselbe behaupten.

Kapitel 2

Wir alle hatten uns an der Universität kennengelernt und es kaum erwarten können, unser Studium zu beginnen; raus aus dem Elternhaus und in das Wohnheim, als lebten wir in einer aufregenden Fernsehserie. Zumindest fühlten sich unsere ersten Eindrücke von Freiheit so an. Wir fühlten uns unbesiegbar, als wäre alles möglich. Denn wenn man achtzehn Jahre alt ist, fühlt sich das Leben nun mal so an: beängstigend, holprig, aber unglaublich.

Das alles erschien mir so lange her. Ich wich Maddies intensivem Blick aus und versuchte, Selbstsicherheit und Ruhe auszustrahlen. Innerlich war ich alles andere als das. Sie wiederzusehen hatte viele Erinnerungen wachgerüttelt, die meisten davon schlecht und aus der Zeit *danach*. Ich wollte Antworten, aber jetzt war nicht der richtige Zeitpunkt dafür.

Außerdem musste ich meine Blase dringend leeren. Ich deutete mit meinem Kopf in Richtung des Eingangs, als Gemma an meine Seite trat, Rob an die andere.

Die Verstärkung konnte ich gebrauchen.

»Ich muss mal auf die Toilette.« Nicht das, was ich mir als ersten Satz an meine Ex vorgestellt hatte, aber wann entsprach das Leben jemals dem, was sich in unserem Kopf abspielte?

Ich ging an einer Gruppe Männer in schwarzen Anzügen vorbei, die sich schon jetzt den Schweiß von ihrem Nacken wischten. James war Anfang des Sommers gestorben. Heute war einer dieser Tage, an denen wir uns normalerweise in dem Pub am Fluss getroffen und gemeinsam gegessen und getrunken hätten. Geschichten aus unserem früheren Leben hafteten der Luft an wie geschmolzener Honig. James' dröhnendes Gelächter. Er war immer der Lauteste gewesen, derjenige von uns, der Aufsehen erregte. Auf eine gewisse Art tat er das noch heute.

Die Toilettenschilder waren aus poliertem Messing und zeigten die schwarze Silhouette einer Frau in einem lächerlich uniformen A-Linien-Rock. Er ähnelte den Röcken, die wir im Nähkurs an der Schule fertigen sollten. Ich hatte orangefarbenen Stoff für meinen gewählt, die Farbe von verbrannten Sonnenuntergängen. Meine Lehrerin, eine freundliche australische Frau, die vermutlich damals so alt war wie ich heute, hatte mir Mut zugesprochen, während sie sich wahrscheinlich insgeheim fragte, wo zur Hölle ich so etwas tragen würde. Zugegeben, es war eine berechtigte Frage. Wo dieser Rock wohl abgeblieben war?

Sobald ich die Toilette betreten hatte, atmete ich einige Male tief durch. Heute würde ein langer Tag werden. Ich würde möglicherweise sogar weinen. Für diesen Fall hatte ich Taschentücher eingepackt. Kerry hatte uns gesagt, dass sie Tränenfluten, Lachsalven und Schnodderbäche den Gang des Krematoriums entlang erwartete. Hatten Krematorien Gänge? Ich war mir nicht sicher.

Das Problem war, dass ich seit Maddie keine einzige Träne vergossen hatte. Damals hatte ich für Wochen ohne Unterlass geweint. Aber seitdem? Ein Jahrzehnt ohne eine einzige Träne. Vielleicht war James' Beerdigung der Anlass, der das ändern würde.

Nichtsdestotrotz wusste ich, dass ich die Toilette wieder verlassen musste. James hätte gesagt, dass Maddies Gegenwart heute nichts daran änderte, was ich in der Zwischenzeit erreicht hatte. Ich war noch immer eine starke Frau. Ich leitete noch immer eine erfolgreiche Backschule. James würde mir sagen, dass ich da rausgehen und stark sein müsse. Es war gerade mal fünf Minuten her, seit Maddie wieder in mein Leben getreten war, und bereits jetzt kribbelte meine Haut vor lauter Nervosität und ich konnte förmlich dabei zusehen, wie mein Selbstvertrauen zur Tür raus verschwand.

Ich würde nicht zulassen, dass Maddie mich überrannte. Ich konnte das schaffen. Wie viele Stunden hatte ich damit verbracht, mir auszumalen, welche Worte ich wählen würde, um Maddie zu sagen, was ich von ihr hielt? Unzählige Zugreisen, hunderte Busfahrten, tausende Schritte auf endlosen Gehwegen hatte ich damit zugebracht. Aber nun war meine Chance gekommen, es ihr zu sagen, auch wenn sich alles durch die zehnjährige Verspätung etwas … abgestanden anfühlte, etwas zu nachträglich.

Maddie zu sehen, in dem Wissen, was alles zwischen uns vorgefallen war, hatte in meinem Körper die üblichen Reaktionen ausgelöst. Aber ich vertraute meinem Körper nicht mehr: Er war schließlich nur eine Ansammlung von Muskeln und Sehnen.

Vielmehr war es mein Verstand, in den ich mein Vertrauen setzte, den ich kontrollieren konnte. Und mein Verstand wies meinen Körper an, sich verdammt noch mal zu beruhigen, wieder da rauszugehen und zu tun, was James von mir gewollt hätte.

»Verhalte dich wie eine Frau, Justine!« Das war James' üblicher Spruch gewesen. Wenn es darum ging, als Feminist Farbe zu bekennen, war James der Anführer der Gruppe, was es nur noch bitterer machte, dass es James war, der als Erster gestorben war.

Zurück im gleißenden Sonnenschein draußen, bemerkte ich, dass Gemma mir zuwinkte. Maddie stand abseits und sprach mit Daniel, der zu Unizeiten auf unserem Flur wohnte. Er hatte damals immer eine Flasche Southern Comfort Whiskey in seinem Zimmer, für den Fall, dass er zu einer spontanen Party eingeladen wurde. Niemand hatte Daniel gemocht und dennoch war er hier, auf James' Beerdigung. Ich hätte wetten können, dass er eine Flasche Southern Comfort in seinem grauen Rucksack hatte. Wer brachte auch einen Rucksack mit auf eine Beerdigung? Wollte er danach wandern gehen?

Ich ging zu Gemma herüber. Rob kam dazu und legte einen Arm um sie. Gemma lehnte sich an ihn.

»Was für ein verdammter Tag! Ich kann nicht glauben, dass ich einen Anzug trage. James hätte gewollt, dass wir alle Shorts tragen, oder nicht?« Rob zupfte an seiner schwarzen Krawatte.

Erst als ich diese näher betrachtete, fiel mir auf, dass sie mit winzigen Rentieren bedruckt war. Ich nahm sie in die Hand und hob eine Augenbraue.

Er schlug meine Hand weg und strich die Krawatte wieder glatt. »Das ist mein Beitrag zum Motto der Feier.« Er rieb mit der Hand über seinen Nacken und ließ den Blick über die Menge schweifen, die sich seit unserer Ankunft merklich vergrößert hatte.

»Hast du schon mit ihr gesprochen?« Rob deutete in Maddies Richtung.

Ich schüttelte den Kopf. »Nicht wirklich. Aber wenn ich es tue, wird es bestimmt gut laufen.« Lügen, alles Lügen.

Ich blickte zu Maddie herüber, die Daniel gerade aufmerksam zunickte. Dann warf ich einen Blick auf ihre linke Hand. Keine Ringe. Und dann gab ich mir selbst eine mentale Ohrfeige.

Um Himmels willen, Justine, es ist vollkommen irrelevant, ob sie einen Ring trägt oder nicht.

Meine Gedanken wurden unterbrochen, als der Trauerzug langsam den tadellosen Asphalt entlangkam. Er hielt vor den dicken, hölzernen Eingangstüren des Krematoriums, die nun offen standen. Eine polierte Mahagonibox war durch die Fensterscheiben des Bestattungswagens sichtbar, aber nichts davon wirkte real.

Ich erwartete noch immer, dass James über den Parkplatz geschlendert kam und sagte, dass alles ein großer Witz war. Dass er uns beschwören würde, runter zum Pub zu gehen, wo er ein richtiges Bier bestellen würde und nicht etwa dieses teure Möchtegernzeug.

Maddies Lachen erschallte genau in dem Moment, als Kerry aus dem Auto stieg. Jeder in der Nähe wandte sich zu ihr um und funkelte sie an. Maddies Wangen liefen knallrot an.

Ich schaute in Richtung des Sargs und zu Kerry. Ihr Gesichtsausdruck war nachdenklich, ihr Kleid zitronengelb und helle, lockige Haare umrahmten ihr Gesicht. Auf den ersten Blick schien sie gefasst.

Emotionen sprudelten in mir hoch. Vielleicht würde ich heute doch weinen. Wenn irgendjemand es wert war, dann James.

Kapitel 3

Die Trauerfeier fand in einem Rugbyclub in der Nähe statt. Gemma lenkte ihren Wagen schwungvoll auf den überfüllten Parkplatz und musste das Lenkrad herumreißen, um zwei anderen Trauergästen auszuweichen, die sie nur um eine Haaresbreite verfehlte. Als sie den Motor ausstellte, stieß sie so geräuschvoll den Atem aus, dass ich wusste, wie knapp das gerade gewesen war.

»Scheiße. Es wäre wirklich etwas schwierig zu erklären gewesen, wenn ich zwei der Trauergäste umgebracht hätte.«

Der Raum im Rugbyclub erinnerte mich an die vielen Sportbars, die wir besucht hatten, als wir an der Uni Hockey spielten. Abgenutzte Teppiche und viel zu viel Kiefernholz, was aber die Lichtflut, welche durch die großen Fenster in Richtung des Spielfelds fiel, wieder wettmachte. Noch dazu befand sich draußen eine Veranda, deren Türen einladend geöffnet waren und auf der verstreut Klapptische standen. Dicht vor der Bar war das Buffet aus Sandwiches, Schweinefleischpasteten, Kuchen und Chips bereits angerichtet. Beerdigungen und Kohlenhydrat-Komas gingen Hand in Hand.

Ein Arm umfasste meine Schultern mit festem Druck und als ich mich umdrehte, sah ich Gemma und Maddie gleich hinter mir. Maddie war allein zu der Beerdigung gekommen, was mutig war. So mutig wie Gemmas Lippenstift.

Sie wiederzusehen löste ein kleines Beben in meinem Herzen aus. Ich war nicht mehr daran gewöhnt, dass sie mir derart nahe war.

»Drink?« Es war eine rhetorische Frage. Ich wandte mich um, lief zu der überlaufenen Bar und bestellte ein großes Glas Weißwein, ohne Luft zu holen. Es war mir sogar egal, dass es ein Stowells war. In der Not kann man nicht wählerisch sein. Als ich mich erneut umdrehte, um Gemmas Bestellung zu erfragen, war ich dankbar, dass Maddie uns nicht gefolgt war. »Ich wünschte, ich könnte mich auf James konzentrieren statt auf sie.« Leichter gesagt als getan. »Du möchtest Cider?«

Gemma nickte und strich über meinen unteren Rücken. »Ja bitte.« Sie hielt inne. »Und du kannst dich auf James konzentrieren – du musst dich nur dafür entscheiden. Außerdem wirkt Maddie nicht so, als wäre sie hier, um Probleme zu machen.«

»Das tut sie aber auch nie, oder?«

Rob trat neben mich. »Ein Pint Peroni für mich bitte, liebste Freundin.« Seine Krawatte hatte er bereits abgelegt und sein Jackett fehlte.

»Wo warst du? Wir haben gewartet und dann erfahren, dass du schon eine andere Mitfahrgelegenheit gefunden hattest.«

Rob zuckte leicht zusammen, als er mir in die Augen sah. »Schrei mich bitte nicht an, aber ich bin mit Maddie mitgefahren. Sie wusste nicht, wo der Rugbyclub ist, also habe ich es ihr angeboten. Wir können sie auch nicht den ganzen Tag ignorieren, oder?«

Ich runzelte die Stirn. »Ich werde es versuchen.«

»Wie war die Fahrt?« Gemma nahm ihren Cider von der Bar entgegen.

Rob zögerte, bevor er antwortete. »Es war okay. Erleuchtend.«

Darauf würde ich wetten. »Inwiefern?«

Er griff nach seinem Pint und wir folgten ihm zu einem Tisch nahe der Verandatüren, bevor er weitersprach. »Sie wirkte liebenswürdig und aufrichtig zerknirscht über das, was in der Vergangenheit passiert ist. Außerdem hat sie es gerade wegen Familienproblemen nicht leicht.« Er hob seine Hand. »Und ja, bevor du anfängst von ihrem Karma zu reden, das sie eingeholt und ihr in den Hintern gebissen hat, ich *weiß*, dass sie es verdient.« Er legte den Kopf schief. »Aber na ja, es ist so lange her, oder? Schnee von gestern und so.«

»Nicht für mich.« Maddie könnte von mir aus ein Behandlungszentrum für Brustkrebs leiten. Sie könnte für ihre Wohltätigkeit berühmt sein. Sie könnte eine der größten Philanthropen sein. Es änderte in keiner Weise, was passiert war und was ich fühlte.

Rob verstummte.

Gemma legte mir eine Hand auf den Arm. »Wir sind auf deiner Seite, weißt du noch? Team Justine für immer«, sagte sie und stieß die Faust in die Luft, als wäre sie in einem John-Hughes-Film.

»Wir sind nicht mehr auf der Uni«, hielt ich dagegen, genoss ihre Demonstration von Solidarität aber dennoch.

»Wir sind *wie* auf der Uni«, erwiderte sie.

Rob nickte und hielt sein Pint in die Höhe. »Dito, Team Justine für immer.«

Ich lächelte. Ich konnte mich immer auf meine ältesten und liebsten Freunde verlassen. »Danke. Es braucht seine Zeit, bis ich mich daran gewöhne, dass sie wieder da ist. Der heutige Tag läuft einfach nicht wie erwartet.«

Rob zuckte mit den Schultern. »Wir sind auf James' Beerdigung. Manchmal ist das Leben nicht das, was man erwartet.«

In dem Moment wurde ein Stuhl an unserem Tisch zurückgezogen und ließ uns alle aufsehen.

Und da war meine Vergangenheit. Sie stand vor mir in all ihren ein Meter neunundsiebzig. Ihr Kinn war noch immer stark, Nachrichtensprecher-würdig. Sie hatte noch immer dieselbe goldene Haut, die die Weite ihres Körpers umspannte, endlos wie die Sahara. Und ihre Augen leuchteten noch immer in diesem seltsamen, sanften Grau, mit goldenen Flecken.

Nein, manchmal war das Leben wirklich nicht das, was man erwartete.

»Darf ich mich setzen?« Maddies Blick wanderte zögernd zwischen mir und Gemma hin und her, während sie Rob ein Lächeln zuwarf.

Rob war in ihren Augen bereits ihr Verbündeter. So ein Verräter!

Gemma streckte eine Hand aus und wies auf den Stuhl. »Natürlich.«

Himmel, sie auch?

Und dann stand plötzlich Kerry neben uns. »Gem, kommst du bitte mit und hilfst mir mit dem Kuchen? James hat diesbezüglich sehr spezifische Anweisungen hinterlassen und wenn du als Bäckerin dabei bist, ist es sehr viel weniger wahrscheinlich, dass ich ihn fallen lasse. Sie hielt kurz inne. »Wenn ich es mir recht überlege, würdest du mitkommen, Rob? Nur für den Fall, dass wir neben Verstand auch Muskeln brauchen.«

Ich wollte am liebsten schreien: »Nicht jetzt, Kerry!«, aber es war die Beerdigung ihres Ehemanns, also war das nicht möglich. Stattdessen warf mir Gemma einen entschuldigenden Blick zu und Rob folgte ihr.

Und dann waren es nur noch Maddie und ich. Sie hatte etwas mehr Falten, aber kein einziges graues Haar. Sie war wunderschön gealtert, denn so bestritt Maddie nun mal das Leben.

~ ~ ~

»Wie geht es dir?« Maddie zog ihre Schultern zurück und ihr Blick huschte über mein Gesicht, ohne meinen Augen zu begegnen. Dafür war sie wohl noch nicht mutig genug. Stattdessen ließ sie ihren Finger an ihrer Flasche San Miguel hoch und runter gleiten und lächelte zwei älteren Frauen zu, die an unserem Tisch vorbeigingen. Eine von ihnen stieß mit ihrer Hüfte gegen das Holz.

Wie es mir ging? Ich versuchte das Tempo meines Herzschlags und das Blut, das mir gegenwärtig in die Wangen schoss, zu ignorieren. »Mir geht's gut.« Ich zwang mich, ihrem Blick zu begegnen. Dann hielt ich ihn fest. »Es ist lange her.« Das war die Untertreibung des Jahres.

»Das stimmt.« Ein Nicken begleitete ihre Aussage und sie saugte an ihrer Oberlippe, eine Angewohnheit, die ich von früher kannte.

Und so einfach hatte ich einen Flashback von unserem letzten Jahr an der Uni in Bath, als Maddie ihre gesamten Abschlussprüfungen hindurch den gleichen konzentrierten Gesichtsausdruck hatte. Sie war sich sicher, sie würde es vermasseln. Das hatte sie aber nicht; sie war eine der Besten gewesen.

»James hat mir erzählt, dass du heutzutage eine bekannte Größe in der Bäckerszene bist, was, wenn ich ehrlich bin, eine Überraschung war.«

Wann hatte James bitte Zeit, mit Maddie über mich zu reden? »Aus dem Jenseits?«

Sie lächelte. So vieles hatte sich nicht verändert: Ihr Lächeln war noch immer elektrisierend. Man könnte damit ein ganzes Zimmer mit Strom versorgen und trotzdem noch überschüssige Funken fliegen sehen.

Ich unterdrückte ein Zittern und spannte meinen Körper an. Bei Maddie brauchte ich eine starke Mitte.

»Wir haben uns ein paar Mal zum Mittagessen getroffen. Manchmal auch auf ein Bier nach der Arbeit. Er hat mich bei allem auf dem Laufenden gehalten.«

Das war mir neu. »Er hat nie was gesagt.«

Maddie schenkte mir ein trauriges Lächeln. »Du kennst ja James.«

Offensichtlich nicht.

Maddies Blick traf meinen erneut, dann sah sie abrupt weg.

Ich tat dasselbe. Draußen lachte eine Frau in einem gelben Oberteil über etwas, das ihr Freund gesagt hatte. Mit Maddie hier zu sitzen hatte meine Fähigkeit zu lachen verschwinden lassen.

Ich sah mich um.

Kerry und Gemma werkelten hastig am Buffet, um einen Platz für James' gigantische Torte in Form einer Rakete zu schaffen. Es war sein letzter Wunsch, also ist Kerry dem nachgekommen und Gemma hatte sie gebacken. James hatte angemerkt, dass es zwar eine besondere Torte für die Hochzeit gäbe, aber keine bei der Beerdigung. Die beiden sahen nicht so aus, als würden sie bald zu mir zurückeilen und mich retten.

Auf der Suche nach passenden Worten, presste ich die Zähne fest aufeinander, aber mein Kopf war wie leergefegt.

»Wohnst du noch in der Nähe von Bath?«, fragte Maddie.

Ich nahm einen weiteren Schluck Wein. »Etwas außerhalb. Ich habe ein kleines Haus in einem der Dörfer.«

»Dann leben wir jetzt gar nicht so weit auseinander«, sagte sie. »Ich bin dabei, eine Wohnung in der Innenstadt zu renovieren.«

Diese Information traf mich wie ein Messerstich in meine Eingeweide. »Du wohnst in Bath?« Mein letzter Stand war, dass Maddie in London lebte. Mit London konnte ich umgehen. London war weit genug weg. Aber Bath? Das war mein Revier. Aber was hatte ich erwartet? Dass Maddie sich an eine Reiseverbotszone hielt?

Sie nickte. »So in etwa. Ich bin vor circa sechs Monaten zurückgezogen. Ich bin Bauträgerin und hier gibt es viele Möglichkeiten. Ich habe für eine Weile in London und Spanien gelebt, aber ich hatte schon etwas für Bath übrig, als wir zu Unizeiten hier lebten, daher dachte ich, warum nicht? Hauptsächlich wohne ich im alten Haus meiner Mutter in Bristol, aber schlafe in Bath, wann immer ich muss.«

Und ich dachte, ich wäre sicher, aber nein. Bath war keine große Stadt und im nur ein paar Meilen entfernten Bristol arbeitete ich. Wir würden früher oder später zwangsweise aufeinandertreffen.

Sie richtete sich auf. »Ich tue das nicht, um es unangenehm für dich zu machen. Das ist das Letzte, was ich möchte.«

Verdammter James. Durfte man so etwas von jemandem auf seiner Beerdigung denken? Ich war mir nicht sicher, aber ich konnte nicht anders. In all der Zeit war James mit Maddie in Kontakt gewesen. Hatte Kerry auch darüber Bescheid gewusst? Hatten sie sich alle mit Maddie getroffen? Waren sie zusammen in den Urlaub gefahren oder hatten Partys ohne mich veranstaltet?

»Du weißt also, dass ich in Box lebe?« Hatte James alles verraten? Ihr meine Straße und Hausnummer verraten?

Sie schüttelte den Kopf. »Bis zu diesem Augenblick nicht. Das Objekt, das wir renovieren – und wo ich gelegentlich übernachte –, liegt im Royal Crescent.«

»Natürlich tut es das.« Das kam genauso bissig rüber, wie ich es beabsichtigte. Die angesehenste Adresse in Bath und Maddie hatte dort eine Wohnung.

»Es ist nicht so glamourös, wie du denkst. Wenn ich da bin, lebe ich umgeben von Staub. Meine Luftmatratze ist weit von einem exklusiven Lebensstil entfernt. Der Weg zur Arbeit ist natürlich ein Plus. Die Kehrseite ist allerdings, dass die Planung ewig dauert, da das Gebäude unter Denkmalschutz steht und wir daher nicht mal drinnen niesen dürfen, ohne vorher beim Stiftungsrat anzufragen.«

Ich hatte kein Interesse an Small Talk mit Maddie, daher exte ich den Rest meines Weins und stand auf. »Okay, das war wirklich wundervoll, aber ich brauche noch etwas zu trinken.«

Ich wirbelte herum und stürzte an die Bar, um mir ein zweites Glas Wein zu holen und damit hoffentlich das Zittern meiner Glieder und das Rauschen meines Blutes zu unterbinden.

Ein Raunen ging durch den Raum und als ich mich umwandte, sah ich Kerry und Gemma langsam über den Teppich laufen. Sie trugen eine Torte, die fast so groß war wie sie selbst, eine leuchtend violette Rakete, die mehr als nur ansatzweise etwas Phallisches an sich hatte. War das James' Nachricht aus dem Jenseits, die uns mitteilte, dass er eigentlich schon immer schwul war? Der Gedanke zauberte ein Lächeln auf mein Gesicht.

Nichts würde mich heute überraschen.

Ich lief zu meinen beiden Freunden hinüber. Sie stellten die Torte ab und traten etwas zurück, um sie bewundern zu können. Aus der Nähe betrachtet konnte ich das komplexe Design erkennen: kleine Planeten, die die Rakete umgaben, Flammen, die aus dem Ende herausschossen, und ein Bild von James, der aus dem Cockpit winkte.

Das haute mich tatsächlich um und ich legte eine Hand auf Gemmas Arm. Ich hatte die Torte in ihren früheren Stadien gesehen, aber Gemma hatte sie noch zu sich nach Hause geholt und vollendet. »Das ist unglaublich, Gem. Hast du geweint, während du die Torte gemacht hast?«

Dumme Frage, sie weinte selbst jetzt, wohingegen meine Tränendrüsen noch immer ungenutzt und knochentrocken waren.

»Was denkst du?«, fragte sie.

Ich drückte ihren Arm. »James wäre sehr dankbar und stolz.« Ich dachte einen Moment nach. »Entweder das oder er hätte sie bereits angeschnitten, bevor wir die Gelegenheit hatten, sie zu fotografieren.« Ich nahm sofort mein Handy heraus. Unser Instagram-Feed verdiente dieses Foto und ich fotografierte die Torte, bevor sie irgendwie beschädigt wurde.

»Danke, Gem, ich weiß, er hätte sie geliebt.« Kerry wischte sich die Tränen mit einem Taschentuch ab, ehe sie sich ein Glas Wein vom Buffettisch schnappte und es erhob. »Ihr alle!«, rief sie und hatte augenblicklich die Aufmerksamkeit aller Anwesenden. Sie legte sich eine Hand an die Brust, bevor sie weitersprach. »Nur um es euch wissen zu lassen, diese Torte war

James' letzter Wunsch. Vielleicht ein seltsamer letzter Wunsch, aber so war James – einzigartig bis zum Schluss.« Sie hob ihren Blick zur Decke. »Wo immer du bist, Schatz, ich hoffe, du liebst deine Torte, so wie ich dich immer lieben werde.«

Meine Beine gaben fast nach, als sie das sagte, aber stattdessen umschloss ich mein Weinglas fester. Ich hörte ein Schniefen und sah Maddie ihre Augen betupfen. Wut loderte in mir auf. Ich hatte noch nicht geweint, und es war alles wegen ihr.

Kapitel 4

Nachdem wir im Dorf Chinesisch gegessen hatten, gingen wir zu Kerrys Haus zurück. Meine Brogues baumelten von einer Hand. Sie waren den gesamten Tag eine Schmerzquelle gewesen und ich hatte entschieden, etwas dagegen zu unternehmen.

Es war dunkel, als wir in Kerrys Bristoler Wohnsiedlung einbogen, aber noch warm genug für kurze Ärmel. Ordentliche Häuserreihen, weiße Palisadenzäune, Wege, die zu frisch lackierten Eingangstüren führten, perfekt geneigte Dächer. Als ich jung war, hatte ich immer über solche Orte gelacht, aber jetzt entwickelte ich eine Schwäche für sie. Alles hatte seinen Platz in so einer Umgebung und als ich letzte Nacht angekommen war, hatte ich es als tröstlich empfunden, wie immer, wenn ich Kerry und James besuchte.

Von nun an nur noch Kerry. Daran würde ich mich erst gewöhnen müssen.

Gemma hatte ihren Arm mit meinem verschränkt und erzählte mir in einem fort, wie sehr sie mich und unser Unternehmen liebte. Wir hatten den Sprung gewagt und unsere eigene Backschule, das *Cake Heaven*, vor fünf Jahren eröffnet. Nach zwei holprigen Anfangsjahren, in denen wir uns abmühten, unsere Finanzen in den Griff zu bekommen, überlegten wir inzwischen, in größere Räumlichkeiten umzuziehen, da die Nachfrage nach unseren Kursen mit jedem Monat anstieg.

»Ich wünschte, jemand Umwerfendes würde in einen unserer Kurse kommen – eine Frau für dich, und wen auch immer für mich. Die Leute denken, Bisexuelle hätten die freie Wahl, aber sie könnten damit nicht weiter danebenliegen. Ich möchte einfach nur jemanden, mit dem ich klarkomme. Wie schwer kann das verdammt noch mal sein?«

Ich gab Gemma einen Kuss auf die Wange. Gemma könnte nicht weiter von diesem Stereotyp entfernt sein, dass Bisexuelle unersättlich und untreu waren. Sie war umwerfend und jeder hätte unglaubliches Glück, mit ihr zusammen zu sein, unabhängig vom Geschlecht.

»Aber das ist das Gesetz des Lebens, nicht wahr?« Ich wandte mich Gemma zu. »Der erste Baustein in deinem Leben ist dein Haus. Der zweite deine Beziehung. Der dritte deine Karriere. Und das Gesetz besagt, dass du nicht alle drei gleichzeitig haben kannst, wo bliebe sonst auch das Drama?«

»Das ist ein dummes Gesetz.«

»Sowas von, aber es ist universell anerkannt. Bei uns beiden läuft es mit der Karriere und dem Haus gut, dafür aber nicht so mit der Liebe.« Ich hielt inne, während ich Kerrys Schlüssel herauskramte, den sie mir im Restaurant gegeben hatte. Gemma und ich waren die ersten, die zurück waren, der Rest hatte es noch nicht zu Kerrys Straße geschafft.

»Sieh dir Kerry an, sie bestätigt das. Ihr und James ging es gut genug. Sie haben ein Traumhaus.« Ich drückte die rote Eingangstür auf und ging ins Wohnzimmer. »Eine abgestimmte Einrichtung, gute Jobs, und sie liebten einander. Das Universum ignorierte sie für eine Weile, ließ sie ihren Spaß haben. Und dann, bäm!« Ich schnipste mit den Fingern. »Das Universum machte eine Bestandsaufnahme, beriet darüber und gab James Krebs.«

Ich schaltete das Licht an. Die Küche sah genauso aus, wie wir sie letzte Nacht zurückgelassen hatten, als wir hier übernachtet hatten, um Kerry beizustehen. Die mitgebrachten Weinflaschen waren in einer Reihe auf der Anrichte aufgestellt. »Jetzt hat sie ein abbezahltes Haus, einen Job, den sie gern macht, aber keinen Ehemann. Man kann nicht alles haben.«

»Du bist heute eine richtige Schwarzmalerin, das weißt du, oder?«

»Ich nenne die Dinge nur beim Namen.« Ich nahm den Korkenzieher heraus und öffnete eine Flasche Shiraz, bevor ich auch noch eine Flasche Pinot Grigio aus Kerrys Kühlschrank holte.

Ihr Kater Herkules verließ seinen Lieblingsplatz am Küchenfenster und strich maunzend um meine Beine. Ich bückte mich, um ihn zu streicheln, aber als ich das tat, rannte er davon. Katzen.

»Außerdem, wenn du am Tag einer Beerdigung keine Schwarzmalerin sein kannst, wann dann?«

»Du willst mir also allen Ernstes sagen, dass ich nicht alle drei haben kann?« Gemma runzelte die Stirn und zupfte ihre Haare zurecht. Sie hatte dermaßen viel Haarspray drauf, dass ich hätte schwören können, dass die Frisur sich den gesamten Tag nicht bewegt hatte. »Das ist Unsinn. Ich kenne genug Leute, bei denen das sehr wohl der Fall ist.«

»Vielleicht meinst du nur, dass sie alles haben. Tun sie aber wahrscheinlich nicht.«

»Aber deine Eltern zum Beispiel. Sie lieben einander.«

»Aber keiner von beiden mag seinen Beruf.«

»Deine Mutter schon.«

Meine Mutter arbeitete bei *Marks & Spencer*. Sie liebte ihre Kollegen, aber sie hasste ihr Management und beschrieb sie alle als »einen Haufen Idioten«. Sie neigte dazu, in ihren natürlichen irischen Dialekt zurückzufallen, wenn es um diese Leute ging. Mein Vater hatte ihr gesagt, dass sie aufhören könne zu arbeiten, sofern sie das wolle, aber sie mochte es gebraucht zu werden. Und jetzt, wo ihre beiden Kinder ausgezogen waren, war das nur noch auf der Arbeit der Fall, deshalb blieb sie dabei.

Der wahre Grund, weshalb sie diese Stelle behielt, war allerdings, den ganzen Tag mit jemandem quatschen zu können – Kunden oder Mitarbeiter, sie war nicht wählerisch. Auch liebte sie das ermäßigte Essen, das die Angestellten erhielten. Jedes Mal, wenn ich nach Hause ging, führte sie mir stolz ihr neuestes Schnäppchen vor. »Schau nur mal, Justine«, sagte sie dann. »Zwei Hühnerbrüste in einer Sahne-Senf-Sauce für 99 Pence. Und sie waren vorher bei 3,75 Pfund. So spart man!« Meine Mutter lebte für diese Momente.

»Sie mag manche Aspekte ihrer Arbeit; mein Vater hasst seine. Aber er würde sie niemals aufgeben, weil er das Universalgesetz versteht. Er würde lieber eine Frau und ein Dach über dem Kopf haben als einen befriedigenden Job.« Mein Vater war ein Klempner und wie er mir immer gesagt hatte, wollte niemand wirklich seinen Lebensunterhalt damit verdienen, seine Hände in die Toiletten anderer Leute zu stecken. Er tat es, weil er die Freiheit mochte, die es ihm ermöglichte. Außerdem mochte er, dass ihm die Leute sehr viel dafür zahlten, dass er seine Hände in ihre Toiletten steckte.

Gemma starrte mich mit ihrem ungläubigen Blick an, während sie darüber nachdachte. »Das erfüllt mich nicht gerade mit Hoffnung für den Rest meines Lebens, wenn ich daran denke, dass ich meine Arbeit und meine Wohnung liebe.«

»Vielleicht sollten wir dieses Jahr versuchen darauf zu pfeifen. Wir beide lieben unsere Jobs, wir beide sind zufrieden damit, wo wir leben. Mal sehen, ob wir dieses Gesetz also überlisten können.«

»Denkst du, wir könnten das?« Gemmas Gesichtsausdruck sagte mir, dass sie daran zweifelte.

»Es geht nur in Erfüllung, wenn du wirklich daran glaubst.«

»Wie beim Weihnachtsmann?«

Ich lachte. Ich wusste, dass Gemma noch im Mai Weihnachtsfilme anschaute. »Ja, genau wie beim Weihnachtsmann.« Ich stockte. »Die Sache ist, ich hätte gern eine Freundin und du auch. Falls eine von uns morgen sterben würde, würden Freunde und Familie kommen, aber wir hätten keine Partner. Jemanden, der in der ersten Reihe sitzen und sich die Augen aus dem Kopf weinen würde. Jemanden, der beweisen würde, dass wir wahrhaftig geliebt wurden.«

Gemma dachte für einen Moment nach. »Maddie würde bei deiner Beerdigung auftauchen und traurig sein.«

Ich gab ihr einen Klaps auf den Arm. »Toll, eine Ex von vor zehn Jahren. Ich bin überrascht, dass meine Innereien noch nicht vertrocknet sind.«

»Maisy würde kommen.«

»Und ihre neue Frau und das Baby mitbringen?« Maisy war meine letzte Ex, wir hatten uns vor drei Jahren getrennt. »Das ist verdammt deprimierend. Falls ich sterben würde, würde das auf niemandes Leben gravierende Auswirkungen haben. Niemandes tägliche Routine würde sich ändern.«

Gemma tippte sich mit dem Zeigefinger an die Brust. »Äh, hallo? Wir arbeiten täglich zusammen. Ich nehme an, meine Routine könnte etwas verändert werden.«

»Du weißt, was ich meine. Ich habe keine Geliebte, keine Haupt-Trauernde. Jemanden, der an vorderster Stelle im Krematorium sitzt und nicht mein Vater, meine Mutter oder mein nerviger Bruder ist.«

»Falls du stirbst, verspreche ich, in der ersten Reihe zu sitzen und eimerweise zu heulen. Kannst du dasselbe sagen, Miss Tränenlos?« Gemma hob eine Augenbraue und betrachtete mich skeptisch.

Ich stellte mir vor, ich säße in der ersten Reihe, und verzog mein Gesicht. Gemma war tot und ich war auf ihrer Beerdigung. »Ich würde sowas von für dich weinen.«

»Du bist so eine schlechte Lügnerin.«

Sie kannte mich einfach zu gut. »Aber wir müssen noch immer die Sache mit dem Universum lösen. Wir müssen dafür sorgen, dass es uns liebt, und das Gesetz brechen.«

»Normalerweise halte ich mich an Gesetze, aber dieses breche ich mit Freuden.« Gemma zögerte. »Nur damit ich das richtig verstehe. Wir werden unsere Augen mehr nach Liebe offen halten, sodass wir, falls wir sterben, Haupt-Trauernde haben?«

»Ich habe schon von schlechteren Gründen für Beziehungen gehört.«

Ein Hämmern an der Vordertür unterbrach unser Gespräch.

»Gott sei Dank dafür. Diese Unterhaltung begann seltsam zu werden.« Gemma verließ das Zimmer und kam Augenblicke später mit dem Rest der

Gruppe, inklusive James' Schulfreunden, deren Namen ich noch immer nicht kannte, zurück. Einer von ihnen sah wie ein »Dave« aus, aber ich wollte ihn nicht unangemessen taufen. Gewöhnlich gab es aber immer einen Dave. Das war ein weiteres Gesetz der Natur.

Die Energie im Raum stieg mit der Anzahl der Personen, die in die Küche strömten, die Luft füllte sich mit Geschwätz und dem Knarzen der Küchenschranktüren.

»Hast du irgendwelchen pinken Wein besorgt, Kerry?« Eine Frau in Pink fragte das. Julie? Jenny? Janet? Sie trug ein pinkes Kleid, pinke Ohrringe und pinke Schuhe. Und sie wollte pinken Wein. Ich wette, wenn sie ihr Handy herausnehmen würde, wäre die Hülle pink. Ihr Vibrator war es wahrscheinlich auch.

Kerry fischte einen Rosé aus ihrem Weinkühlschrank und Pink Lady schenkte ihr ein breites Grinsen. Das Zischen einer sich in meiner Nähe öffnenden Bierdose verriet mir, dass Rob seinen Stella-Artois-Vorrat gefunden hatte. Maddie stand betreten in der Küchentür, den maunzenden Herkules zu ihren Füßen.

»Etwas zu trinken?«, fragte Rob, seine Dose hochhaltend.

Maddie nickte. »Das wäre super.« Unsere Blicke begegneten sich kurz, dann sah sie weg. Was war das nur, wenn sie in der Nähe war? Sie zog mich gleichzeitig an und stieß mich ab, wie eine verkorkste Art von Magnet. Es war mehr als nur ein bisschen verwirrend. Ich wollte weglaufen, und doch wollte ich sie auch anstarren.

Ich nahm mein Glas Pinot Grigio in die Hand und lief Richtung Hintertür. Dann trat ich in den Garten hinaus, beleuchtet vom Strahlen des Küchenlichtes. Er sah ein wenig überwuchert aus, ein Anzeichen dafür, wie krank James gewesen war. Als er noch am Leben war, war er ein leidenschaftlicher Gärtner gewesen.

Ich nahm einen tiefen Atemzug und legte meinen Kopf in den Nacken, mein Gesicht dem tintenschwarzen Himmel zugewandt. Ich konnte einige Sterne ausmachen, aber das war alles. Selbst auf dem Land in Somerset machte die Lichtverschmutzung einem einen Strich durch die Rechnung.

Die Hintertür wurde quietschend geöffnet und ich sah auf zu Maddie, die eine Zigarette in der Hand hielt. Sie verzog das Gesicht, als sie auf die Veranda trat. »Macht es dir etwas aus?« Sie hob die Zigarette an. Ohne meine Antwort abzuwarten, stellte sie ihre Bierdose ab und nahm die Zigarette zwischen die Lippen.

»Ja, das tut es verdammt noch mal«, wollte ich sagen, tat es aber nicht.

Stattdessen, britisch wie ich bin, lächelte und nickte ich. Offensichtlich würde sie bei mir hier draußen sein und ihre Kippe anzünden, ob es mir etwas ausmachte oder nicht.

~ ~ ~

»Kannst du den Oriongürtel sehen?« Maddie stand neben mir, eine berauschende Mischung aus moschushaltigem Parfüm und ihrem eigenen Geruch. Sie roch noch immer gleich und es erinnerte mich an die Zeit, als wir miteinander ausgingen. Dasselbe passierte, wann immer Justin Timberlakes *Sexy Back* im Radio lief. Das war unser Song gewesen. Wann immer ich ihn hörte, egal wo oder mit wem ich zusammen war, dachte ich an Maddie. Das Lied brachte die Erinnerungen an schöne Zeiten zurück, als alles, was wir wollten, darin bestand, es Seite an Seite mit der Welt aufzunehmen. War es dasselbe für sie oder hatte sie jeden Teil von uns aus ihrem Gedächtnis gestrichen, als sie gegangen war?

»Zu bewölkt.« Ich hielt meinen Blick nach oben gerichtet. Aus dem Augenwinkel konnte ich Maddies Zigarette orange in der Dunkelheit aufglimmen sehen, als sie einen Zug nahm.

»Weißt du noch, wie wir an der Uni immer die Sterne betrachtet haben?«

Glaubte sie wirklich, dass ich das vergessen hatte? »Natürlich. Du hattest immer deinen Kopf in den Sternen und warst begierig darauf, dein Wissen zu teilen.«

Sie lachte. »Ich war ein kleiner Nerd, nicht?«

»Ein süßer Nerd.« Für einen Moment vergaß ich, dass ich wütend auf sie war.

Maddie Kind. Nur war sie letztlich nicht so unschuldig wie ein Kind gewesen.

Einige Sekunden verstrichen, während wir himmelwärts starrten.

Dann sagte Maddie: »Schreckliche Sache, die James passiert ist.«

Und dumm, so etwas zu sagen. »Jap.«

»Denkst du, er schaut auf uns runter?«

»Du willst also sagen, du denkst, James ist im Himmel?«

Maddie schmunzelte. »Ich weiß nicht genau, was den Himmel betrifft, aber vielleicht ist er … irgendwo?« Sie schwieg und griff in ihre Hosentasche. Sie zog eine Zigarettenschachtel heraus und bot sie mir an.

Ich starrte sie kurz an, dann nahm ich eine. Ich hatte vor sieben Jahren das Rauchen aufgegeben. Aber irgendetwas hatte diese Nacht an sich, dass es sich in diesem Moment richtig anfühlte. Wir hatten als Studentinnen wie Schlote geraucht. Müsste ich die Zeit berechnen, die Maddie und ich mit Rauchen, Quatschen, Händchenhalten und Sternebetrachten verbracht hatten … nun, das würde in Tagen, vielleicht Wochen münden.

»Falls du runtersiehst«, sagte Maddie und inhalierte den Rauch wie ein Profi, »auf dich, James.« Sie hob ihre Zigarette. »Und wo wir dabei sind, es war eine Scheißaktion, einfach so zu sterben.«

Ich musste darüber lächeln.

Maddie fixierte mich mit ihrem Blick. Selbst im Mondlicht bohrten sich ihre Augen förmlich in mich. »Aber wir haben alle mal Scheißaktionen in unserem Leben gebracht, oder?«

Ich ließ ihre Aussage einen Moment in der Luft hängen wie einen Hauch abgestandenen Parfüms. »Manche mehr als andere.«

Sie sah kurz nach unten und nahm einen weiteren Zug von ihrer Zigarette. Beim Ausatmen starrte sie wieder geradeaus.

»Ich kann nicht glauben, dass du noch rauchst. Selbst mit all diesen Warnungen auf der Packung. Ich habe es vor sieben Jahren aufgegeben.«

Sie schüttelte den Kopf. »Normalerweise rauche ich nicht, nur wenn ich nervös bin.«

»Mache ich dich nervös?«

»Scheinbar tust du das.« Sie zögerte. »Ich weiß, ich bin etwas spät dran damit, aber es tut mir alles so leid, Jus.«

Ich hustete. Maddie entschuldigte sich gerade. Es gab eine Zeit in meinem Leben, da hatte ich nichts mehr gewollt, als dass Maddie vor meiner Tür stand und mich um Verzeihung bat. Ich hatte es ein gutes Jahr lang gewollt und meine Antwort hätte sich alle paar Monate geändert.

Die Monate eins bis drei hätte ich sie angeschrien, geweint und wäre dann vermutlich mit ihr im Bett gelandet.

Die Monate vier bis sechs hätte ich ihr ins Gesicht geschlagen, geschrien und wäre dann vermutlich mit ihr im Bett gelandet.

Die Monate sieben bis neun hätte ich geweint, gejammert, wäre wütend geworden und dann mit ihr im Bett gelandet.

Ab dem zehnten Monat, und erst recht, nachdem ein Jahr vergangen war, hätte ich ihr allerdings gesagt, sie solle sich zum Teufel scheren, und ihr die Tür vor der Nase zugeschlagen.

Aber jetzt waren wir bei zehn Jahren. Das waren einhundertzweiundzwanzig Monate, seit sie wie ein erstklassiger Magier verschwunden war. Und meine Reaktion nach so vielen Jahren? Ich war traurig, aber mehr nicht. Kein Heulen, Schlagen oder Weinen. Denn es war nicht mehr von Bedeutung. Wir waren jetzt andere Menschen mit anderen Leben. Doch in Maddies Nähe zu sein, ließ mich nicht kalt.

»Das sollte es auch.« Ich wandte mich ihr zu. »Wirst du es mir sagen? Den Grund dafür, dass du spurlos verschwunden bist?«

Sie wandte ihr Gesicht wieder dem Himmel entgegen und ließ den Rauch in einer geraden Linie entweichen. »Kalte Füße. Bindungsangst.« Sie zögerte. »Ich sah unsere Zukunft vor meinem inneren Auge vorbeiziehen und es jagte mir eine Heidenangst ein.«

»Also bist du auf und davon? Hatte ich als deine Freundin und nach vier Jahren zusammen nicht etwas mehr als das verdient?«

Sie nickte. »Du hast alles verdient. Und ich, dumme Idiotin, die ich war, verdiente nichts. Und das habe ich auch bekommen. Ich denke, das habe ich damals ohnehin geglaubt, also habe ich eine selbsterfüllende Prophezeiung in Gang gesetzt, bevor es tatsächlich passieren konnte.« Sie schwieg einen Moment. »Falls es irgendeinen Unterschied macht, ich habe es seitdem jeden Tag bereut.«

Geballte Wut stieg in mir hoch. In all dieser Zeit hatte ich mich gefragt *warum*, hatte mir darüber Sorgen gemacht, was ich getan hatte. Und dann stellte sich heraus, dass ihr Grund bloß die klassische Angst vor Bindung gewesen war? Dass Maddie einfach nur geglaubt hatte, dass es nicht funktionieren würde? Wenn ich sie vorher nicht hatte ohrfeigen wollen, wollte ich es jetzt umso mehr. Ich hielt mich jedoch zurück. Wir waren noch immer auf einer Trauerfeier. Ich behielt meine Hände an meinen Seiten, auch wenn meine linke Faust so fest geballt war, dass meine Nägel Abdrücke auf meiner Haut hinterlassen würden. Ich nahm einen tiefen Atemzug, bevor ich antwortete.

»Und wie ist dein Leben seitdem gelaufen? Hast du dich auf jemand anderes eingelassen?«

Sie schüttelte den Kopf, warf den Zigarettenstummel auf den Boden und zerrieb ihn unter ihrem Fuß.

»Nein. Ich denke, dass sich meine Einstellung eine ganze Weile lang nicht geändert hat und wenn das der Fall ist, strahlt man eine gewisse Aura aus. Frauen kamen und gingen. Und jetzt, nun, andere Dinge sind wichtiger geworden.«

Ich hielt meine Hand hoch. »Ich brauche keine Details.«

»Es gab niemanden seit dir. Nicht auf dieselbe Art.« Sie zögerte. »Was ist mit dir? Ich sehe keinen Ring.«

»Ich bin sicher, dass James dich über mein Liebesleben auf dem Laufenden gehalten hat.« Ich wurde wohl etwas bissig, nicht wahr? Aber andererseits würde ich ihr wohl kaum die Wahrheit sagen. Nämlich, dass sie mein Leben mit ihren Lügen zerstört hatte und Vertrauen daher nicht mehr so weit oben auf der Liste der Dinge stand, in denen ich gut war. Ich hatte in der Zwischenzeit einiges gemeistert: Beef Wellington, Tarte Tatin, Decken zu streichen, ohne von der Leiter zu fallen. Aber seit Maddie schien es unmöglich, jemandem mein Herz anzuvertrauen.

Sie schüttelte den Kopf. »Nicht wirklich. James war immer sehr um dein Wohl besorgt und wütend darüber, wie ich dich behandelt habe. Verständlicherweise. Daher sind wir bei sicheren Themen geblieben und haben dieses auf sich beruhen lassen.«

»Es scheint noch immer so surreal, dass er weg ist.«

»Ich weiß«, antwortete sie. »Er war wie ein Bindeglied zu euch allen und ich schätzte es und ihn sehr. Er hat mich wiederholt dazu überreden wollen, mit ihm zu einem Uni-Treffen zu gehen«, fügte Maddie hinzu. »Er hatte mir gesagt, dass das okay für dich sein würde, da das mit uns einige Jahre her war.«

»Warum hast du es also nicht getan?« Es wäre *nicht* in Ordnung für mich gewesen.

Maddie zuckte mit den Schultern und trank einen weiteren Schluck von ihrem Bier. »Ich hatte angenommen, dass ich kein Recht dazu habe. Ich dachte, ich müsste dazu deine schriftliche Erlaubnis einholen. Nach all der Zeit erschien es mir wie eine zu große Bitte an dich. Daher bin ich nie gekommen.«

»Aber hier sind wir nun«, gab ich zurück. »James hat letztlich einen sehr extremen Weg gefunden, uns zum Reden zu kriegen.«

»Das hat er.«

Maddie räusperte sich, bevor sie weitersprach. Sie wandte mir ihren Blick vollends zu. »Ich hoffe aber, dass das keine einmalige Sache ist. Ich würde das nächste Mal gern für Drinks mitkommen, aber nur, wenn du damit einverstanden bist.«

Die Frage hing wie ein Spinnennetz zwischen uns, glitzernd im Mondlicht. Wenn ich mich auch nur in dessen Richtung bewegte, würde ich in ihrem Netz gefangen sein. Maddies Netz.

Deswegen blieben meine Füße wie auf der Stelle festgefroren.

Ja, es mag sein, dass 122 Monate vergangen waren, seit sie zur Tür raus ist, aber das hieß nicht, dass ich sie wieder reinlassen würde. Es gab für so etwas feste Verhaltensregeln und glücklicherweise erkannte Maddie das an.

Würde ich jemals damit einverstanden sein? Ich sah hinunter auf die Zigarette, die noch immer unangezündet in meiner Hand lag. Ich war nicht mehr dieselbe Person, die sie vor einem Jahrzehnt verlassen hatte, und diese Zigarette zeigte das.

Würde ich damit einverstanden sein, dass Maddie wieder in mein Leben trat? Meine erste Reaktion war: Nicht in diesem Leben.

Kapitel 5

Die Telefone im *Cake Heaven* klingelten an diesem Morgen wie verrückt. Das kam häufig nach einer neuen Folge vom *Great British Bake Off* vor. Ich war mir ziemlich sicher, dass unser Unternehmen auch ohne das Zutun dieser Serie floriert hätte, aber mit ihr an unserer Seite konnten wir nicht versagen.

Die Folge von gestern Abend hatte sich um zuckerfreie Kuchen gedreht, wozu wir in nächster Zeit keinen Kurs anbieten würden. Wir hofften vielmehr, dass es eine Phase war, die vorübergehen würde. Die Leute wollten noch immer Kuchen essen, aber sie schienen nicht zu verstehen, dass die Alternativen ebenfalls Kalorien enthielten. Zucker war nicht so schrecklich wie sein Ruf und er stellte eine der fünf Säulen vom *Cake Heaven* dar. Die übrigen waren Eier, Butter, Mehl und nuklear-kalibriger Kaffee. Ich hatte den ganzen Morgen schwarzen Kaffee in mich hineingeschüttet, während ich Modelltorten für unsere neue Schaufensterinstallation dekorierte.

»Warum müssen die Telefone gerade dann heiß laufen, wenn ich diese Kuchen heute früh wirklich fertigstellen muss?« Die Frage ging an Gemma, die gerade vom Großhändler kam und damit beschäftigt war, Zucker- und Mehlpackungen in Industriegröße auf einen Metallwagen zu hieven.

»Das ist keine schlechte Sache.« Gemma ließ eine Tüte Mehl auf eins der Aluminiumregale fallen, die die hintere Wand der Küche säumten.

Unsere Räumlichkeiten in Bristol waren perfekt für unseren Anfang gewesen und ich liebte unsere Küche noch immer, hauptsächlich aufgrund der riesigen Lichtkuppel, die den Raum mit Sonnenlicht flutete. Aber tatsächlich liebte ich es gleichermaßen zu backen, wenn es wie aus Eimern schüttete, der Regen oben auf die Fensterscheiben fiel und die Dramatik des Wetters so meine Arbeit antrieb. Die erste Küche mit Oberlicht, die ich je gesehen hatte, war im Haus von Maddies Mutter und ich wusste damals genau, dass ich so eins auch irgendwann haben wollte. Ich biss mir beim Gedanken an Maddie auf die Wange. Nicht an diesem Morgen.

Der einzige Nachteil unseres jetzigen Standorts war, dass er schnell zu klein wurde und wir nun vor einem Dilemma standen: Sollten wir die gesamte Unternehmung in ein neues Geschäftsgebäude verfrachten oder stattdessen eine zweite Filiale öffnen und uns aufteilen? Das war eine Frage, über die

Gemma und ich schon eine Weile grübelten, aber wir hatten noch immer nichts Perfektes gefunden, weder für das eine noch das andere Szenario. Für den Moment arbeiteten wir weiter vor uns hin, als wäre alles in Ordnung.

Gemma wollte, dass wir unsere Aktivitäten erweiterten, aber Geld war ein Knackpunkt. Ich war von Natur aus vorsichtiger als sie; genau so, wie es auch die Banken zu sein schienen. Wir waren uns ziemlich sicher, dass es daran lag, dass wir Frauen in unseren Dreißigern waren und sie dachten, wir würden jeden Moment Kinder kriegen und uns aus dem Staub machen. Ich hatte nie realisiert, wie sexistisch die Welt war, bis ich mein eigenes Geschäft eröffnete und es mich mitten ins Gesicht traf.

»Wie läuft es?« Gemma stellte ihre Tasche auf die Arbeitsfläche aus Edelstahl und seufzte, bevor sie zur Kaffeemaschine ging und sich einen Kaffee aus der Kanne, die ich vor einer halben Stunde gemacht hatte, eingoss. »Willst du einen?«

Ich schüttelte meinen Kopf. »Ich hatte gerade einen und ich muss dranbleiben; ich bin richtig in Fahrt.« Unsere Fotografin, Chrissy – supertalentiert und supergut aussehend –, würde heute vorbeikommen und die neuen, mehrstöckigen Torten fotografieren. Diese sogenannten »Super-Hot-Cakes« wollte ich wegen eines Kurses zur Schau stellen, den wir bald anbieten würden. Der Kurs sollte all die neusten Dekorationstechniken beinhalten, inklusive des perfekten Drips, essbarer Federn und Segel. Wir zeigten den Schülern auch, wie sie Salted-Caramel-Buttercreme machten sowie den Boss unter den Cremes: die Schweizer Buttercreme. Gemma und ich machten alle Aufnahmen, die wir für die sozialen Netzwerke brauchten, aber wenn es um die Website ging, verließen wir uns auf Chrissy, die für Bargeld und ein Stück Kuchen arbeitete.

Diese Modelltorten waren nur für Vorführzwecke gedacht und würden nach ihrem Fotoshooting in unserem Schaufenster stehen. Ich hatte aber auch eine essbare Torte vorbereitet, um Chrissy zu füttern, wenn sie hier ankam. Diese bestand aus einem Vanillebiskuit, einer Schweizer Buttercreme als Füllung und einem Schokoladenganache-Überzug, verziert mit selbst gemachten Schokoladentrüffeln. Mein Magen knurrte, wenn ich sie nur ansah.

Gemma warf mir ein Lächeln zu. »Du bist verdammt gut hierin, weißt du. Diese Segel sehen unglaublich aus. Schade, dass ich keine in meinen Kaffee tunken kann.« Die »Segel« auf der Modelltorte bestanden aus geschmolzener pinker Kuvertüre, die auf Luftpolsterfolie aufgetragen und getrocknet worden waren, um einen Waffeleffekt zu erzielen; die Vanillekuvertüre verarbeiteten wir zu breiten Splittern mit bunten Streuseln.

»Es würde nicht wirklich gut schmecken«, erwiderte ich ihr Grinsen. »Diese Torte hier ist fast fertig, danach kommen noch zwei.« Ich schaute auf die Uhr. Viertel nach elf. Noch zwei Stunden bis zur Mittagspause, nach welcher Chrissy auftauchen würde. Das sollte genug Zeit sein.

»Eine Sache noch.« Gemma stellte ihren Kaffee ab. »Ich nehme an, du hast dein Handy heute Morgen nicht gecheckt?« Ihr Ton ließ mich aufsehen und als ich ihren Gesichtsausdruck sah, hielt ich inne.

»Nein. Warum?«

»Du weißt, dass Maddie noch bei Kerry geblieben ist, nachdem wir am Morgen nach der Beerdigung gegangen waren?«

Ich nickte. Wir waren früh aufgebrochen, da wir ein zur Miete stehendes Geschäft besichtigen wollten. Hinzu kam, dass mit Maddie zu frühstücken das Letzte war, was ich tun wollte. »Ja.«

»Sie hat Kerry mit einer speziellen Aufgabe geholfen.« Sie zögerte. »Sie ist mit ihr zur Apotheke gefahren, um einen Schwangerschaftstest zu besorgen. Scheinbar hatte Kerry einfach angenommen, dass sich ihre Periode wegen all des Stresses, der mit James' Tod einherging, verspätet hatte.«

»Verständlich.« Ich fühlte, wie das Blut aus meinem Gesicht wich, als ich die Zusammenhänge herstellte.

Gemma saugte an der Innenseite ihrer Wange. »Um es kurz zu machen, sie ist definitiv schwanger. Mit dem Kind ihres toten Ehemanns.«

»O mein Gott.« Ich ließ die Spritztüte fallen, wusch meine Hände und holte mein Handy. Als ich es ergriff, schmierte ich Buttercreme über den Bildschirm. Wie jedes Mal.

Tatsächlich, da stand es in unserer *WhatsApp*-Gruppe. Eine Nachricht von Kerry, die uns mitteilte, dass sie knapp über drei Monate schwanger war. Von allen Leuten, denen sie die Neuigkeit zuerst hätte sagen können, war es Maddie gewesen. Am Tag nach der Beerdigung ihres Ehemanns. »Scheiße, arme Kerry. Zuerst James und jetzt das. Warum sagt sie uns das erst jetzt?« Es waren drei Tage seit James' Beerdigung vergangen und diese Tage müssen sich nach so einer Neuigkeit wie Jahre für Kerry angefühlt haben.

Gemma zuckte kurz mit den Schultern. »Ich habe sie angerufen. Sie sagte, dass sie Zeit gebraucht hat, um das zu verarbeiten. Außerdem, seit sie es herausgefunden hat, ist sie bei ihren Eltern; sie hatte also Unterstützung. Ihre Mutter nimmt sie dieses Wochenende mit in ein Spa-Hotel – das war von vornherein geplant. Aber wenn sie zurückkommt, wird sie unseren Beistand so sehr brauchen wie nie zuvor.«

»Aber drei Monate? Hat sie nicht zumindest daran gedacht, dass sie schwanger sein könnte?«

»Sie sagte, dass sie den Test lange aufgeschoben habe; dass sie es nicht habe wissen wollen. Sie und James hätten es ein letztes Mal versucht, aber sie sei überzeugt gewesen, dass seine Chemo die Chancen ruiniert habe.«

»Müsste man ihr das aber nicht mittlerweile ansehen? Ich denke nicht, dass sie schwanger ausgesehen hat.«

Gemma zuckte mit den Schultern. »Ich bin keine Schwangerschaftsexpertin, aber ich nehme an, dass das unterschiedlich ist. Und vielleicht wirkt sich der Tod deines Ehemanns während des anfänglichen Wachstums deines Babys negativ darauf aus. Wer weiß.« Sie leckte sich über ihre Lippe. »Ich habe überlegt, nächstes Wochenende hinzufahren, einfach um sie zu umarmen und ihr Abendessen zu kochen oder ihr bei was auch immer zu helfen. Willst du auch mitkommen?«

Ich nickte. »Ich bin dabei.« Ich atmete tief durch. »Wer hätte noch vor einigen Monaten gedacht, dass das passieren könnte? Dass James tot sein könnte und Kerry sein Kind kriegen würde?«

»Das zeigt nur, dass du jeden Tag dein bestes Leben leben solltest, solange du noch kannst.« Gemma nickte mit ihrem Kopf in meine Richtung. »Was du mit dieser Buttercreme tust.«

Kapitel 6

Auch zwei Wochen nach der Beerdigung war es immer noch seltsam, zu Kerrys Haus zurückzugehen. Man konnte nicht hierherkommen und James nicht sehen oder fühlen. Würde das mit der Zeit nachlassen? Hoffentlich nicht.

Während Gemma ihr Auto in Kerrys Einfahrt lenkte, murmelte sie einen Fluch. Denn dort, vor uns, stand ein roter Mini, den wir beide erkannten. Immer noch glänzend. Immer noch Cruiser-haft. Es war quasi eine Wiederholung der Beerdigung.

»Kerry weiß, dass wir kommen, richtig? Du hast ihr Bescheid gegeben?« Schlagartig wechselte ich von hungrig zu dem Gefühl, dass ich nie wieder würde essen wollen. Maddie hatte gefragt, ob es in Ordnung für mich wäre, wenn sie wieder Anschluss an unsere Gruppe suchte. Ich habe verneint. Hier war ihre Reaktion.

Gemma stoppte das Auto und wandte sich mir zu. »Ja. Aber Maddie war hier, als Kerry es herausfand, also nehme ich an, dass sie weiter sichergehen will, dass mit Kerry alles in Ordnung ist. Sie will nur nett sein und dafür gibt es keinen Zeitplan, oder?«

Mein Herz machte einen Rückwärtssalto, dann eine Rolle vorwärts, während ich meine Optionen überdachte. Ich könnte verlangen, dass Gemma rückwärts aus der Einfahrt fuhr; vorsichtig, sodass sie dabei die vielen Kinder, die gerade Fußball auf dem Gehweg spielten, nicht überfuhr. Ich könnte einen lauten Schrei von mir geben – wir waren schließlich im Auto und führten zusammen ein Unternehmen, weshalb Gemma und ich uns gegenseitig schon viele Male hatten ausrasten sehen. Oder ich könnte das wie eine Erwachsene angehen, auch wenn ich mich definitiv nicht dafür hielt, und mich mit Maddie auseinandersetzen. Denn schließlich sah es so aus, als würde Maddie wieder Teil meines Lebens sein, ob mir das gefiel oder nicht.

Gerade als ich mich dazu entschloss, reif und erwachsen zu sein, öffnete sich Kerrys Vordertür. Sie und Maddie erschienen. Kerry lachte über etwas, das Maddie sagte, und umarmte sie dann ausgiebig. Nicht nur kurz, sondern eine Umarmung, die sagte, dass Maddie etwas Schönes für sie getan hatte und sie das zu schätzen wusste.

Vielleicht weil Maddie sich die Zeit genommen hatte und gekommen war, um sie zu sehen. Das war nicht die Handlungsweise einer herzlosen Frau, die ihre Freundin ohne ein Wort verlassen hatte. Obwohl es in Maddies Welt vielleicht unterschiedliche Regeln für Geliebte und Freundinnen gab. Oder vielleicht hatte ich keine Ahnung mehr, wer sie war, da ich im vergangenen Jahrzehnt nur eine Handvoll Minuten mit ihr verbracht hatte.

Meine Gedanken wurden davon unterbrochen, dass Gemma das Auto anließ. Ehe ich mich versah, setzten wir langsam rückwärts aus der Einfahrt zurück und parkten am Bordstein. Als sie den Motor ausschaltete, warf ich Gemma einen Blick zu.

Sie schüttelte den Kopf. »Du musst aussteigen. Du kannst dich nicht hier drinnen verstecken, das weißt du, oder?«

Ich seufzte und tat, was mir gesagt wurde. Das Geräusch der zuschlagenden Autotüren hallte wie Pistolenschüsse in meinem Kopf.

Maddie stand unentschlossen an ihrem Mini. Sie hob zum Gruß ihre Hand.

Gemma ging zu ihr herüber, ihre Autoschlüssel in einer Hand, und zerrte mich mit ihrer anderen hinterher.

»Schön, dich wiederzusehen.« Maddie gab Gemma einen Kuss auf die Wange, aber zögerte, dasselbe bei mir zu tun, und beließ es stattdessen bei einem unsicheren Lächeln. Sie konnte ohnehin nicht näherkommen, da ich Kerrys Lieblingskuchen trug – einen Schokoladenkuchen mit Ganache-Überzug.

»Dich auch«, antwortete Gemma. »Wolltest du gerade gehen?«

Maddie nickte. »Ich muss los – eine Familienangelegenheit. Aber ich wollte nachsehen, ob Kerry in Ordnung ist. Ich weiß, wie es ist, wenn jemand stirbt, der dir nahesteht, nachdem die Beerdigung vorbei ist. Jeder kehrt zu seinem normalen Leben zurück, außer dir. Trauer schnürt deine Welt ein. Ich wollte nur sichergehen, dass Kerry das nicht zulässt.« Ihr Blick landete auf meinem Gesicht und sie ließ ihn dort für ein paar Sekunden verweilen, bevor sie wegschaute und sich schüttelte. »Wie auch immer, es scheint ihr gut zu gehen und ich bin mir sicher, euch beide bei sich zu haben, wird sie sofort aufmuntern.« Sie bewegte sich auf ihr Auto zu. »Habt einen schönen Abend.«

Sie warf uns ein Lächeln zu, das ich nicht entschlüsseln konnte, winkte Kerry noch einmal zu und war weg.

Kerry umarmte uns beide, als wir eintraten, bevor sie mich anschaute. »Bevor du irgendetwas sagst, ich wusste nicht, dass sie heute kommen würde.«

Ich hob eine Augenbraue. »Du hattest nicht auch über Monate geheime Treffen mit ihr, so wie James, oder?«

»Nein, hatte ich nicht.« Sie küsste mich auf die Wange, bevor sie sich ihre hellen Locken hinter ihre Ohren strich. Sie sprangen sofort wieder hervor. Kerry hatte das unbändigste Haar, das ich jemals gesehen hatte. Unwillkürlich fragte ich mich, ob ihr Baby ihre Locken erben würde. »Aber ihr habt Kuchen dabei, also lasst uns lieber darüber reden.« Sie machte eine kurze Pause. »Und das Abendessen heute geht auf James. Ich habe sogar eine schöne Flasche Champagner bestellt, die ihr trinken könnt. Ich offensichtlich nicht.« Sie tätschelte ihren nicht sehr offensichtlich schwangeren Bauch, verborgen unter einem luftigen gelb-orangefarbenen Sommerkleid. »Aber ich wollte, dass jemand etwas Schampus genießt, nach den Neuigkeiten, die ich gestern bekommen habe. Aber zuerst eine Tasse Tee?«

Wir gingen zur Küche durch und Gemma setzte den Teekessel auf, während sie Kerry die ganze Zeit im Auge behielt. »Also, was für Neuigkeiten hast du?«

Ich stellte den Kuchen auf die Arbeitsfläche und wandte mich unserer Gastgeberin zu.

Kerry klammerte sich an die Arbeitsfläche hinter ihr. »Dass ich verdammt reich bin. Ich meine, an meinen Standards gemessen, irre reich. Es hat sich herausgestellt, dass James all diese Versicherungen abgeschlossen hatte und sie jetzt ausgezahlt werden. Er war noch nicht erkrankt, als er sie abgeschlossen hat und sie sollten alle nach seinem Tod ausgezahlt werden. Man denkt ja nie, dass man sie brauchen würde, und bei den meisten Leuten ist das auch so. Aber für mich ist das riesig. Bittersüß, aber trotzdem.« Sie ließ ihren Kopf einen Moment hängen, bevor sie sich wieder fing und uns ein Lächeln schenke.

Wir nahmen unsere Tassen mit in das Wohnzimmer und setzten uns, während wir verarbeiteten, was Kerry gesagt hatte. Ihr cremefarbener Teppich federte unter unseren Schritten. Sie und James hatten erst vergangenes Jahr die passenden türkisfarbenen Sofas dazu ausgesucht. Neben dem großen Fernseher hing ein Foto von ihrem Hochzeitstag. Das Lächeln auf ihren Gesichtern war so perfekt, so nichtsahnend hinsichtlich dessen, was ihnen bevorstand. Aber wie Kerry an dem Abend vor der Beerdigung gesagt hatte, hatte sie trotzdem dreizehn wunderbare Jahre mit James gehabt, sechs davon als seine Frau, und das würde sie niemals bereuen.

»Von wie viel reden wir hier?« Gemma war noch nie jemand gewesen, der lange um den heißen Brei herumredete.

»Die Hypothek ist abbezahlt und ich muss nie wieder arbeiten, falls ich das nicht will. Ich meine, ich werde für den Moment wahrscheinlich trotzdem so weitermachen wie bisher, aber immerhin werde ich mich nicht so sehr sorgen müssen, wenn das Baby geboren ist. James hat wirklich an alles gedacht, seiner makabren Art sei Dank.« Sie hielt inne. »Und wenn ihr mich lasst, möchte ich etwas von dem Geld auch für euch ausgeben.«

»Fantastisch. Woran hast du gedacht? Eine Jacht für jede?« Gemma lachte über ihren eigenen Witz und wartete darauf, dass Kerry dasselbe tat.

Als das nicht passierte, griff ich herüber und berührte Kerrys Arm. »Wir möchten dein Geld nicht. Wir sind deine Freunde und du solltest es für dich und die Zukunft deines Babys behalten.«

Kerry lächelte und ich konnte die Emotionen in ihren Augen sehen. Das musste wirklich hart sein. Sie war reich, aber sie hatte die eine Person verloren, die ihr alles bedeutete. »Oh, das weiß ich, und ich will nicht leichtfertig damit umgehen. Ich möchte es investieren. In Aktien, in Produkte und in Unternehmen.« Sie atmete tief durch und sah mich und dann Gemma an. »Und das erste Unternehmen, in dem ich etwas bewegen möchte, ist eures.«

Moment mal, was hatte sie gerade gesagt? Mein Herz schwoll vor lauter Vorfreude an und ich musste mich anstrengen, konzentriert zu bleiben und zu hören, was sie als Nächstes sagen würde.

Gemma legte eine Hand an ihre Brust. »Unseres?«

Kerry nickte. »Ja. Ich habe euch zu oft zugehört, als ihr darüber gesprochen habt, wie sexistisch Banken sind und dass ihr Geld braucht, um zu expandieren. Nun, ich habe das Geld jetzt, also lasst mich eure Bank sein. Ich gebe es euch nicht einfach. Es ist eine Investition. Aber hauptsächlich möchte ich nur meinen besten Freundinnen aushelfen. Es handelt sich dabei um ein zinsfreies Darlehen. Ihr wart beide wunderbar während dieses ganzen Albtraums im letzten Jahr. Und jetzt lasst uns etwas Gutes aus James' Tod hervorgehen lassen, indem wir das Geld nutzen, das er hinterlassen hat, um das *Cake Heaven* auf die nächste Ebene zu heben. Und danach vielleicht auf die darüber. Was sagt ihr?«

Ich schaute zu Gemma und war erfreut zu sehen, dass sie genau denselben geschockten Gesichtsausdruck wie ich hatte. Zum zweiten Mal an diesem Tag wollte ich schreien, aber diesmal aus einem positiven Grund. Ja, ich hatte noch immer Angst davor, mit dem Unternehmen voranzuschreiten, aber mit dem Wegfall der Geldproblematik würde ich mich meinen Ängsten stellen müssen.

Gemma war die Erste, die sich fasste. »Was wir sagen? Das ist verdammt großartig. Richtig, Jus?«

Ich nickte. »Das ist so großzügig. Bist du sicher?«

Kerry nickte ebenfalls. »Ich war mir einer Sache noch nie sicherer. Ich möchte ein gutes Leben führen und um das zu tun, muss ich dem entsprechen, was James gewollt hätte. Er wäre begeistert, dass sein Geld dem *Cake Heaven* zugutekommt; sowohl um euch zu helfen als auch um mehr Kuchen in die Welt zu bringen.« Kerry ergriff eine meiner Hände und eine von Gemmas. »Er liebte euch zwei. Er liebte uns alle. Es ist perfekt, denkt ihr nicht auch?«

Ich liebte James auch und ich vermisste ihn noch immer jeden Tag. Innerhalb einer Sekunde standen wir alle dicht zusammengedrängt, unsere Arme miteinander verschränkt. »Ich liebe euch beide«, sagte ich und drückte beide fest.

Es war ein wunderschöner Moment. Ich fühlte unsere Verbundenheit in meinen Knochen und in meinem Herzen; ich spürte sie in meinem Blut pulsieren. Und plötzlich tauchte ein Bild von Maddie in meinem Kopf auf, mit traurigen Augen. Wie sie vorhin von Verlust gesprochen hatte. Wen hatte sie verloren? Jemand Besonderen? Jemanden, um den sie noch immer trauerte? Ganz egal wie aufgewühlt ich mich wegen ihr fühlte, ich würde sowas niemandem wünschen.

Als wir einander losließen und breit lächelnd zurücktraten, glänzten Tränen auf Gemmas und Kerrys Wangen. Natürlich. Aber meine eigenen Wangen waren so trocken, wie sie es für ein Jahrzehnt gewesen waren. Gemma und Kerry nahmen sich jeweils ein Taschentuch und trockneten ihre Tränen.

Währenddessen ließ ich einen langen Atemzug entweichen. »Du wirst uns wirklich so viel Geld leihen?« Unser Unternehmen wuchs dank dem Wunder von *Instagram* und Gemmas Videofähigkeiten jeden Tag. Wir mussten einen Weg finden, uns zu finanzieren und uns kein Geschäft entgehen zu lassen. Falls Kerry uns Geld lieh, würde unser Traum vom Umzug vielleicht Realität werden.

Sie nickte. »Das werde ich. Ich möchte euch mit der Anzahlung für euer erweitertes Geschäft helfen. Ich möchte, dass ihr beide richtig abhebt. Sobald das dann geschafft ist, können wir unsere Aufmerksamkeit eurem Liebesleben zuwenden.«

Ich schüttelte meinen Kopf und sah Gemma an. »Ich bin mir nicht sicher, ob das so leicht zu verbessern ist. Du kannst schließlich nicht einfach zu einer Auktion gehen und dir eine Frau wie eine Immobilie aussuchen, oder?

Außerdem weiß ich gar nicht, ob ich das wollen würde, wo doch alle Verkäufe bindend sind. Das ist etwas zu viel Verpflichtung.«

Kerry lachte. »Ich verspreche, ich werde dich nicht an das nächste Kartell verkaufen, okay? Aber mal im Ernst, euch Geld für euer Unternehmen zu leihen, wird mir etwas geben, worauf ich mich konzentrieren kann. Ich werde reges Interesse daran haben, wie ihr zurechtkommt.« Sie hielt inne und sah sie fragend an. »Also seid ihr einverstanden?«

»Natürlich sind wir einverstanden!«, antwortete Gemma.

Ich lachte. »Wie könnten wir das nicht sein? Danke, Kerry. Du bist unglaublich.« Dass sie an andere dachte, wenn sie selbst vermutlich nur noch unter ihre Bettdecke kriechen und sich verstecken wollte? Es zeigte, was für eine fantastische Person sie war. »Und wir werden dich nicht enttäuschen.«

Gemma schüttelte bereits ihren Kopf. »Auf keinen Fall. Das ist ein zusätzlicher Anreiz, dafür zu sorgen, dass es klappt; nicht, dass wir das nicht ohnehin tun würden. *Cake Heaven* wird der Name sein, der in aller Munde ist, wenn wir fertig sind.«

»Und ich weiß, dass es wie bei all euren Kuchen super wird, daher ist das keine weitere Überlegung wert.« Kerry ächzte, als sie sich setzte.

»Wie geht es dir eigentlich?«, fragte ich.

Plötzlich sah sie müde aus. »Okay. Die Schwangerschaft laugt mich etwas aus, aber das ist normal. James' Mutter kommt ständig vorbei, um nach mir zu sehen. An einem Abend habe ich mich unter dem Fenstersims versteckt und so getan, als wäre ich nicht da, obwohl mein Auto hier stand. Ich weiß, dass die Leute nur nett sein und sichergehen wollen, dass es mir gut geht, aber manchmal brauche ich einfach etwas Zeit für mich. *Netflix*, eine Tasse Tee und etwas Schokolade.« Sie lächelte. »Ich hatte eben nur die Tür geöffnet, da ich dachte, ihr wärt es, aber es war Maddie. Trotzdem war es süß von ihr, vorbeizukommen.« Kerry sah mich an. »Ich weiß, dass die Situation zwischen euch etwas seltsam ist, aber sie war so hilfsbereit und verständnisvoll. Das ist die Art von Person, die ich im Moment in meinem Leben brauche.«

Ich schluckte die Antwort, die mir auf der Zunge lag, herunter und setzte mein Pokerface auf. Wenn Maddies Anwesenheit Kerry half, dann freute mich das. Sie brauchte jeden, der ihr zur Seite stehen konnte. Solange Maddie sich von meiner Seite fernhielt, war das in Ordnung für mich. So ungefähr. Ich wandte mich an unsere neue stille Teilhaberin. »Du sagtest, der Champagner ist gekühlt? Wäre jetzt ein guter Moment, ihn zu öffnen?«

Kerry grinste mich an. »Jetzt wäre der perfekte Moment!« Kerry stand auf und ging in die Küche. Der Kühlschrank öffnete sich wie immer mit einem Quietschen.

Ich wandte mich zu Gemma um. »Ich kann nicht glauben, dass das wirklich passiert. Wir können mit unserer Expansion anfangen.«

Gemma nickte und blinzelte heftig. »Ich weiß.«

Kerry erschien in der Tür zur Küche, den Champagner in der Hand. »Bist du gut darin, sowas zu öffnen?«

Ich sprang auf. »Champagner-Öffnerin ist mein zweiter Vorname.« Innerhalb von Sekunden war der Champagner geköpft, die Gläser gefüllt und wir drei standen uns gegenüber. Es waren nur zwei Wochen seit der Beerdigung vergangen, aber heute war ein hoffnungsvoller Tag in Kerrys Wohnzimmer. So anders als zuvor.

»Ich nehme nur einen kleinen Schluck«, sagte Kerry. »Ich möchte nicht, dass das Baby so früh schon betrunken ist.«

Sie lächelte auf ihren Bauch herunter. »Darauf, dass ich mich ausweite und das *Cake Heaven* ebenfalls. James hätte beides geliebt.« Ihre Unterlippe zitterte, während sie sprach.

Ich nahm ihre Hand und hob mein Glas. »Auf James, auf das *Cake Heaven*, aber am meisten auf dich.«

Gemma beugte sich vor und küsste Kerry auf die Wange. »Danke für dein Vertrauen und danke für deine Investition. Wir versprechen, dass wir es nicht vermasseln werden.«

Kapitel 7

Die »Cupcake Masterclass« war ein unglaublich beliebter Wochenendkurs und heute wappneten wir uns für eine vierzehnköpfige Junggesellinnenabschiedsparty. Gemma und ich hatten die letzte Nacht alles vorbereitet, damit ich am Samstag ein bisschen ausschlafen konnte. Wenn ich »ausschlafen« sagte, war damit alles nach sieben Uhr gemeint. Ach, wie mein Uni-Ich über so etwas Lächerliches gespottet hätte!

Ich lenkte meinen grünen Golf – mit dem Namen Kermit – auf den Parkplatz am hinteren Ende unseres Studios, schlug die Tür zu und streckte mich. Selbst um neun Uhr in der Früh war die Sonne stark. Ich schob die Ray Ban auf meiner Nase hoch und schnappte mir die schwarze Ledertasche vom Rücksitz. Mein Golf war ein Auto, das ich als Teenager immer gewollt hatte und nun, da ich in meinen Dreißigern war und es mir leisten konnte, war es eine der ersten Sachen, die ich erworben hatte. Ein Haus konnte ich mir noch nicht ganz leisten, aber ich mietete eins von einer Freundin, die mir einen Freundschaftsrabatt gab. Außerdem sparte ich für eine Anzahlung, sodass ich so bald wie möglich mein eigenes Heim würde kaufen können; vielleicht in Bristol, wo die Preise niedriger waren.

Ich war die Erste auf der Arbeit, da Gemma sich den Tag freigenommen hatte. Wir übernahmen abwechselnd die Wochenendkurse und heute war Amisha, die eine übereifrige Bäckerin war, meine Helferin. Ich lächelte, während ich unsere Räume betrachtete. Durch die deckenhohen Fenster fiel blendender Sonnenschein, der unser Studio in Licht badete. Die langen Werktische mit ihren Arbeitsflächen aus Holz sahen frisch und einladend aus; sie schienen nur darauf zu warten, mit Mehl, Butter und Farbgelen zugerichtet zu werden. Die Werktische waren mit *Cake Heaven*-Schürzen versehen sowie mit pastellfarbenen Mixern, die in Reihen aufgestellt und einsatzbereit waren.

Als ich anfing, Backkurse zu unterrichten, hatte ich improvisiert. Aber jetzt, nachdem ich es die letzten paar Jahre gemacht hatte, war ich zuversichtlich, dass ich mit allem umgehen konnte, was mir die Klasse entgegenwarf. Die meisten unserer Kunden hatten ein gewisses Kompetenz-Level, aber manche waren komplette Anfänger. Was ich am meisten an meinem Job liebte, war, den Leuten das bisschen Extra an Fähigkeiten und Selbstsicherheit zu geben, damit sie ihre Backleistung auf die nächste Stufe bringen konnten. Diese Selbstsicherheit würde dann auch einen Folgeeffekt auf ihr restliches Leben haben.

Ich hoffte, dass zumindest einige aus dem heutigen Kurs Lust aufs Backen und etwas Spaß hatten, aber bei Junggesellinnenabschieden wusste man nie so genau. Sie hatten immer verschiedene Dynamiken von Arbeitskollegen und Familie und Freunden, die häufig das erste Mal aufeinandertrafen. Gab man dann noch den Hochzeitsstress und die Tatsache hinzu, dass das Trinken alles war, was sie wirklich wollten, dann waren Junggesellinnenabschiede manchmal die Mühe nicht wert.

Ich dachte zurück an eine bestimmte Feier letzten Monat. Innerhalb der ersten Stunde war die Braut über etwas, was die Gruppe getan hatte, in Tränen ausgebrochen. Wir hatten die folgende Stunde damit verbracht, über Männer zu schimpfen, Tee zu kochen und die Braut zu beruhigen. Als ich sie alle endlich dazu gebracht hatte, zu backen, hatten sie für eine Weile aufgepasst. Das heißt, bis verfrüht nach Prosecco verlangt wurde und es danach kein Halten mehr gab. Im Endeffekt hatte ich die Hälfte der Torten dekoriert, damit die Gruppe etwas hatte, was sie mit nach Hause nehmen konnte. Ich drückte die Daumen, dass die Gruppe heute kein solcher Problemfall sein würde.

Die Beerdigung war sechs Wochen her und nach dem Schock, Maddie gesehen zu haben, war ich endlich wieder die Ruhe selbst. Ich hatte nicht den Boden unter den Füßen verloren. Ja, ich war anfänglich aufgewühlt gewesen, aber jetzt hatte ich das Gefühl, ich könnte damit umgehen. Ich war über den Vorfall in der Einfahrt hinweg und Kerry über Maddie reden zu hören hatte mich realisieren lassen, dass Letztere vielleicht keine so schlechte Person mehr war.

Außerdem hatte sich herausgestellt, dass ich besser mit diesem Mist umgehen konnte, als ich mir selbst zugetraut hatte. Die vergangenen Jahre hatten meine Widerstandskraft gestärkt und Gemma hatte recht gehabt: Ich war großartig. Vielleicht sollte ich das für zukünftige Kurse groß auf meine Schürze drucken lassen, nur für den Fall, dass jemand Zweifel daran hatte.

Ich schaltete die Lichter in der Küche an und setzte etwas Kaffee auf – das war der wichtigste Teil eines jeden Tages. Ich hatte gerade die Maschine mit Wasser gefüllt, als Amisha hereinspazierte und mir ein breites Lächeln zuwarf. Sie trug ein Tablett mit Vagina-Cupcakes, die besser schmeckten, als sie aussahen. Vagina-Cupcakes bedeuteten, dass die heutige Junggesellinnenabschiedsfeier für Lesben war, was ich vergessen hatte. Ich war kein Fan des momentanen Trends der von Genitalien inspirierten Cupcakes, aber wann immer es einen Junggesellinnenabschied bei uns gab, versuchten wir so dem Geschmack der Gruppe nachzukommen. Ich wollte meinen Tag zwar nicht damit verbringen, Buttercreme auf eine Vulva aus Biskuit zu spritzen, aber solange wir sie vorgefertigt anboten, kamen wir dem Auftrag nach. Die Damen hatten dann die Zeit, Cupcakes mit Kunstfertigkeit zu machen, die sie ihren Müttern zeigen konnten.

Mein Herz flatterte wie immer, wenn mir bewusst wurde, dass es um eine lesbische Gruppe ging. In letzter Zeit bekamen wir immer mehr lesbische Junggesellenabschiedsfeiern, was großartig war, allerdings machte ich mir auch immer Sorgen, dass jemand involviert war, den ich kannte. Oder, um es genauer zu sagen, jemand, mit dem ich in den letzten zehn Jahren geschlafen hatte. Nicht, dass ich ein hochgradig vielseitiges Sexleben hatte, aber ich hatte mit einer Handvoll Frauen geschlafen. Vielleicht auch zwei Handvoll.

»Du hast die Cupcakes schon gemacht? Habe ich dir in letzter Zeit gesagt, dass ich dich liebe?«

»Ich habe sogar jeweils einen für uns beide gemacht, also insgesamt sechzehn Vaginas.« Amisha hatte ihre Haare wieder gefärbt. Diesmal leuchteten sie in einem metallischen Grün.

Ich lachte. »Ich bin sicher, dass sie super ankommen werden.«

Amisha war wie ein Engel, der uns aus dem Back-Himmel geschickt worden war. Sie war vor zwei Jahren als Teilnehmerin einer unserer fortgeschrittenen Dekorationskurse auf unserer Türschwelle aufgetaucht und danach schlicht nicht mehr gegangen. Nach diesem ersten Kurs war sie länger geblieben und wir hatten bei einer Tasse Kaffee miteinander gequatscht. Sie liebte das Backen und hatte gefragt, ob wir irgendwelche Hilfe gebrauchen konnten. Zu dem Zeitpunkt war das nicht der Fall, aber sie war mit uns in Kontakt geblieben und hatte immer mal wieder reingeschaut, um uns wissen zu lassen, dass sie noch interessiert war. Sechs Monate später hatte ich sie gefragt, ob sie mit einem Wochenendkurs helfen wollte. Mittlerweile war sie eine freie Mitarbeiterin. Sie hatte vor ungefähr sechs Monaten ihren ersten Kurs allein gehalten und war sehr gut angekommen, aber sie war ebenso zufrieden, meine Nummer zwei zu sein, falls nötig. So auch heute.

Amisha war ein Meter zweiundfünfzig klein, aber was ihr an Körpergröße fehlte, machte sie mit ihrem Enthusiasmus mehr als wett. Er war ansteckend und sie konnte stundenlang Kuchen lobpreisen. Sie hatte sich dreimal beim

Great British Bake Off beworben, aber ohne Erfolg. Falls sie es jemals dahin schaffen sollte, war ich mir sicher, dass die britische Öffentlichkeit sich sofort in sie verlieben würde. Hinzu kam, dass sie für die Menge an Kuchen, den sie machte und aß, erstaunlich schlank war. Ich nahm an, es lag an ihrem Bewegungsdrang. Amisha saß nie still.

»Ich kann es nicht abwarten, ihre Gesichter zu sehen. Ich liebe es, wenn sie merken, was die Cupcakes darstellen. Plus, du kennst mich, ich bin immer für eine gute Junggesellinnenabschiedsfeier zu haben.« Amisha stellte die Cupcakes zur Seite, bevor sie zwei Tassen aus dem Schrank nahm, als der Kaffee begann durchzulaufen.

»Diesmal ist es eine riesige Feier. Vierzehn Gäste. Das ist wirklich eine Menge an Organisation für irgendeine arme Seele.« Ich verschränke die Arme vor meiner Brust. »Sie wollten mit zwanzig Leuten kommen, aber ich habe ihnen gesagt, dass wir so viele nicht unterbringen können.« Ich saugte an meiner Oberlippe. »Was es nur noch großartiger macht, dass Kerry in unser Geschäft investieren will. Bald werden wir größere Gruppen nicht abweisen müssen. Alles was wir tun müssen, ist diesen schwer fassbaren Ort für ein besseres und größeres *Cake Heaven* zu finden.«

Gemma arbeitete bereits daran; sie teilte Maklern unser Anliegen mit und durchforstete Auktionsbroschüren. Sie hatte mir einige Optionen gestern bereits zukommen lassen, aber ich hatte noch keine Gelegenheit, mich damit zu befassen, um zu sehen, ob die Lage passte. Sicherzugehen, dass unsere Kunden das *Cake Heaven* leicht finden konnten, war essenziell, also musste es nah an den öffentlichen Verkehrsmitteln gelegen sein und genügend Parkplätze bieten. Wir wollten nicht den halben Tag damit zubringen, Leuten den Weg zu beschreiben und dann darauf zu warten, dass sie hier auftauchten. Selbst mit der Hilfe von Smartphones und GPS konnten erstaunlich viele Menschen immer noch keine einfache Karte lesen.

Die Winkel von Amishas Mund senkten sich nach unten. »Aber ich liebe es hier. Es ist so ein entzückender Laden.«

»Sehe ich genauso. Wer weiß, wir könnten die Räume hier eventuell behalten und uns einen zusätzlichen Standort sichern? Aber wenn wir ein größeres Geschäftsgebäude hätten, könnten wir viel mehr und größere Klassen anbieten.«

Das *Cake Heaven* befand sich am Ende einer Wohnstraße auf einem Gelände, das aus ehemaligen Garagen umgewandelt worden war. Es war umgeben von einer Handvoll Läden, inklusive der *Bristol Bakery*, die von einem meiner besten Freunde geleitet wurde – in dieser Gegend war Rob für seinen Ehemann und die Zwillinge berühmt. Das Lokal war heimelig und lag in einer hippen Gegend in Bristol, aber es gab keine Möglichkeit zu expandieren. Daher unser momentanes Dilemma.

»Wie kommt es, dass sich die Gruppe der Junggesellinnenfeier dafür entschieden hat zu kommen, obwohl wir sie nicht alle unterkriegen?«

Ich stieß mich von der Werkbank ab und nahm die Tasse Kaffee entgegen, die Amisha mir reichte. »Ich bin nicht sicher. Ich nehme an, manche von ihnen kamen zu dem Entschluss, dass sie damit leben könnten, nicht zu wissen, wie man Cupcakes backt. Was auch immer der Grund war, wir haben trotzdem noch einen ganzen Trupp von willigen Bäckern, die heute kommen. Ich hoffe nur, dass es nicht allzu viel Drama gibt und sie nicht alle miteinander geschlafen haben.«

Amisha schnappte nach Luft. »Du kannst so etwas nicht sagen. Hast du mit all deinen homosexuellen Freundinnen geschlafen?«

»Nur mit der Hälfte von ihnen.« Ich zwinkerte ihr zu. »Nur ein Spaß.« Ich ließ einen Moment verstreichen. »Außerdem darf ich das sagen; ich bin eine Lesbe.«

»Wie du meinst, Boss.« Sie lächelte, während sie sprach. »Ich bin überzeugt davon, dass es ein toller Tag wird.«

Ich rieb meine Hände aneinander. »Das bin ich auch. Und eine lesbische Gruppe bedeutet, dass ich mein Einmaleins der Lesbenwitze herauskramen kann. Hast du den Schampus in den Kühlschrank gestellt?« Bei unseren Junggesellinnenabschiedsfeiern spendierten wir den Gästen am Ende des Tages Torte und Schampus. Wir empfahlen außerdem ein lokales Restaurant für ihr anschließendes Essen und gaben ihnen Rabattcoupons dazu. Es war eine Win-win-Situation für die örtliche Wirtschaft und für die Gruppen.

Amisha nickte. »Das habe ich, wir sind also startklar. Lass mich nur schnell Robs Gebäckstücke für unseren Willkommenskaffee holen und dann fange ich damit an, die Tassen bereitzustellen.«

»Perfekt.«

Kapitel 8

Falls wir irgendwelche Zweifel gehabt hatten, wer die Braut war, so wurden diese vollständig ausgeräumt, als sie eine halbe Stunde später mitsamt einer glitzernden Tiara durch die Tür schritt. Ihr Name war Brianna und die Mädels bestanden darauf, ihn bei jeder sich bietenden Gelegenheit zu skandieren, obwohl es erst viertel vor neun war.

»Brianna! Brianna! Brianna!«

Glücklicherweise schien Brianna entspannt und nicht im Begriff zu sein, wegen ihrer zukünftigen Ehefrau in Tränen auszubrechen, wofür ich dankbar war. Wichtiger noch, ich kannte keine einzige Person aus der Runde, hauptsächlich deswegen, weil sie aus London kamen. Ich richtete ein stilles Dankgebet an die lesbischen Göttinnen, die mir offensichtlich wohlgesinnt waren.

Nachdem wir allen die Mäntel abgenommen und sie hinter ihren jeweiligen Arbeitsplätzen platziert hatten, versorgten wir die Damen mit Kaffee und Gebäckstücken, was sie außerordentlich zufrieden stimmte. Es war fast, als hätte ihnen niemand jemals zuvor Kaffee und Feingebäck gegeben.

Ich unterhielt mich mit der Trauzeugin, Helen – ich nahm an, dass das ihre Rolle war, da sie ein T-Shirt trug, auf dem »Trauzeugin« stand. Helen hatte einen Undercut und ihr Pony fiel ihr in die Augen. Sie hatte außerdem auch einen Nasenring, was ich begrüßte. Ich hatte einen in meinen Zwanzigern ausprobiert, aber ihn schnell wieder abgenommen, als ich feststellte, dass ich mir damit nicht die Nase putzen konnte, ohne dass Schnodder dadurch entwich. Helen hingegen hatte den Nasenring ganz klar im Griff.

»Helen, entschuldige die Unterbrechung.« Amisha kam auf uns zu und wirkte zerknirscht. Sie war die liebste Person auf der Welt, dieser Anblick war also ernst. »Ich habe mich nur gefragt, ob noch mehr Leute dazustoßen. Es ist nur so, dass ihr für vierzehn gebucht habt, aber nur zehn hier sind.«

Helen, den Mund voll vom Rosinenbrötchen, nickte und schwenkte ihr Handy in der rechten Hand.

»Ein weiteres Auto ist unterwegs, aber sie hatten Probleme. Sie werden hier sein, auch wenn es sehr knapp werden könnte. Sie meinten, wir sollen ruhig ohne sie anfangen, falls sie nicht rechtzeitig hier sind. Lass mich ihnen schnell noch mal schreiben.« Sie tippte auf ihrem Handy.

Ich verzog den Mund. Ich konnte es nicht gebrauchen, den Kurs unterbrechen zu müssen, aber andererseits wollte ich kein Problem daraus machen. Die Gruppe gab hier heute einiges Geld aus und ich wollte ihr Erlebnis so perfekt wie möglich gestalten, damit sie all ihren Freunden davon erzählten. Neben *Instagram* war Mundpropaganda unsere größte Quelle für Kundschaft. »Falls du das herausfinden könntest, wäre das super. Ich würde lieber warten, bis alle hier sind, bevor wir anfangen. Wenn wir eine weitere Tasse Kaffee ausschenken müssen, macht das auch nichts.«

Aber ein Lächeln breitete sich über Helens Gesicht aus. »Sie sind gerade im Stadtkern angekommen, sie sollten also bald hier sein. Ihr Navi hat sie in die falsche Richtung gelotst.« Sie sah auf ihre leere Tasse herunter. »Aber ich würde nicht nein zu noch einem Kaffee sagen.«

Amisha nahm ihr die Tasse ab. »Kommt sofort.«

»Kannst du ihnen sagen, dass sie auf dem Parkplatz am Ende der Straße halten sollen und nicht an der Straße selbst? Autos werden hier sehr oft abgeschleppt.« Gemma war zu ihrem Verdruss bereits dreimal abgeschleppt worden.

Helen nickte und verschickte dann eine Nachricht. »Erledigt«, antwortete sie.

Die Frauen waren alle in ihren Dreißigern, abgesehen von einer, die ich für die Mutter oder Tante der Braut hielt. Sie war es auch, die gerade aufgeregt mit ihren Armen in der Gegend herumfuchtelte und verkündete, dass es hier »genau wie beim *Bake Off*!« war. Das hörten wir öfter.

»In Ordnung, Ladys!« Ich klatschte in die Hände, um die Aufmerksamkeit der Gruppe zu erregen. Selbst mit nur zehn aufgeregten Junggesellinnen im Raum war die Lautstärke bereits richtig aufgedreht und es würde im Verlauf des Tages nur noch lauter werden. »Das ist eure letzte Erinnerung daran, auf die Toilette zu gehen. Falls irgendjemand noch mehr zu trinken braucht, hebt die Hand und Amisha und ich werden euch behilflich sein. Sobald die letzten Nachzügler eintreffen, ist es an der Zeit, mit dem Backen anzufangen!«

~ ~ ~

Passend zur von Helen geschätzten Ankunftszeit sprangen die Türen zum Studio ungefähr zehn Minuten später auf. Vier Frauen traten ein, ausgestattet mit den vorschriftsgemäßen T-Shirts, die »Team Brianna!« verkündeten. Ich war in der Küche, als ich das Jubeln hörte, und trat heraus in den Hauptraum. Aber als ich sah, wer unter den Frauen war, blieb ich wie angewurzelt stehen. Denn dort, das strahlende Lächeln auf halbem Weg gestoppt, als sie mich bemerkte, stand Maddie.

Als unsere Blicke sich trafen, erstarrte ich. Mein Blut schien mir in den Adern zu gefrieren und mein Herzschlag auszusetzen. Nervosität ballte sich in meiner Kehle zusammen und drohte, mich zu ersticken. Verdammt, was zur Hölle tat sie an meinem Arbeitsplatz, in meiner Stadt? Sie hatte kein Recht dazu.

Vollkommener Profi, der ich war, rief ich mir jedoch in Erinnerung, dass es hierbei nicht um mich ging. Es ging um die Braut und ihren Tag und um Helen, die uns einen Haufen Geld bezahlt hatte, damit dieser Tag besonders war. Ich würde sicherstellen, dass das passierte. Ich hatte an der Uni einen Theaterkurs belegt und jetzt war die Zeit gekommen, meine Schauspielfähigkeiten unter Beweis zu stellen. Ich würde sie brauchen, da war ich mir sicher.

Ich trat vor, um die Frauen zu begrüßen. »Willkommen, Ladys!« Ich schaute auf meine Uhr, bevor ich aufsah, dabei wich ich Maddies Blick tunlichst aus. »Ihr habt zehn Minuten, um euch ein Gebäckstück und einen Kaffee zu schnappen und dann hoffe ich, dass ihr bereit seid zu cupcaken!« Ich schenkte ihnen ein breites Grinsen, rieb meine Hände aneinander und ignorierte das eindringliche Hämmern meines Herzens in meiner Brust.

Das Universum war heute offenbar entschlossen, seine Spielchen mit mir zu treiben, und ich hatte keine Ahnung warum.

Die drei anderen Neulinge marschierten als Parade aus strahlend weißen Zähnen und Metern von glänzendem Haar an mir vorbei. Noch dazu rochen sie alle himmlisch. So frischgemacht und bereit für den Tag, wie alle waren, glich in diesem Raum rumzulaufen einem Besuch in der Parfümabteilung. Ich wusste, dass diese Düfte bald von den Backaromen überlagert werden würden.

Aber es war nicht länger Kuchen, woran ich dachte, als Maddie mit einem gequälten Gesichtsausdruck neben mir auftauchte. »So sieht man sich wieder.« Sie hatte zumindest den Anstand, unangenehm berührt auszusehen. »Du hast mir gesagt, dass du gern backst, aber ich habe eins und eins nicht zusammengezählt.«

»Und ich hatte nicht erwartet, dass du zu einem meiner Backkurse auftauchst.« Als wir noch zusammen waren, hatten sich Maddies kulinarische Fertigkeiten darauf beschränkt, Toast mit Butter zu bestreichen.

Sie ließ ihren Blick durch den Raum wandern, bevor sie sich wieder mir zuwandte. »Ich hatte nicht wirklich eine Wahl. Aber das hier ist wirklich beeindruckend, Jus. Du hast sogar bedruckte Schürzen. Ich glaube, du hast wirklich untertrieben, als wir uns zuletzt gesehen haben.«

»Mir war nicht daran gelegen, dich zu beeindrucken.« Ich schluckte den Kloß in meinem Hals herunter.

»Ich weiß.« Maddie sah mich an. Ihre Wangenknochen waren noch so kantig wie immer. Die Leute dachten häufig, dass Maddie teuflisch gut konturieren konnte, dabei wussten sie einfach nur nicht, was ich wusste: Sie hatte schlicht von Natur aus umwerfende Wangenknochen.

Ich atmete tief durch. Ich hatte einen Kurs zu halten und Cupcakes zu backen. Für heute war Maddie einfach nur eine weitere Bäckerin. Mehr nicht.

Maddies Lippen formten ein unbeholfenes Lächeln.

Lippen, die ich unzählige Male gekostet hatte. Lange vergessene Emotionen begannen sich in mir zu regen. Ich blinzelte, versuchte diese Gedanken zu verdrängen.

»Ich mache mich besser bereit – wir haben schließlich Cupcakes zu backen.« Ich musterte sie. »Wie sieht es heutzutage mit dir und backen aus?«

Sie lächelte nun auf die Art, die ich immer geliebt hatte. Ich bekam dabei keine weichen Knie mehr; es versetzte mich nur in eine andere Zeit in meinem Leben zurück. Eine Zeit, in der sich alles weitaus einfacher angefühlt hatte.

»Du erinnerst dich sicher, was für ein Desaster ich in der Küche war?«

Das war eine Frage, die keiner Antwort bedurfte. »Das hätte sich seitdem durchaus verändert haben können. Ich hätte damals schließlich auch nicht erwartet, Bäckerin zu werden.«

»Aber du hast es genossen und du warst immer schon kreativ. Sagen wir einfach so viel, mein Lieferdienst und ich verstehen uns sehr gut.«

Ich stemmte eine Hand in die Hüfte. »Nimm dir einen Kaffee, zieh deine Schürze an und mach dich darauf gefasst, eingemehlt zu werden.«

»Das ist meine einzige Mission heute.« Sie drückte sich an mir vorbei und ihr Körper streifte mich dabei. Eine Berührung, die leicht umgänglich gewesen wäre. Oder war das nur meine Einbildung?

Was auch immer es war, ein unbestimmter Schauer lief meine Wirbelsäule entlang und ließ meinen Verstand gefrieren und meinen Körper erzittern.

Maddie fing meinen Blick ein und schenkte mir ein kleines Lächeln, wobei ihre Wangen sich rot färbten. Hatte sie es auch gespürt?

Ich ließ meinen Blick durch den Raum schweifen. Der Trick zum Gelingen dieses Tages lag darin, Maddie und mich so weit auseinanderzuhalten wie nur möglich und Amisha nicht merken zu lassen, dass ich nicht nur mit Maddie geschlafen, sondern ihr fast vier Jahre meines Lebens geschenkt hatte. Und es hatte alles nur wegen dieses verdammten Mundes begonnen.

Kapitel 9

Briannas Junggesellinnenabschiedsfeier unterschied sich letztlich kaum von anderen: Der Boden war gleichermaßen mit Glitter übersäht. Wir hatten gerade die Braut und ihre Gruppe in den Pub entlassen und Amisha war kurz rausgegangen, um eine Geburtstagskarte für ihre Mutter zu besorgen, bevor die Geschäfte schlossen.

Ich wischte gerade die Arbeitsflächen ab, als ein Klopfen an der noch offenen Vordertür mich aufsehen ließ.

Maddie. Die ihr atemberaubendes Lächeln aufgesetzt hatte und makellos aussah. Als hätte sie nicht die letzten paar Stunden mit Mehl hantiert.

»Hey.« Sie kam zu mir herüber. Ihre langen, vertrauten Schritte ließen etwas tief in meinem Magen flattern. War es seltsam, sich daran zu erinnern, wie sie ging? Selbst nach zehn Jahre war jede Facette von ihr noch auf meiner Seele eingeprägt.

Ich lächelte, obwohl ich mir ziemlich sicher war, dass es meine Augen nicht erreichte. Nach einem Tag voller Unterricht wand sich die Müdigkeit um meine Knochen.

»Kann ich helfen?«

Ich hielt im Wischen inne. »Solltest du nicht im Pub sein? Du nimmst an einem Junggesellinnenabschied teil, für den Fall, dass es dir nicht aufgefallen ist.«

Sie zuckte mit den Schultern. »Die werden mich eine Weile lang nicht vermissen. Sie haben gerade Pornostar-Martinis bestellt und ich weiß, wohin das führt. Ich lasse ihnen den Vortritt und hole dann später auf. Außerdem wollte ich wirklich hierher zurückkommen und dich wissen lassen, dass ich mich heute sehr gut amüsiert habe. Du machst das gut und ich bin nicht im Geringsten überrascht; du warst immer eine tatkräftige Person.« Sie wies mit der Hand auf den Raum um uns herum. »Und *das* beweist, dass du das nötige Zeug dafür hast. Dein eigenes Unternehmen. Beeindruckend.«

Ich beschloss, ihr Kompliment für bare Münze zu nehmen. »Danke.« Ich deutete auf die Schürzen, die verstreut auf den Arbeitstischen lagen. »Wenn du helfen möchtest, kannst du die alle einsammeln und zu einem Haufen an der Tür türmen.«

Maddie nickte, dann tat sie, was ich ihr aufgetragen hatte.

»Wie fandest du den Kurs? Als jemand, der nicht backt? Ich bin immer neugierig.«

Sie sah auf und ihre grauen Augen kamen auf meinem Gesicht zum Ruhen. Es war ungewöhnlich wohlig und vertraut, fast so, als ob es die dazwischenliegenden Jahre nicht gegeben hätte. »Du hast eine wirklich gute Art zu erklären, die es selbst für einen Neuling wie mich zu einem Kinderspiel gemacht hat. Außerdem bist du es humorvoll angegangen, was immer hilfreich ist. Und die Vagina-Cupcakes werden sehr lange in meiner Erinnerung und meinen Geschmacksknospen weiterleben. Labia mit Vanillegeschmack sind der Stoff, aus dem lesbische Träume gemacht sind.«

Ich gab ein schnaubendes Lachen von mir. »Ich richte mich einfach nach dem Publikum.« Wie vorausgesehen hatten die Vagina-Cupcakes zusammen mit dem Prosecco für brüllendes Gelächter und einige Fotos gesorgt. Ich hingegen dachte immer noch, dass es vorzuziehen war, Cupcakes mit Blumenverzierungen zu essen, statt solchen, auf denen Vaginas platziert waren. Vielleicht war das der Grund, weshalb ich noch Single war.

»Wenn ich schon für Junggesellinnenabschiedsfeiern von Heterosexuellen welche mit Penissen darauf machen muss, habe ich beschlossen, solche mit Vagina-Motiv für die lesbischen Partys zu machen. Und wer würde nicht mit seiner Zunge durch eine Buttercreme-Vulva lecken wollen?«

Noch im selben Moment, in dem dieser Satz meinen Mund verließ, gab ich mir einen mentalen Tritt ans Schienbein. Das Letzte, was ich wollte, war, mir vorwerfen zu lassen, dass ich flirtete. Ich zog die Schultern zurück und stellte mich gerader auf, als ob ich meine ursprünglichen Absichten zum Ausdruck bringen wollte. Neutral freundlich. Ich hoffte, dass das funktionierte. Aber so wie Maddies Augen funkelten, als ich wieder zu ihr schaute, hatte ich meine Zweifel daran. Oder hatten sie mich bereits die ganze Zeit so angesehen?

»Ich kann mir keine bessere Art vorstellen, den Samstagmorgen zu verbringen.«

Ich konnte nicht anders, als zu lächeln. Ich war stolz auf unser Geschäft und Maddie hatte genau das Richtige gesagt.

Maddie lud die Schürzen an der Tür ab, dann stellte sie sich auf die gegenüberliegende Seite des Tisches, den ich gerade abwischte.

»Du kannst diese Cupcakes in den Kühlschrank stellen, falls du dich nützlich machen möchtest.« Ich deutete auf die Boxen von heute, die noch immer auf den Arbeitsflächen standen. »Sie sollten noch gut sein, wenn ihr alle morgen mit einem massiven Kater herkommt und sie holt.«

Sie schüttelte ihren Kopf, während sie auf die Boxen zuging. »Ich hoffe, sie zwingen mich nicht dazu, Shots zu trinken.«

Ich dachte an all die Male an der Uni zurück, als ich Maddie zu Shots überreden wollte. Sie vertrug nicht viel Alkohol und hatte am folgenden Morgen immer gelitten. Von ungefähr dem dritten Jahr an hatte sie sich darauf festgelegt, Shots zu meiden, und all ihre Freunde wussten es.

»Woher kennst du die Braut?«

Sie schloss die Tür des Kühlschranks und kam wieder an meine Seite zurück. Ihre Nähe ließ die hellen Härchen in meinem Nacken zu Berge stehen.

»Es ist kompliziert. Ich war ab und an mit ihrer Zukünftigen ausgegangen, aber das ist schon lange her und es war nur kurz.«

Ich hob eine Augenbraue. »Du hast die andere Braut gevögelt?«

»Falls es das etwas besser macht, daran kann ich mich eigentlich nicht einmal erinnern. Kennst du das, wenn du beim Sex so betrunken warst und es so lange her ist, dass dein Verstand dir einen Gefallen tut und es aus deiner Erinnerung streicht? Nun, mit Amy war das so.«

»Was du sagen willst, ist also, dass Brianna eine harte Partymaus zur Frau bekommt?« Arme Brianna, sie wirkte so nett.

»Nicht mehr. Amy hatte ein Alkoholproblem, aber jetzt fasst sie keinen Tropfen davon mehr an. Deshalb ist sie auch nicht auf dieser Junggesellinnenabschiedsparty; das ist nicht mehr ihr Fall. Ich nehme an, dass sie nüchtern eine fantastische Liebhaberin ist, obwohl ich es wirklich nicht mag, allzu sehr darüber nachzudenken.«

»Kennst du irgendeine von den anderen Frauen?«

Sie nickte. »Sie sind ein sehr großer Teil meiner Vergangenheit. Ich habe mit den meisten von ihnen damals sehr hart gefeiert. Allen außer Bris Mutter natürlich. Es ist gut, sie zu sehen, aber Junggesellinnenabschiede sind nicht wirklich mein Ding.« Sie hielt inne. »Außerdem bin ich kein solches Partygirl mehr. Als ich mich in London eingewöhnt hatte, habe ich aufgehört so oft auszugehen. Und jetzt lebe ich hier und stürze mich in meine Arbeit. Ich würde liebend gern irgendwann einen Hund haben und mich niederlassen.«

Ich betrachtete ihre Gesichtszüge, so vertraut und doch so fremd, eingehend. Wenn wir Menschen aus unserer Vergangenheit treffen, denken wir oft, dass wir sie kennen, weil wir uns an Dinge über sie erinnern. Aber ich kannte Maddie überhaupt nicht mehr. Ich wusste, dass sie Shots nicht mochte, aber alles andere könnte sich geändert haben. Ihr Geschmack was Essen, Filme, Politik oder Klamotten betraf. Menschen veränderten sich kontinuierlich und Maddie war nun fast eine Fremde für mich.

Fast.

»Kann ich sonst noch irgendetwas tun, während du aufräumst?«

Ich neigte den Kopf zur Seite. »Wenn du wirklich helfen möchtest, könntest du alle Rührstäbe von den Mixern abnehmen und sie in die Spüle dahinten legen.« Ich deutete auf die Edelstahlwaschbecken in Industriegröße an der hinteren Wand. »Geh nur vorher sicher, dass die Stecker gezogen sind. Ich würde nicht für irgendwelche schrecklichen Verletzungen an deinen Händen verantwortlich sein wollen.«

Um Himmels willen, warum konnte ich verdammt noch mal nicht nachdenken, bevor ich sprach?

Maddies schaute mich mit großen Augen an. Dann lehnte sie sich über den ersten Mixer, um zu sehen, ob er auch nicht mehr mit der Steckdose verbunden war. War er. Als sie zu mir aufsah, lächelte sie. »Ich dachte, dass du vor langer Zeit aufgehört hast, dich um meine Hände zu sorgen.«

»Habe ich. Es ist nur so, falls du mich verklagen solltest, würde mein Versicherungsbeitrag in die Höhe schießen.«

Sie warf den Kopf in den Nacken und lachte schallend. »Der war gut.« Sie ging zum nächsten Mixer, prüfte den Stecker und nahm die Stäbe ab.

»Du musst das nicht tun, das weißt du, oder?«

Sie blickte wieder auf. »Ich weiß, aber ich kann nur eine begrenzte Anzahl an feiernden Junggesellinnen an einem Tag ertragen, daher ist das eine willkommene Ruhepause. Sie alle reden nur über Heirat und Babys und das geht mir ernsthaft auf den Wecker.« Sie hielt inne. »Aber ich fand es toll, was du heute getan hast. Ich werde dich all den anderen Lesben empfehlen, die im Moment Schlange stehen, um zu heiraten. Es ist wie eine Epidemie.«

»Du reihst dich nicht in die Schlange ein?«

Sie gab ein spöttisches Lachen von sich. »Jedenfalls nicht in naher Zukunft, bedenkt man, dass ich Single bin.«

Ein Schauder überfiel mich unter ihrem warmen, beharrlichen Blick.

Mein Herzschlag verlangsamte sich, während ich ihre Worte überdachte. »Es ist Jahre her, seit wir zusammen waren. Ich habe gar keine Ahnung, was bei dir los war. Deine Wünsche könnten sich verändert haben.«

»Manche Dinge ändern sich aber nicht, oder?« Sie richtete ihren Blick auf den Boden, sah dann wieder auf. »Du bist in mancherlei Hinsicht anders.

Du hast dieses Unternehmen, aber du bist trotzdem noch du selbst. Immer noch fähig und umwerfend.« Sie zögerte. »Immer noch unglaubliche braune Augen. Ich bin überrascht, dass dich noch niemand überredet hat, einen Junggesellinnenabschied zu feiern und dir einen Ring anstecken zu lassen.«

Ich schüttelte den Kopf. Sie besaß echt die Frechheit, hierherzukommen und das zu sagen, obwohl sie vor all den Jahren diese Person für mich hätte sein sollen. Oder hatte sie das vergessen?

»Ich konzentriere mich darauf, mein Geschäft ordentlich zu leiten. Und du weißt ja, was man so sagt: Man kann nicht alles haben. Ich habe ein tolles Geschäft und ein Haus. Mein Liebesleben wird sich schon richten, wenn es so weit ist. Ich habe vor langer Zeit gelernt, dass es nichts ändert, wenn du dich auf etwas fokussierst, was du wirklich möchtest, aber nicht haben kannst.« Ich starrte ihr direkt in die Augen. »Es war eine harte Lektion. Das Beste, was ich tun kann, ist, das hinter mir zu lassen.«

Maddie wand sich, direkt vor mir. Ich hatte Jahre darauf gewartet, das zu sehen. Aber jetzt schien es mir nicht mehr so wichtig.

Sie griff sich die Rührstäbe und ließ sie in das breite Abwaschbecken am Ende des Raumes fallen, anschließend füllte sie es mit Wasser und Spülmittel. Es war mir nicht entgangen, dass wir uns eigentlich sehr freundschaftlich unterhalten hatten, aber unsere Vergangenheit lauerte uns stets auf, nicht wahr? Immer darauf aus, uns genau in dem Moment zu überrumpeln, wenn wir es am wenigsten erwarteten.

»Trotzdem, ich bin überrascht, dass du noch Single bist. Du warst eine tolle Freundin.« Sie stockte und drehte sich zu mir um. »Ich war für eine Weile auch super, bevor ich zu der schrecklichsten Freundin der Welt wurde. Du musst das übrigens nicht erwähnen, ich weiß, dass ich die Angewohnheit hatte wegzulaufen.«

Plötzlich erinnerte ich mich an ein anderes Mal, als Maddie abgehauen war. Es war nicht nur das eine Mal gewesen, das alles beendet hatte. Bereits zuvor, im ersten Jahr unserer Beziehung, war Maddie ohne jedes Wort verschwunden. Damals hatte sie gesagt, dass es nur ein »Ausrutscher« war. Schließlich hatten wir uns wieder in unsere Beziehung eingefunden. Aber wie sich herausgestellt hat, war dies ein Vorzeichen gewesen.

Maddie seufzte. »Aber unter dieser steinernen Hülle existiert ein winziger Teil von mir, der noch eine hoffnungslose Romantikerin ist. Ich warte nur darauf, dass mir die richtige Frau begegnet und das sieht.«

Ihr Blick ruhte auf meinem Gesicht und für diesen einen Moment gab es nur uns beide, wie zuvor: Maddie und Justine, wie immer. Nur dass das nie wieder der Fall sein würde, oder?

Ich schüttelte den Kopf und beschäftigte mich damit, einige der Kuchenplatten von der Feier zu stapeln. Ich versuchte, meinen rasenden Puls zu ignorieren. Und dass ich innerlich ins Wanken geriet, wenn sie mich ansah. Ich würde wohl kaum eine neue Zukunft auf der Grundlage eines einzigen Blickes erbauen, oder?

»Vielleicht triffst du sie, wenn du es am wenigsten erwartest. Vielleicht sogar heute Abend. Vielleicht ist es Briannas Mutter, sie schien gewillt zu sein.«

Maddie schnaubte amüsiert. Sie stand mit dem Rücken zu mir, während sie die Stäbe abwusch. »Ich denke, mit Brianna *und* ihrer Mutter zu schlafen ist ein Level, auf das selbst ich mich nicht begeben würde.«

Ich hielt im Wischen der Arbeitsplatte inne, während sie den Abwasch beendete. Dann trocknete sie ihre Hände und kam zum Tisch herüber. Ich konnte nur starren. Derweil entfernte sie die nächsten paar Rührstäbe und nahm sie mit zu der Spüle.

»Ich dachte, du hättest mit der anderen Braut geschlafen.«

Maddie zuckte verlegen mit den Schultern, wandte sich aber nicht um. »Eine, zwei, wer zählt da schon. Es war alles vor langer Zeit. Allein jetzt darüber nachzudenken, macht mich müde.«

Ich schüttelte meinen Kopf. »Du warst nie eine Aufreißerin, weder als wir zusammen waren noch davor. Was hat sich geändert?«

Sie räusperte sich und trocknete ihre Hände an einem Geschirrtuch. Ein verräterisches Rot stieg in ihre Wangen. »Ich bin etwas aus der Bahn geraten, nachdem ich dich verlassen hatte. Es waren ein paar verrückte Jahre.« Sie zuckte mit den Schultern, ihre Hände fest an die Spüle hinter ihr geklammert. »Das kommt vor. Sie alle ziehen mich mittlerweile damit auf, da ich sowas von nicht mehr dieselbe bin wie damals, als ich sie kennenlernte. Ich bin viel ruhiger und vernünftiger geworden.«

»Du warst das Gegenteil von vernünftig, als du mich verlassen hast. Du hast mein Herz und das all unserer Freunde ebenfalls gebrochen. Es war nicht nur ich, die du an dem Tag verlassen hast, weißt du.«

Sie rührte sich nicht mehr und wir starrten uns gegenseitig einige Momente lang an, bevor Maddie wegschaute.

Ich ging herüber und nahm weitere zwei Aufsätze ab, die ich in die Spüle warf. Das Geräusch hallte laut im Raum wider. Als sie sich wieder umdrehte, traf ihr Blick auf meinen. Mein Inneres schmolz ein wenig wie frische Butter auf heißem Toast.

»Falls es irgendwie hilft, ich stimme dir zu. Ich war eine Idiotin, aber ich kann die Zeit nicht zurückdrehen, oder?«

Ich schüttelte meinen Kopf. »Das kannst du nicht. Wir beide leben mittlerweile sehr unterschiedliche Leben.«

Maddie starrte mich an. »Sehr unterschiedlich. Und doch sind wir hier, wir beide, und unterhalten uns. Nicht übermäßig anders also.« Dann senkte sie ihren Kopf und arbeitete hastig weiter. Sie zog die Rührstäbe der Mixer mit weitaus weniger Finesse heraus als zuvor und vermied den Augenkontakt.

War es anders? Ja, sogar vollkommen anders. Jedenfalls für mich. Maddie mag wieder Teil meines Lebens sein, aber sie war nicht die Person, die mir am meisten bedeutete. Nicht mehr.

Die Luft im Raum fühlte sich jetzt viel schwerer an und ich wollte, dass Maddie ging. Sie war schließlich diejenige, die in meine Welt eindrang. Sie schien diese Nachricht jedoch nicht erhalten zu haben, denn sie putzte die letzten Aufsätze, ihre Hände und den Kopf gesenkt. Für einige Sekunden waren die einzigen Geräusche das Rauschen des Wassers und das Geklapper der Stäbe im Spülbecken. Dann drehte sie die Wasserhähne zu.

Ich wandte mich um und sah, dass sie die Immobilienbroschüren, die Gemma dagelassen hatte, in den Händen hielt.

»Seht ihr euch nach neuen Geschäftsräumen um?«

Ich nickte. »Ja. Der Laden hier ist klein und wir müssen Kunden abweisen. Wir können uns aber nicht entscheiden, ob wir eine weitere Filiale eröffnen oder in einen größeren Laden ziehen sollen.«

»Eine schöne Art von Problem.« Sie kam wieder zu mir zurück und ergriff ihre Tasche. Ihr Mund öffnete und schloss sich, dann schüttelte sie fast unmerklich den Kopf.

»Wolltest du etwas sagen?«

Sie sah zu mir auf, ihre Augen sanft. Sie stellte die Tasche wieder ab. »Nur dass wir nun etwas öfter aufeinandertreffen könnten, da Kerry schwanger ist.« Sie zögerte. »Nichts ist in Stein gemeißelt, oder? James und Kerry dachten, sie hätten alles auf die Reihe gekriegt; heiraten, ein Haus kaufen und sogar schwanger werden.«

Mein Herz wurde schwer. Ich vergaß es immer wieder und dann überfiel es mich erneut. Kerry war schwanger. Was auch immer es war, das Maddie und ich gerade taten oder durchmachten, es war nichts verglichen damit.

»Sie wirkte ziemlich munter, als wir bei ihr zu Hause waren, aber sie hat sicherlich auch Phasen vollkommener Verzweiflung durchzustehen.« Ich fing ihren Blick auf. »War sie überrascht, als sie es herausfand?«

Maddie nickte. »Das war sie, obwohl ich denke, dass sie sich selbst darauf gefasst gemacht hatte. Aber etwas anzunehmen und es mit Sicherheit zu wissen, sind zwei sehr verschiedene Paar Schuhe. Sie braucht eine Auszeit; Zeit, sich auszuruhen. Falls dem Baby irgendetwas zustoßen sollte … Das wäre, als würde sie James ein weiteres Mal verlieren. Und einmal ist mehr als genug.«

»Absolut.« Ich schüttelte meinen Kopf. »Liebe ist so eine unbeständige Sache, und selbst wenn man sie hat, kann sie einem sofort wieder entrissen werden.« Ich sprach über James' Tod, aber Maddies Aufmerksamkeit galt wieder dem Fußboden, bevor sie ihre Uhr checkte. Vielleicht fiel ihr gerade auf, dass sie woanders sein könnte, wo es einfacher war, als hier mit mir in Erinnerungen zu schwelgen.

»Ich mache mich besser auf den Weg, bevor sie einen Suchtrupp nach mir losschicken.« Sie zögerte, biss sich auf die Lippe. »Könnten wir das wiederholen?«

»Du möchtest eine private Backstunde? Die sind sehr teuer.«

Sie seufzte. In diesem Moment sah ich wieder die alte Maddie vor mir, diejenige, die ich geliebt hatte, und es raubte mir den Atem.

»Ich meine das hier. Uns. Redend. Wenn ich eines Tages vorbeischauen würde, würdest du auf einen Kaffee mitkommen? Oder vielleicht sogar auf einen Drink? Seit ich zurück bin, fahre ich ständig an der *Spanish Station* vorbei und erinnere mich an all die Male, die wir dort waren.«

Maddie und ich waren für einen Drink in die *Spanish Station* gegangen, als wir gerade begonnen hatten, miteinander auszugehen. Wir hatten dort ein paar traumhafte Stunden mit Reden, Küssen und Lachen zugebracht. Unsere Tapas waren derweil kalt geworden, aber das hatte uns nicht im Geringsten interessiert. Seitdem war die *Spanish Station* so etwas wie *unsere* Bar gewesen, ein regelmäßiger Anlaufpunkt aus alten Zeiten. Entsprechend war ich nicht mehr dort gewesen, seit wir uns getrennt hatten. Ich runzelte die Stirn. Ein Drink in der *Spanish Station* war geladen mit Erinnerungen. »Ich bin mir nicht sicher, warum wir das tun würden.«

»Weil wir Freunde sind?«

»Sind wir das?« Ich war mir dessen wirklich nicht so sicher, wie Maddie es scheinbar war. »Du hast dein eigenes Leben und ich habe meins. Ich backe und koche und lese. Du gehst auf Junggesellinnenabschiede an den Wochenenden und bist der strahlende Mittelpunkt der Party.«

»Ich habe dir doch schon gesagt, dass das nicht mehr wahr ist. Außerdem kannst du auch der strahlende Mittelpunkt sein, wenn du es willst.«

Ich ignorierte das. »Ich habe es dir schon auf der Beerdigung gesagt; es macht mir nichts aus, dich zu sehen, wenn wir uns als Gruppe treffen. Aber der Versuch, zurückzugehen und etwas wiederzubeleben, an das du vage Erinnerungen hast, wird nicht funktionieren.«

»Meine Erinnerungen sind nicht vage.«

»Meine schon.« Aber während ich das sagte, klammerte ich mich an den hölzernen Tisch, aus Angst, dass meine körperliche Reaktion auf diese offensichtliche Lüge durch meine Haut nach außen dringen könnte.

Ich erinnerte mich an jeden Zentimeter von Maddies Körper; an jeden Fleck auf ihrer Haut und jeden Abschnitt der meterlangen Lügen, die sie erzählt hatte. Das ist der Grund, weshalb ich mich, ungeachtet dessen, was mein Körper sagte, nicht beirren lassen würde. Wenn sie sich wieder mit allen anderen vertragen wollte, konnte sie das von mir aus tun. Aber sie musste sich bei mir nicht die Mühe machen.

Allerdings sah sie mich mit diesem Blick an, der mich immer schwach werden ließ. Ich schluckte und wich nicht von meinem Standpunkt, wortwörtlich und im übertragenen Sinn.

»Ich frage dich nicht nach einem Date. Es geht nur um einen Kaffee, um sich über alte Zeiten zu unterhalten und zu erfahren, wie es deiner Familie geht.«

»Du interessierst dich für meine Familie?«

»Ich interessiere mich für dich und entsprechend, ja, auch für deine Familie.« Sie stockte. »Aber ich weiß, dass alles Romantische zwischen uns in der Vergangenheit liegt. Ich bin nicht dumm.« Sie klopfte mit dem Finger auf die Arbeitsplatte und ging dann an mir vorbei. Als sie die Tür erreichte, sah sie über ihre Schulter zurück. »Wie auch immer, ich gehe besser. Wir sehen uns?«

Ich nickte. »Eventuell.«

»Hab einen tollen Abend.«

Ich sah zu, wie sie mir durch die Glastür zuwinkte und dann ging: meine Vergangenheit, die sich wieder einmal von mir entfernte, genau wie zuvor.

Nur war es nicht genauso wie zuvor, oder? Denn jetzt hatte ich die Kontrolle über mein Schicksal und ich war eine starke, unabhängige Frau. Ich hatte hier die Oberhand, weil ich wusste, was Maddie wollte. Sie konnte mich den ganzen Tag mit diesem traurigen Hundeblick anschauen, es würde nicht funktionieren. Ich würde nicht nach ihrer Pfeife tanzen, nur weil sie zurückgekommen war.

Ich wandte mich wieder um und mein Blick blieb an etwas Schwarzem hängen. Maddies Tasche. Sie hatte sie vergessen und ich hatte keinen Zweifel daran, dass sie sie brauchen würde. Ich sprang auf, ergriff die Tasche und rannte zur Tür raus. Die Strahlen des frühen Abends streiften die Straße, als ich nach draußen trat. Maddie schritt bereits den Weg entlang, ohne zurückzuschauen.

»Maddie!« Mein Ruf durchschnitt die Luft und weiter vorn sah mich ein Pärchen, das mit seinem Hund Gassi ging, irritiert an.

Maddie drehte sich um, ihre Stirn vor Verwirrung in Falten gelegt.

Ich hielt ihre Tasche hoch und versuchte nonchalant zu wirken. »Deine Tasche!«

In der Bäckerei gegenüber winkte mir Rob, sein blonder Wikingerbart leuchtete unter den Lichtern seines Geschäfts. Sein Bart sah immer so aus, als hätte er ihn sich selbst angebacken.

Ich ging Maddie eilig entgegen, während ich Rob gleichzeitig zurückwinkte. Großer Fehler. Ich war in vielerlei Hinsicht geschickt, aber Multitasking gehörte nicht dazu. Sofort stolperte ich über einen losen Stein, einen Backstein vielleicht. Ich war mir nicht sicher.

Bevor ich wusste, wie mir geschah, segelte ich durch die warme Luft. Die Handflächen voraus, dicht gefolgt von meinen Ellbogen, landete ich auf dem Boden. Das Geräusch meiner Knochen, die gegen den harten Beton prallten, hallte laut in meinen Ohren. Ich lag ausgestreckt da wie ein Opfer in einer dieser Polizeiserien. Alles, was mir noch fehlte, war, dass jemand mit einem großen Kreidestück um mich herummalte.

Ich lag dort eine gefühlte Ewigkeit und versuchte zu fühlen, wo es am meisten schmerzte: an meinen Händen, meinen Knien oder meinem Ego. Es war ein Unentschieden zwischen allen dreien.

Als ich aufsah, stand Maddie über mich gebeugt, ihr Gesicht blass, besorgt und wunderschön. Würde ich sie jemals nicht für wunderschön halten? Ich begann zu glauben, dass die Chancen dafür schlecht standen.

»Geht es dir gut?« Sie hockte sich neben mich und ich erhaschte einen Blick auf die glatte Haut direkt unterhalb ihres Halses. Sie war mir vorher nicht aufgefallen, aber nun befand sie sich in nächster Nähe und war alles, was ich sehen konnte. Als ich meinen Blick noch höher wandern ließ, sah ich Maddies Augen, die auf mir ruhten; weich, sanft und besorgt. Ich erschauderte, als sich unsere Blicke trafen.

Drinnen war ich wachsam gewesen. Jetzt war diese Wachsamkeit gewichen und ich war verletzlich.

Maddies Augen waren noch von demselben hypnotischen Grau und ihre Lippen einladend, so wie immer. Bildete ich mir das ein oder näherten wir uns einander? Und waren Maddies Augen auch auf meine Lippen geheftet?

Maddie schnappte nach Luft. Da fühlte ich die Wärme eines weiteren Körpers in der Nähe und der Moment war vorbei. Ich konnte nicht genau sagen, ob ich erleichtert oder traurig war.

»Bist du okay, Jus?«, fragte Rob mich, seine Stimme vertraut tief, während Maddie sich zurücklehnte und ihre Wangen einen leichten Pinkton annahmen. Robs gerunzelte Stirn kam in den Fokus. »Ich glaube, du hast die Bäckerei zum Beben gebracht, als du den Asphalt geknutscht hast.«

»Das ist jetzt nicht der Moment, mir zu sagen, dass ich abnehmen muss.« Ich setzte mich auf und stöhnte, als der Schmerz durch mich hindurchschoss. Hatte ich meine Jeans zerrissen? Falls ja, könnte ich das einfach als Modeentscheidung abtun. Ich versuchte die Gefühle, die derzeit auf der Suche nach einem Ausgang durch meinen Körper jagten, aber nirgendwohin konnten, zu ignorieren.

»Dein Sinn für Humor ist unbeschadet, das ist also eine Erleichterung.« Er grinste mich an und drehte sich dann zu Maddie.

Für das ungeübte Auge unbemerkbar hatte Maddie verstohlen zu mir hingeschaut und dann einen komplett unbeteiligten Gesichtsausdruck aufgesetzt. Aber ich sah es. Ich hob langsam meinen Arm.

»Sei vorsichtig, du könntest dir etwas gebrochen haben.« Maddie berührte mein Handgelenk.

»Hauptsächlich meinen Stolz, aber ich werde es überleben.«

Maddie setzte sich auf ihre Fersen zurück und schaute Rob an. »Das ist also die berühmte Bäckerei, von der du mir auf der Beerdigung erzählt hast. Ich hatte nicht realisiert, dass sie auch *hier* ist.«

Rob nickte. »Genau gegenüber von Justine und Gemma. Was bedeutet, dass ich sie auf ihren Hintern fallen sehen kann, wann immer sie rüberkommt.«

Ich sah zu ihnen herauf, wie sie über meinen Schmerz lachten. »Wenn ihr zwei mal fertig seid, könnte mir einer von euch aufhelfen?«

Sie standen beide auf, dann hielt mir Maddie ihre Hand hin.

Beim Aufstehen zuckte ich mehrmals zusammen und stöhnte schmerzerfüllt. Alle Versuche, vor Maddie cool und ruhig zu wirken, waren hinfällig.

Sie schenkte mir ein Lächeln, ihren Arm um meine Taille geschlungen. Ihre Hand ruhte auf meinem Hüftknochen und mein Körper gewöhnte sich an sie, lehnte sich an sie. Das heißt, bis ich mich daran erinnerte, zu wem diese Hand gehörte und warum das nicht erlaubt war. Ich wollte mich von ihr lösen, zuckte dann aber zusammen. Schmerz schoss von meiner Kniescheibe hinauf und ich krümmte mich.

Maddies Arm schloss sich fester um mich und Glückshormone schwirrten durch meinen Körper, die mit dem Schmerz rangen. Eine Vision von Maddie, die auf meiner Beerdigung in der vordersten Reihe saß, segelte durch meine Gedanken und ich verdrehte über mich selbst die Augen. Das würde nicht passieren; und selbst wenn doch, musste ich wirklich an meinen romantischen Fantasien arbeiten. Wenn zu meinen Fantasien gehörte, dass ich tot war, brauchten sie definitiv ein Upgrade.

Als ich erneut aufsah, war Maddies Blick noch immer nicht weitergewandert. Wenn Sex mittels Blicken wirklich möglich war, wie Gemma mir kürzlich erzählte, dann taten wir es gerade.

»Danke, dass du mir hinterhergelaufen bist.« Sie hob ihre Tasche vom Boden auf, aber ihre Augen lagen auf meinen Lippen. »Sie hätten es mir ewig vorgehalten, wenn ich ohne meine Tasche und somit ohne meinen Geldbeutel aufgetaucht wäre.«

»Es freut mich, dass ich von Nutzen sein konnte.« Falls irgendjemand ein Wärmebild von meinem Körper erstellen würde, wäre es an der Körpermitte knallrot.

Unsere Blicke trafen sich erneut, der Moment dehnte sich aus, bevor er in winzige, unsichtbare Scherben zerbarst. Maddie schwang sich ihre Tasche über die Schulter. Sie hatte breite Schultern. Stark.

Ich riss meinen Blick davon los.

»Wie auch immer«, sagte sie. »Ich finde es nicht gut, dich verletzt hierzulassen. Aber ich sollte wirklich zum Pub gehen.« Sie zuckte zusammen.

»Absolut. Du musst einen Junggesellinnenabschied vollenden.«

»Gehst du sicher, dass es ihr gut geht?«, sagte Maddie zu Rob.

Er nickte. »Natürlich. Sie ist in sicheren Händen.« Er zeigte seine Hände vor, um ihre Tauglichkeit zu demonstrieren.

Maddie atmete tief durch, dann nickte sie ebenfalls. »Okay. Versuch in der Zwischenzeit nicht zu oft hinzufallen.« Sie nahm meine Hand in ihre und drehte die Innenfläche nach oben. »Achte darauf, dass du das säuberst. Deine Hände sind wichtig.« Sie schaute auf, begegnete meinem Blick wieder und mein Herz stockte. Es wurde alles etwas zu heftig. Dann, mit einem sanften Nicken und einem Lächeln, das noch eine Zeitlang danach vor meinem inneren Auge tanzte, ging sie davon.

Ihr Lächeln hatte mich in unser altes Leben zurückversetzt. Wie wir auf unserer Abschlussfeier zusammenstanden, die ganze Welt und so viel, worauf wir uns freuen konnten, noch vor uns.

Bevor es alles zu Staub zerfallen war.

Ich starrte ihr nach, gelähmt und verwirrt. Was zur Hölle hat sie mit mir angestellt?

»Wirst du es überleben oder soll ich einen Krankenwagen rufen?« Rob legte mir seine Hände auf die Schultern. »Brauchst du ein Notfall-Kaffeestückchen, um den Schmerz zu lindern?« Er kannte meine Schwachstellen sehr gut.

»Ich brauche immer Kaffeestückchen.« Ich lächelte ihn an, obwohl mein ganzer Körper pochte. »Danke, dass du zu meiner Rettung geeilt bist.«

Sein Blick schnellte zu Maddie, die gerade um die Ecke bog. »Du bist hart gefallen, aber ich denke nicht, dass ich wirklich gebraucht wurde.« Er hielt inne. »Sehe ich es also richtig, dass die Situation zwischen euch seit der Beerdigung etwas aufgetaut ist?«

Ich zuckte mit den Schultern, als sei es unbedeutend. »Sie ist heute bei meinem Cupcake-Kurs aufgetaucht, Notwendigkeit hat also dazu beigetragen.«

Rob legte einen Arm um meine Schulter und führte mich in die Bäckerei, wo er mich auf einem Hocker platzierte, während er hinter den Tresen ging. »Nur Notwendigkeit? Nichts weiter?«

Ich schüttelte den Kopf. »Nein, nichts weiter. Dieser Zug ist vor einer Weile abgefahren. Du erinnerst dich daran, richtig? Es war tragisch wie bei der Titanic?«

Er hielt inne und hob eine einzelne Augenbraue.

»Was soll dieser Blick?«

»Mir scheint, die Dame protestiert zu viel.« Er griff sich ein Gebäckstück mit seiner Zange und legte es auf einen Teller. »Ich hatte den Eindruck, dass ich in eine Party für zwei geplatzt bin, als ich auftauchte.«

Ich schüttelte den Köpf. »Bist du nicht.« Mein Inneres wirbelte umher wie der Kommandostab einer Majorette, rundherum und rundherum. »Du hast zu viel Fantasie. Letzten Monat dachtest du, es wäre etwas zwischen mir und der neuen Postbotin, weißt du noch?«

Rob kam um den Tresen herum und brachte mir das Gebäckstück. »Zu meiner Verteidigung, sie hat dir drei Pakete an einem Tag gebracht. Wenn das keine Liebe ist, weiß ich auch nicht.« Er zögerte. »Aber das eben war mehr als bei der Postbotin. Ich konnte es spüren. Du nicht?«

Ich schüttelte den Kopf. »Nein. Ich habe den Gehweg gespürt, aber das ist alles.« Jedenfalls war das alles, was ich gewillt war zuzugeben.

Er kniff seine Augen zusammen. »Wenn du das sagst. Nun, soll ich noch einen Kaffee dazu machen?«

Maddies Lächeln blitzte in meiner Vorstellung auf. Ich schloss die Augen, verbannte es aus meinem Kopf. »Ja bitte.«

Kapitel 10

Meine Eltern lebten in Montpelier, was heutzutage als einer der künstlerischeren Viertel Bristols angesehen wurde. In unserer Kindheit war das noch nicht der Fall gewesen, aber jetzt lebten meine Eltern zwischen den Künstlern und der sogenannten Straßenkunst, auf die meine Mutter seltsam stolz war. Ich liebte ihr Haus, ein halb freistehendes Cottage mit weißem Mauerwerk aus Ziegelsteinen und viel mehr Licht und Platz, als man zunächst von außen vermuten würde.

Ich kam heute auf Geheiß meiner Mutter zu Besuch, die mich mit den Worten »Ich habe fast vergessen, wie meine einzige Tochter aussieht« zum Mittagessen bestellt hatte. Sowas konnte sie nie über meinen Bruder Dean sagen, der nur ein paar Straßen weiter wohnte und seine Wäsche noch immer zu ihr nach Hause brachte.

Nach dem gestrigen Tag war ich froh zugesagt zu haben, da ein selbstgekochtes Sonntagsessen meine Seele immer beruhigte.

Meine Mutter machte gerade den Abwasch, als ich durch die Hintertür das Haus betrat und direkt in die Küche durchging. Ich stellte die Cupcakes, die ich gestern gemacht hatte, in ihrer makellosen weißen Kuchenbox auf die Seite, dann küsste ich den Hinterkopf meiner Mutter und stellte den Wasserkocher an. »Hallo, liebste Mutter.«

Sie drehte den Kopf, bevor sie antwortete: »Bist du es wirklich oder ist das nur ein Trugbild?«

»Ich bin es wirklich.« Ich öffnete die Keksdose und nahm mir ein Shortbread heraus. Sie waren angenehm dick und hinterließen das charakteristische Fett auf meinen Fingern.

»Befindet sich da Kuchen in der schönen Box?«

»Cupcakes von gestern«, antwortete ich. »Es wird dich auch freuen zu wissen, dass sie mit Blumen und Mustern dekoriert sind und nicht mit Vaginas.«

Sie lachte laut auf. »Noch eine Junggesellinnenabschiedsparty oder war dir einfach danach?«

»Du weißt, wie ich dazu stehe; definitiv für einen Junggesellinnenabschied.« Ich warf mir das letzte Stück Shortbread in den Mund. »Wo ist Papa?« Ich konnte ihn nicht sehen, als ich in das Wohnzimmer spähte. Sein Ende des Sofas war frei.

»Noch im Pub. Er hat heute eine Fußball-Sache.« Mein Vater war ein großer Bristol-City-Fan und der Schriftführer des Fanclubs. Er hatte ziemlich häufig eine »Fußball-Sache«. Mein Bruder und ich interpretierten das als Code für »das Bedürfnis, unten im Pub Bier ohne seine Familie zu trinken«. Und wir benutzten den Ausdruck auch selbst scherzhaft, wenn wir einen Drink wollten.

»Haben wir gestern gewonnen?« Normalerweise verfolgte ich die Spielstände mit, aber gestern war der bizarrste Samstag seit einer ganzen Weile gewesen. Die Angelegenheiten von Bristol City waren nicht weit oben auf meiner Agenda gewesen.

Meine Mutter drehte sich um, ihr Gesicht sah aus, als hätte sie eine Fliege verschluckt. »Gleichstand. Drei zu drei. Sie haben in der letzten Minute ausgeglichen.«

Jetzt war es an mir, ihren Gesichtsausdruck zu spiegeln. Mein Vater war ein sanfter Mann, aber Fußball hatte immer seine Laune bestimmt. Ein Sieg und er war das gesamte Wochenende glücklich; aber wenn City verlor, wie sie es häufiger taten, war er immer für einige Stunden, manchmal auch das ganze Wochenende, mürrisch. Ein Gleichstand könnte auf zweierlei Art ausgehen.

Meine Mutter konnte es nie verstehen. Wie sie sagte, dem Gesetz des Lebens nach gewann man eben manche Spiele und verlor andere. Aber mein Vater ging nicht so an die Sache ran. Er war ein ewiger Optimist und erwartete immer, dass City gewann. Es war unglaublich, dass er nach sechzig Jahren als Anhänger dieses Vereins noch keine gebrochene Seele war.

»Hoffentlich hat er heute Spaß im Pub.«

»Ihm geht's gut. Er sieht die Niederlage sogar etwas stoischer als gewöhnlich. Gestern beim Abendessen sagte er, und ich zitiere: *Man gewinnt manchmal und manchmal verliert man.*«

»Hat er nicht.«

»Hat er.« Meine Mutter rieb ihre Hände an dem Küchentuch trocken, welches ordentlich gefaltet über dem Türgriff des Ofens hing, bevor sie mich an den Schultern packte.

»Lass mich einen richtigen Blick auf dich werfen.« Sie betrachtete mich von Kopf bis Fuß. »Du siehst gut aus. Ich mag deine Haare so. Hast du sie aufgehellt?«

Ich schüttelte meinen Kopf. »Nee. Bin nur öfter in der Sonne gewesen. Ich glaube, es ist dadurch einen Ton heller geworden.« Meine Haare waren das, was manche Friseure »gerade noch blond« nannten. Weniger nette Menschen nannten es »farblos hellbraun«.

»Hast du gestern gearbeitet?«

Ich nickte, als sie mich losließ und den Tee machte. »Wir hatten einen Kurs von vierzehn Leuten, denen wir beigebracht haben, Cupcakes zu backen. Es war ein lesbischer Junggesellinnenabschied.«

Daraufhin drehte sie ihren Kopf. »Lesben, die backen? Das ist keine große Überraschung. Du und Gemma leitet das immerhin. Kanntest du jemanden?«

Ich räusperte mich. »Ja.« Zögerlich sagte ich: »Maddie war in dem Kurs.«

Meine Mutter wandte sich bei meinen Worten ganz zu mir um. »Maddie? Deine Maddie?«

»Es gibt nur eine Maddie.« Nicht unbedingt wahr. Ich bin sicher, dass es zig Maddies überall auf der Welt gab, aber nur eine hatte bisher so eine Schlüsselrolle in meinem Leben gespielt.

»Es gibt nur eine Maddie, die ich gern von hier bis ins Jenseits treten würde. Was hat sie da gemacht?«

»Sie war ein Teil der Junggesellinnenabschiedsfeier.« Ich zuckte mit den Schultern, um zu zeigen, wie ruhig ich mit Maddies Wiederauftauchen umging. »Ich habe sie auf James' Beerdigung auch gesehen. Das Universum hat also scheinbar beschlossen, dass es jetzt an der Zeit ist, dass wir uns wiedertreffen.«

Meine Mutter presste ihre Lippen zu einer festen, geraden Linie zusammen. »Ich weiß, dass es eine Weile her ist, aber ich erinnere mich an den Schmerz, den sie verursacht hat. Du wirst jetzt nicht in Erinnerungen schwelgen, okay?«

»Es ist in Ordnung, ich bin ein großes Mädchen. Ich habe sie gesehen, mit ihr gesprochen und nicht erwartet, sie noch mal zu sehen. Und dann tauchte sie gestern erneut auf. Sie ist eine schlechte Bäckerin, so viel weiß ich. Aber abgesehen davon waren ihr Leben und meines für so eine lange Zeit getrennt, und ich sehe keinen Grund, warum sich das ändern sollte.« Ich hielt inne. »Du bist nicht die Einzige, die sich an all den Schmerz erinnert.«

Mama nickte, für den Moment beruhigt. »Gut.« Sie griff nach dem Tee. »Sollen wir das mit rüber nehmen?«

Das Wohnzimmer meiner Eltern war L-förmig und die Besonderheit war ein Kamin, der an diesem Sommernachmittag ungenutzt blieb. Um kurz nach dreizehn Uhr wurde das Sonnenlicht auf die Ziegel der Wohnzimmerwand geworfen und ließ sie wie ein besonders saisonales Rothko-Gemälde aussehen.

Ich ließ mich auf einem braunen Zweisitzer-Sofa mit abgenutztem Leder nieder. Unter unseren Füßen bedeckten die vielgeliebten, antiken, gemusterten Teppiche meiner Mutter bloße, polierte Dielenbretter.

Meine Eltern waren keine Stil-Gurus, aber sie waren definitiv sehr viel stylischer als die meisten Eltern, die ich kannte. Meine Mutter mochte zwar bei *Mark & Spencer* arbeiten, aber ihre Freizeit war gefüllt mit Fernsehshows über Innendesign und Umstylings. Elle Décor und andere solcher Magazine übersäten den Wohnzimmertisch und waren neben dem Sofa gestapelt. Mein Haus hatte ähnliche Stapel, aber bestehend aus Back- und Kochmagazinen.

»Und was macht Madam heutzutage?« Wenn meine Mutter einer Frau nicht traute, nannte sie sie gern eine »Madam«. Als wäre sie eine Puffmutter.

»Sie ist eine Bauträgerin und wenn man zwischen den Zeilen liest, scheint es ziemlich gut bei ihr zu laufen. In jedem Fall sieht sie gut aus.« Ich erinnerte mich noch daran, wie sie mich angesehen hatte, nachdem ich gefallen war. Ich konnte es noch fühlen wie einen eigenen Herzschlag in meiner Seele. »Sie hat in London gewohnt, aber es hat sich hier eine Möglichkeit ergeben und sie mag die Gegend, also hat sie sich umorientiert und ist hierhergezogen.«

Meine Mutter trank einen Schluck von ihrem Tee, bevor sie antwortete. »Du scheinst eine Menge über sie zu wissen.«

»Ich sagte dir doch, dass ich sie auf der Beerdigung gesehen habe und sie mit mir reden wollte. Sie hat sich dafür entschuldigt, wie die Dinge vor all den Jahren geendet sind.«

»Was sie verdammt noch mal auch sollte.«

Ich liebte es, wenn meine Mutter so fürsorglich war. »Ich kann die Vergangenheit nicht ändern, aber ich kann die Zukunft kontrollieren. Schau also bitte nicht so besorgt. Es mag sein, dass ich sie jetzt, wo alle wieder mit ihr in Verbindung sind, öfter sehen werde, aber sie wird mehr tun müssen, als einfach aufzutauchen und zu erwarten, dass alle sich fügen.«

»Was haben die anderen gesagt?«

»Gemma war bereit, ihr für mich eine zu verpassen, ich hätte nur das Zeichen geben müssen. Aber ich kann damit umgehen.«

Mama hob eine Augenbraue. »Ich hoffe, du hast recht.«

Das Knallen der Vordertür signalisierte, dass jemand nach Hause gekommen war. Augenblicke später streckte mein Bruder Dean seinen Kopf um die Ecke. Als er mich sah, leuchteten seine Augen auf. Schon seit wir Kinder waren, war Dean immer begeistert gewesen, mich zu sehen. Wenn es um seine Familie ging, war er wie ein Hund, stets schwanzwedelnd und munter.

»Justine!« Dean sprach meinen Namen immer mit zwei sehr deutlichen Silben aus; die erste etwas tiefer im Ton, die zweite fast gesungen. Falls mein Bruder über einen Lautstärkeregler für seine Stimme verfügte, hatte ich diesen nie gesehen und egal wie oft er es in der Öffentlichkeit tat, ich konnte mich nie daran gewöhnen. Er zog mich in eine Umarmung, bevor er dasselbe mit unserer Mutter tat und sich dann setzte. »Ich wusste nicht, dass du kommst. Kein Backen heute?«

»Nein, aber ich habe etwas von dem mitgebracht, was ich gestern gebacken habe.«

Dean leckte sich die Lippen. »Sind noch welche von diesen Vagina-Cupcakes übrig?«

»Sie hat sie alle gestern vernascht.« Meine Mutter lachte lauthals über ihren eigenen Witz und mein Bruder stieg mit ein. Der Humor meiner Familie war manchmal merkwürdig. Ich ignorierte meine Mutter und wandte mich an meinen Bruder.

»Also, wie läufts mit deiner Arbeit? Das letzte Mal, dass ich dich gesehen habe, war das Projekt, an dem du beteiligt warst, fast beendet.« Dean war Bauarbeiter und hatte das letzte Jahr mit demselben Bauträger an einem riesigen Projekt gearbeitet. Jetzt, wo das Ende dafür nahte und ein paar seiner anvisierten Jobs ins Wasser gefallen waren, wurde er etwas zappelig. Ich war mir sicher, dass er etwas finden würde, da gute Bauarbeiter schwierig zu finden waren, aber er war nicht so gelassen.

»Hängt noch etwas in der Schwebe. Ich habe ein paar Eisen im Feuer und Ersparnisse, aber ich hätte gern ein Projekt, in das ich meine Zähne schlagen kann.«

»Ich bin sicher, dass sich alles regelt.« Mamas Reaktion war jedes Mal dieselbe und Dean warf mir einen Blick zu, als sie das sagte.

»Wo ist Papa?«

»Er hat eine Fußball-Sache im Pub«, antwortete sie.

Ein weiterer bedeutungsvoller Blick zu Dean und wir unterdrückten beide ein Lachen. Er hatte mich in unserer Kindheit verrückt gemacht, aber jetzt war ich sehr froh, meinen kleinen Bruder als Verbündeten auf meiner Seite zu haben, insbesondere da unsere Eltern auf das Rentenalter zugingen. Manche meiner Freunde waren Einzelkinder und die gesamte Verantwortung fiel ihnen zu. Außerdem, mit wem schnitten sie Grimassen, wenn ihre Eltern dumme Dinge sagten?

»Wenn du nichts mit dir anzufangen weißt, kannst du immer zu mir kommen und die Aufgaben angehen, die du versprochen hast zu erledigen, sobald du etwas Zeit hast.« Dean hatte das vergangene Jahr über behauptet, er würde meine leicht schiefe Schlafzimmertür sowie ein paar meiner wackeligen Küchenschränke in Ordnung bringen. Obwohl ich zur Miete wohnte, war es zu einem vergünstigten Freundschaftspreis, weshalb ich gern gelegentlich ein paar Reparaturen selbst übernahm, ohne meine Freundin damit zu behelligen.

»Was wirst du im Gegenzug für mich tun?«

»Dir die Unterhose nicht hochziehen?«

Deans Lachen hallte durch das Wohnzimmer. »Du könntest mir die Unterhose mittlerweile nicht mehr hochziehen, selbst wenn du es versuchen würdest. Ich bin viel zu groß und stark.«

»Aber was du zu vergessen scheinst, ich bin leicht und flink. Das übertrifft alles. Niedriger Körperschwerpunkt. Wie der neue Stürmer von Bristol City.« Ich lehnte mich zurück, ein Grinsen im Gesicht. Obwohl die blauen Flecken an meinen Knien und Ellbogen etwas anderes sagten, aber das wusste meine Familie ja nicht.

»Wenn ihr zwei endlich mit euren Plänen, einander zu verhauen, fertig seid …«, sagte Mama. »Dean, reparier die Sachen deiner Schwester, und Justine, du backst im Gegenzug einen Kuchen für deinen Bruder.«

Wir grinsten einander an. Anweisungen von oben.

»Ist nächste Woche okay? Ich komme und schaue mir die Ausmaße des Schadens an. Das heißt, solange du nichts gegen ein bisschen Unordnung in deinem Leben hast?«

Ich dachte an die letzten paar Wochen. »Mein Leben ist ungeordneter, als du dir vorstellen magst, was macht also ein bisschen Staub zwischen Familienmitgliedern?«

»Es gibt da einen Witz über das *Zu-Staub-Werden*, aber ich kriege ihn nicht ganz zusammen.« Er lehnte sich herüber und tätschelte mein Knie. »Du kannst mir alles darüber nächste Woche erzählen.« Er drehte sich zu unserer Mutter. »Was gibt es zu Mittag?«

»Brathähnchen.«

»Mein Lieblingsessen!«, sagten Dean und ich im Chor.

Mama verdrehte die Augen. »Ich weiß.«

Kapitel 11

»Ich werde euch vermissen, wenn ihr umzieht.« Rob stand auf den Stufen der *Bristol Bakery* und schloss ab. Es war ein weiterer heißer Tag Mitte Juli. »Sucht ihr nur hier in Bristol oder auch in Bath?«

»Beides.« Ich trat an seine Seite und wir liefen zu meinem Auto. Das von Rob stand in der Werkstatt und ich fuhr ihn nach Hause. Er war einer der vielen Gründe, weshalb wir nicht umziehen wollten, aber jetzt, wo Kerrys Geld für uns tatsächlich in Sicht war, schien es in den Sternen geschrieben zu stehen. Rob war derjenige, der Gemma und mir von unserem jetzigen Standort erzählt hatte, da er bereits zwei Jahre früher seine Bäckerei eröffnet hatte. Es war fantastisch gewesen, so nah bei einem alten Freund zu arbeiten und ich würde ihn ebenfalls vermissen.

»Ich würde gern weiter in Bristol sein, um uns treu zu bleiben. Außerdem ist die Verkehrsanbindung mit dem Flughafen in der Nähe besser. Aber wenn sich etwas in Bath ergibt, nehmen wir es. Bath ist genauso gut für unser Geschäft.«

Rob nickte. »Stimmt. Bath ist eine schnuckelige Stadt und ihr stellt täglich Schnuckeliges zum Anbeißen her. Es passt perfekt.« Er seufzte. »Aber wo auch immer ihr endet, ich werde niemanden auf der anderen Straßenseite zum Quatschen haben und das wird mich sehr traurig machen.«

Ich stieß ihn mit meiner Hüfte an. »Ich bin noch nicht weg und wir werden uns trotzdem noch sehen, oder nicht? Wenn wir abends ausgehen, zusammen essen oder trinken gehen. Du könntest es sogar endlich mal in mein Haus schaffen, damit ich mich für das herrliche Abendessen, das du letzten Monat für Gemma und mich gekocht hast, revanchieren kann.«

»Gib keine Versprechen, die du nicht halten kannst.«

»Außerdem, wer auch immer das Geschäftslokal hier übernimmt, könnte viel netter sein und dann wirst du uns nie mehr sehen wollen.«

Er lachte. »Wenn du es so sagst.«

Ich sah ihn an. »Das Leben verändert sich, zumindest ist es das, was Gemma mir immer sagt. Und Veränderung ist gut. Veränderung bringt dich weiter.«

Rob warf mir einen Blick zu, der mir sagte, dass er kein Wort davon glaubte, während wir in Kermit einstiegen. Das Innere war glühend heiß, also schaltete ich sofort die Klimaanlage ein. Als ich das Lenkrad berührte, fluchte ich. Es hatte mir fast die Fingerkuppen versengt.

»Sie hat vermutlich recht, aber ich hasse dieses Selbsthilfe-Gelaber«, sagte er und machte es sich in seinem Sitz gemütlich. »Obwohl Jeremy mit Meditation angefangen hat und will, dass ich es auch tue. Ich sage ihm ständig, dass ich das nicht kann, weil mir dabei ganz anders wird.«

»Und ich dachte, schwule Männer wären von Natur aus spirituell.«

Rob klappte seine Sonnenblende herunter, während ich ausparkte. Das Auto ruckte, bevor es in Gang kam. Manchmal dachte Kermit scheinbar wirklich, dass er ein Frosch war.

»Sind wir nicht. So bewegungslos und nachdenklich zu sein, erinnert mich an Beten und das weckt Erinnerungen daran, dass ich in dem Kult aufgewachsen bin, der sich katholische Kirche nennt. Und dann schaltet mein Verstand einfach ab und ich kann es nicht tun. Deshalb ist Meditation überhaupt nicht meins.«

Ich lachte. »Ist Meditation überhaupt eine Option, wenn du zwei Babys im Haus hast?«

Er gluckste. »Genau mein Punkt. Aber Jeremy sagt, dass es mit zwei Babys sogar noch zwingender erforderlich ist. Ich frage mich echt, wie er es schafft, das zeitlich unterzubringen, während er sich um die Kinder kümmert und sein Geschäft leitet, aber er schafft es. Er ist ein Wunder der modernen Wissenschaft, weshalb ich ihm so früh wie möglich einen Ring angesteckt habe.«

Rob und Jeremy lebten im Zentrum von Bath, nicht weit von der Wohnung entfernt, die Maddie renovierte. Rob liebte es, in Bath zu wohnen und in Bristol zu arbeiten, da es, wie er sagte, das Beste aus beidem vereinte. Bristol war eher eine dynamische, lebhafte Stadt, wohingegen Bath vielmehr einen altehrwürdigen Stil und Glamour besaß. Bristol war Emma Stone, wohingegen Bath Audrey Hepburn war. Ich liebte sie beide, aber ich musste zugeben, dass mein Weg zur Arbeit viel leichter wäre und wir auch mehr Besucher aus London anlocken könnten, wenn wir das Geschäft nach Bath verlagern würden.

»Hast du Maddie kürzlich gesehen?«

Meine Wangen brannten bei der Erinnerung daran, wie ich auf meinen Hintern gefallen war. »Negativ.« Ich umklammerte das Lenkrad ein bisschen fester, als wir uns einen Weg durch das Stadtzentrum bahnten. Als wir durch

Wapping Wharf fuhren, schaute ich in Richtung der *Spanish Station*. Unsere Bar. Nach unserem ersten Abend dort waren wir heimgegangen und hatten uns die ganze Nacht lang geliebt. Maddies Blick hatte mich damals auf dieselbe Art fixiert, wie sie es getan hatte, nachdem ich neulich hingefallen war. So als wollte sie mich. Rob hatte gesagt, er habe etwas zwischen uns gespürt. Und er hatte recht. Ich wusste nur bis zu diesem Moment nicht genau, was es war.

»Und findest du es schade, dass du sie nicht gesehen hast?«

Unter Robs Blick wurde mir wieder heiß, gerade als mich die Klimaanlage etwas abkühlte. »Nein. Wir sind Schnee von gestern, es ist also in Ordnung.«

Er ließ ein paar Augenblicke verstreichen, bevor er erneut sprach. »Sie wohnt in Bath, richtig?«

Wir hielten an einer Ampel. »So ungefähr. Sie renoviert eine Wohnung bei dir um die Ecke.«

»Ich könnte sie also im *Chequers* treffen?« Das war Robs vielgeliebtes Lokal.

»Möglich. Vielleicht kann sie deine beste Freundin werden.«

Er prustete. »Nicht, wenn ich will, dass du noch mal mit mir sprichst.«

»Das hat James nicht abgehalten.« Ich schüttelte den Kopf. »Wie auch immer, es ist egal. Was passiert ist, ist passiert.« Ich zögerte. »Aber wir waren mal etwas, Maddie und ich. Dass sie wieder in mein Leben getreten ist, hat mich aus der Bahn geworfen.«

»Das sehe ich.«

Etwas flatterte in meiner Brust. »Sie hätte mein Jeremy sein sollen, mein Bankwärmer, weißt du?«

Er sah mich verwirrt an.

Ich lächelte. »Bei meiner Beerdigung. Sie wäre die Haupt-Trauernde gewesen; diejenige in der vordersten Bankreihe. Unser gesamtes Leben war vorgeplant, aber sie hat diesen Plan in Stücke gerissen. Sie wiederzusehen ist also mit einem Hauch von Furcht verbunden; einem Hauch von Trauer darüber, was ich verloren habe, und einem Hauch von Sinnlosigkeit, da ich immer noch nicht weiß, warum ich sie verloren haben. Oh, sie hat versucht es zu erklären, aber … « Ich schüttelte meinen Kopf.

»Vielleicht solltest du sie noch mal fragen. Vielleicht gibt es noch Hoffnung.«

»Hör bitte auf, deine Vorstellungen einer Beziehung auf mich zu übertragen, nur weil du die perfekte Ehe hast.«

Robs Lachen füllte das Auto. »Hat irgendjemand eine perfekte Beziehung? Ich bin verdammt sicher, dass unsere es nicht ist. Sie wird von Jeremys Geduld und Kindererziehung und meinen Koch- und Putzkünsten zusammengehalten. Andernfalls hätten wir einander mittlerweile schon umgebracht.«

Jeremy führte ein Online-Schreibwarengeschäft von ihrem Zuhause aus, während er sich um die Zwillinge kümmerte. Dementsprechend waren seine Lebensführungsfähigkeiten unübertroffen.

»Wenn eure Beziehung nicht perfekt ist, gibt es keine Hoffnung für irgendeinen von uns.« Ich hielt die Augen auf die Straße gerichtet und dachte über Maddie nach. Darüber, was sie gesagt hatte, als sie davon sprach, dass sie darauf warte, dass ihr die richtige Frau über den Weg läuft. Hatte ich auch gewartet, seit zehn Jahren?

»Und Justine?«

Ich schielte nach links. »Ja?«

»Wenn du morgen sterben würdest, gäbe es eine Schlange von Leuten, die in der vordersten Reihe sitzen wollen. Du musst dir also keine Sorgen machen. Ich wäre der Erste in der Schlange.«

Kapitel 12

Ich konnte nicht glauben, dass es schon auf Ende Juli zuging. Die erste Hälfte des Jahres war langsam vorangekrochen, während wir unseren Freund hatten sterben sehen. Doch nun schien die Zeit auf Hochgeschwindigkeit zu laufen.

Wir hatten gerade unsere Kursteilnehmer verabschiedet. Dies markierte das Ende von fünf Tagen des Lernens, wie man backt und Kuchen auf hohem Niveau dekoriert. Die Klasse wies die typische Mischung aus Frauen auf, die ihr Leben aufmischen wollten – und sie waren alle mit tollen Kuchen und neugefundenem Selbstbewusstsein gegangen.

Wie gewöhnlich war ich nach fünf Tagen unterrichten ausgelaugt. Ich sah eine Flasche Rioja und chinesisches Essen in meiner nahen Zukunft. Das heißt, bis mir einfiel, dass mein Bruder jede Minute hier sein würde, um mit mir heimzukommen und einen Eindruck seiner Arbeit für unsere Geschwister-Abmachung zu gewinnen. Er hatte auch nur drei Wochen dafür gebraucht.

Gemma tauchte aus dem hinteren Teil des Geschäfts auf und tippte im Gehen etwas in ihr Handy. Dann sah sie auf und ließ ihren Blick über das Bild der Verwüstung schweifen.

Rührschüsseln, Spritzaufsätze, Ausstechformen, Utensilien und Schneidbretter – alle schmutzig. Ich liebte Backutensilien, aber den Abwasch liebte ich nicht. Glücklicherweise war das heute nicht meine Aufgabe. Nach Monaten, in denen wir verschiedene Reinigungskräfte ausprobiert hatten, hatten wir endlich eine verlässliche gefunden und wir erwarteten sie in fünfzehn Minuten. Wir fragten uns bereits, wie wir ohne sie überlebt hatten, dabei war sie gerade mal zwei Wochen bei uns beschäftigt.

»Was machst du jetzt? Hast du Lust auf einen Drink? Wir könnten uns dabei diese Immobilienbroschüren ansehen.« Gemma nahm die Broschüren und schwenkte sie vor meinem Gesicht.

»Ich kann nicht. Dean kommt gleich und wir fahren zu mir, um meine Schränke abzumessen.«

»Dean kümmert sich endlich um sie?« Meine schiefen Schränke waren für eine Weile ein Running Gag gewesen, aber selbst der Witz war alt geworden, so lange dauerte es bereits.

»Scheinbar.« Wie aufs Stichwort tauchte Dean in der Tür auf. Anstatt zu klopfen, quetschte er sein Gesicht gegen die Glastür so fest er konnte, was uns beide zum Lächeln brachte. Brüder.

Gemma sperrte die Tür auf und Dean umarmte sie.

»Ich versuche Justine dazu zu überreden, mit in den Pub zu kommen und sich Immobilienbroschüren anzusehen.« Sie machte sich von ihm los. »Könnte ich dich also dazu bewegen, zuerst mit zum Pub zu kommen?«

»Man kann mich immer zu einem Pint überreden«, antwortete Dean.

Ich verschränkte die Arme vor der Brust, seufzte und sah Gemma vorwurfsvoll an. »Ist das nur, weil du willst, dass ich ja zu einem neuen Gebäude sage und du mich deshalb mit Alkohol abfüllen willst?«

Gemma neigte den Kopf. »Wir haben Geld, aber du trödelst noch immer. Also ja, du könntest einen kleinen Schubs gebrauchen. Außerdem könnten wir Deans professionelle Meinung kriegen, bedenkt man, dass er darin involviert sein wird.«

»Werde ich?«

»Ja, du Keks«, antwortete ich. »Falls wir umbauen oder renovieren müssen, werden wir dich engagieren.«

»Dann bucht ihr mich besser jetzt, bevor ich euch weggeschnappt werde.« Dean ergriff einen Teigschaber und ich konnte sehen, dass er daran lecken wollte.

»Leg ihn wieder hin.« Meine Stimme war direkt, als würde ich mit einem Hund sprechen. »Ich dachte, du bist fast arbeitslos?«

»Derzeit bin ich es, aber die Dinge könnten sich ändern.« Er stoppte und sah sich im Raum um. »Aber wichtiger noch, wenn ich die Reste nicht ablecken darf, habt ihr irgendwelche Kuchen übrig?«

Gemma lachte, dann ging sie zum Kühlschrank herüber, nahm einen Kuchen raus und schnitt ein Stück für Dean ab.

Ein Klopfen an der Tür ließ uns alle aufsehen.

Maddie.

Ich runzelte die Stirn, fühlte, wie sich mein Puls beschleunigte. Was zur Hölle machte sie hier? Das war definitiv kein Ort, an dem man zufällig vorbeikam. Ich ging herüber und öffnete die Tür. Wo die Atmosphäre im Raum zuvor entspannt und heiter war, legte sich nun Spannung wie eine Kältewelle über uns.

Maddie schenkte uns ein angespanntes Lächeln, als sie eintrat. Sie nickte Gemma und dann Dean zu.

Dean verzog das Gesicht. Beim Sonntagsessen hatte er gehört, dass Maddie wieder auf der Bildfläche erschienen war, aber ich hatte es nur kurz angeschnitten. Er hatte sie, seit er zwanzig war, nicht gesehen und damals hatte er sie geliebt.

»Hallo noch mal, Gemma. Und hey, Dean. Du siehst gut aus.« Maddie räusperte sich. »Wie ist es dir ergangen?«

Dean nickte. »Gut. Dir?« Nun, das war komisch. Dean hatte eine nicht ganz so subtile Vernarrtheit in Maddie entwickelt, so sehr sogar, dass meine Mutter den jungen Dean zur Seite nehmen und ihm sagen musste, dass es kein tolles Bild abgab, wie sehr er für die Freundin seiner Schwester schwärmte. Er hatte monatelang geschmollt, als sie gegangen war. Er sollte mal versuchen, ich zu sein.

»Super«, antwortete Maddie. »Jedenfalls, damit das hier nicht zu einer besonders unangenehmen Folge einer noch nicht gefilmten Larry-David-Sitcom wird, ich musste heute an euch denken, als ich mir einige Auktionsbroschüren ansah. In zwei Wochen findet eine statt und es gibt ein paar Immobilien, die du und Gemma euch vielleicht ansehen wollt.« Sie fischte einige Broschüren aus der Ledertasche, die von ihrer Schulter hing. Derselben Tasche, die sie nach dem Cupcake-Kurs hier vergessen hatte. »Ich war mir nicht sicher, ob das hilfreich ist, aber ich dachte, ich lasse es euch trotzdem wissen.« Sie tippte sich mit ihrem Zeigefinger gegen die Brust, während sie den letzten Teil sagte.

Ich sah zu Gemma, die Maddie mit einem ausdruckslosen Blick bedachte.

Maddie bewegte sich rückwärts auf die Tür zu, streckte ihren Kopf heraus und dann wieder herein. »Ich schaue nur nach Verkehrspolizisten oder Abschleppwagen, nach dem, was du mir auf dem Junggesellinnenabschied gesagt hast.« Sie stand auf der Schwelle, einen Fuß in der Tür, den anderen draußen. Wie ironisch.

»Wir wollten gerade in den Pub gehen, um uns ein paar Broschüren anzusehen. Du könntest auch mitkommen, denke ich.« Der Vorschlag war aus meinem Mund herausgeschlüpft, bevor ich mein Hirn in Gang gesetzt hatte. War es das, was ich sagen wollte? Ich hatte keine Ahnung. Der belustigte Blick, den Gemma mir zuwarf, sagte mir, dass sie auch nicht sicher war, ob es das war, was ich hatte sagen wollen.

»Klar«, antwortete Maddie und packte die Broschüren in ihre Tasche zurück. »Sofern ich nicht störe? Ich wollte die Broschüren nur vorbeibringen, damit ihr darüber nachdenken könnt.«

»Es ist keine große Sache. Wir gehen zu dem Pub in der Nähe von Justines Wohnung. Es ist deine Entscheidung.« Das kam von Gemma, die in einem abgehackten Ton sprach. In diesem Moment liebte ich meine beste Freundin extrem.

Maddie schaute mich an, dann Gemma und dann nickte sie. »Wenn ihr sicher seid, bin ich dabei.« Sie hielt inne. »Meine Geschäftspartnerin Ally ist in dem Laden nebenan. Ich muss nur kurz rübergehen und ihr Bescheid sagen. Ich bin in zwei Minuten zurück.«

Ich nickte. »Sicher.«

Maddie schenkte mir ein Grinsen, dann verließ sie das Geschäft.

Gemma ließ die Tür zufallen, bevor sie sich mir zuwandte und eine einzelne Augenbraue anhob. »Weißt du, für jemanden, der Maddie nicht wieder in seinem Leben haben wollte, hast du gerade eine verblüffende Darbietung des genauen Gegenteils abgeliefert.«

Kapitel 13

Eine Stunde später saßen wir alle in meinem örtlichen Pub an einem knorrigen Holztisch. Wir waren erst zwanzig Minuten hier, aber ich konnte bereits sehen, wie Dean wieder Maddies Zauber verfiel und ich fragte mich, ob sie einfach magischen Einfluss auf die Familie Thomas ausübte. Meine Eltern hatten sie ebenfalls geliebt, bis sie sich auf und davon machte. Mein Vater würde ihr vermutlich genau wie Dean innerhalb von Minuten nach einem Wiedersehen wieder aus der Hand fressen. Männer waren leichter zu beeindrucken. Meine Mutter hingegen würde sich als härtere Nuss erweisen.

Dean war nicht der Einzige, der etwas zu laut über die Witze der Anwesenden lachte. Maddies Geschäftspartnerin Ally war mit in den Pub gekommen, da sie in der Nähe wohnte, und Gemma machte ihr schöne Augen. Allgemein benahm sie sich so subtil wie ein Vorschlaghammer. Es war jedoch nicht nur einseitig – Ally erwiderte es. Ich konnte den Reiz sehen. Ich kannte sie erst eine halbe Stunde, aber Ally war ein Wirbelwind; eine dieser Personen, die einen anzogen und mehr wissen lassen wollten. Sie war klein und drahtig und sie triefte nur so vor Charisma. Ihr kurzes, schwarzes Haar rahmte ihr Gesicht und ihre Haut war ebenmäßig und gebräunt. Zwischen der charmanten Gemma und dem schmalzigen Dean fühlte ich mich ein bisschen fehl am Platz, wie das fünfte Rad am Wagen dieses Doppeldates.

»Also, wie lange arbeitet ihr zwei schon zusammen?«, fragte Gemma und bezog uns so alle in das Gespräch mit ein. Sie setzte sich etwas zu enthusiastisch auf, während sie auf Allys Antwort wartete. Es brachte mich zum Lachen, aber ich konnte ihre Illusion nicht zerstören. Ich hatte diesen gekonnten Move von Gemma schon mal gesehen.

»Wir haben uns in einem Auktionssaal getroffen.« Allys Stimme war rau und blieb ihren nördlichen Wurzeln noch treu; die Vokale waren ausdrucksstark und die Konsonanten spitz. »Ich bin hingegangen, um eine Wohnung oder ein Haus zu kaufen und kam damit und einer Maddie heraus.«

»Ich stand nicht zum Verkauf, sollte ich anmerken«, sagte Maddie. »Aber ja, wir haben einen Kaffee getrunken und es hat unser Leben verändert. Es gibt nicht viele Frauen, die auf Auktionen bieten und wir hatten uns hin und wieder gesehen. Als wir uns dann wirklich kennenlernten, kamen wir gut miteinander klar und als wir dann auch noch feststellten, dass wir beide lesbisch sind, hat es uns gleich zusammengeschweißt.«

»Wir sind nun seit knapp über zwei Jahren Geschäftspartner.« Ally nahm einen Schluck von ihrem Gin Tonic. »Und ich muss sagen, ich liebe es, hier zu leben. Es ist eine erfrischende Abwechslung zu London. Außerdem haben wir ein paar Projekte, die uns auf Trab halten. Manche laufen gut, die anderen nicht so gut.«

»Warum das?«, fragte Dean.

»Der Stiftungsrat«, antwortete Maddie. »Planungsgenehmigungen zu ersuchen, bringt uns noch ins Grab. Insbesondere wenn das Gebäude derart unter Denkmalschutz steht wie jenes im Royal Crescent. Wir möchten nur eine Wand verschieben, aber man könnte meinen, wir würden darum bitten, die Wohnung einreißen und von vorn beginnen zu dürfen. Aber wie auch immer, ich werde mich nicht beschweren.«

»Falls sie sich doch beschweren sollte, habe ich ihr gesagt, dass sie es in einem südwestenglischen Akzent tun muss.« Ally versuchte den Akzent bei ihrem nächsten Satz. »Ich habe versucht, meinen zu perfektionieren, aber es ist schwierig mit einem bereits so starken nördlichen Akzent.«

»Wie ihr hören könnt, ist sie schrecklich darin.« Maddie lachte. »Akzente sind nicht deine Stärke.«

»Glücklicherweise sind es Interior Design und das Einreißen von Wänden aber schon.« Ally grinste.

»Ich liebe Frauen, die mit einem Vorschlaghammer umgehen können«, erzählte ihr Dean. »Unglaublich sexy.«

»Sehe ich auch so«, antwortete Ally, bevor sie sich an Gemma wandte. »Hast du jemals einen Vorschlaghammer geschwungen? Ich denke, das würde dir super stehen.«

Gemmas Wangen glühten leuchtend rot. »Nicht wirklich. Es ist wahrscheinlicher, dass ich einen Teigschaber oder einen Spritzbeutel schwinge als einen Vorschlaghammer.«

»Das ist genauso sexy«, erwiderte Ally. »Jeder braucht Kuchen in seinem Leben, oder?«

»Also was haltet ihr von diesen Immobilien?« Maddie unterbrach Ally und Gemmas offensichtliches Flirten, um unser Gespräch darauf zurückzulenken, weshalb wir alle hier waren. »Insbesondere diese hier könnte toll sein.« Sie deutete mit ihrem Finger auf die Broschüre. »Ihr könntet zwei Workshops für eure Kurse haben und auch genug Platz für jeweils ein Büro. Außerdem ist es in der Nähe des Bahnhofs und somit super für Leute, die für die Kurse anreisen. Kommen Leute von überall her?«

Ich nickte. »Ja. Das Weiteste war Brasilien und die Frau kam für einen einwöchigen Kurs. Wir haben auch regelmäßig Leute aus anderen Teilen von Europa, in der Nähe des Bahnhofs zu sein ist also ideal.«

»Und es ist auch nicht so weit vom Flughafen entfernt«, fügte Gemma hinzu. »Was genau dem entspricht, was wir wollten.«

»Und wärst du an den Bauarbeiten beteiligt?« Maddie richtete die Frage an Dean.

»Falls die beiden mich buchen, komme ich. Aber ihr bucht mich besser schnell. Und ich brauche Bargeld als Bezahlung und nicht nur Kuchen.«

»Wie wäre es mit einem Kuchen in Form von Bargeld?«, fragte ich.

»Solange er mit Bargeld gefüllt ist«, antwortete Dean trocken.

Maddie legte die Stirn in Falten. »Du sagtest, du wüsstest im Moment nichts mit dir anzufangen?«

Dean nickte. »Ich warte nur darauf, dass ich von ein paar Auftragsanfragen höre.«

»Es könnte sich demnächst etwas Arbeit bei uns ergeben, falls du interessiert bist.« Sie sah mich an. »Wenn das okay ist, dass ich deinen Bruder anstelle?«

Ich nickte. Was konnte ich auch sagen? Ich war mir nicht sicher, ob es okay war oder nicht, aber Maddie schien direkt vor meinen Augen wieder in mein Leben zu sickern und ich war machtlos dagegen. Das Seltsame daran war, dass es sich auch in Ordnung für mich anfühlte. Mit ihr in diesem Pub zu sein war in Ordnung. Dass Dean mit ihr lachte, war in Ordnung. Dass Gemma mit Maddies Freundin flirtete, war in Ordnung.

Aber warum zur Hölle war das alles so in Ordnung? Das war es, was ich nicht ausmachen konnte. Ich beschloss, diese Gedanken für den Moment beiseitezuschieben.

»Falls Dean die Arbeit und ihr einen Bauarbeiter braucht, dann werde ich mich euch nicht in den Weg stellen.«

Maddie betrachtete mein Gesicht eingehend, bevor sie mir zunickte. »Das sind fantastische Neuigkeiten. Dean, betrachte dich als engagiert.« Sie lehnte sich kopfschüttelnd zurück. »Wer hätte gedacht, dass ich nach all diesen Jahren mit Justines kleinem Bruder arbeiten würde?«

»Ich nicht«, antwortete ich.

~ ~ ~

Nach ein paar Drinks gingen Dean, Ally und Gemma Thailändisch essen. Wir entließen das Trio in das wunderschöne Restaurant um die Ecke. Ich warf Gemma einen fragenden Blick zu, den sie gekonnt ignorierte. Wusste Dean, dass er sich ungefragt an ein quasi erstes Date ranhängte? Wahrscheinlich nicht. Und selbst wenn, wäre er trotzdem erfreut, dass er mit zwei Frauen essen gehen konnte. Mein Bruder hat noch nie sehr schnell geschaltet.

Maddie musste nach Bristol zurückfahren.

Ich runzelte die Stirn. »Du bist eine halbe Stunde hierhergefahren, nur um jetzt zurückzufahren?«

Sie zuckte mit den Schultern und wich meinem Blick etwas aus. »Das war es wert. Ich hatte Spaß. Außerdem werde ich heute wahrscheinlich im Haus bleiben. Ich begleite dich nach Hause, da ich mein Auto dort geparkt habe.«

Maddie zog ihre dünne Bomberjacke an, während sie sprach.

»Okay.«

Sie ging neben mir her, ihre Schritte im perfekten Einklang mit meinen. Die Abenddämmerung setzte gerade ein, aber die Luft hüllte uns noch immer in eine wärmende Umarmung. Ein Bus fuhr auf der Hauptstraße an uns vorbei. Sein Dieselmotor ließ die Stille zersplittern. Wir gingen am Postamt, dem Floristen und der örtlichen Autoreparaturwerkstatt vorbei, bevor Maddie zu sprechen begann.

»Also was hältst du von dem Geschäft aus der Broschüre? Könnte es einen Versuch wert sein?«

»Vielleicht, aber es erfordert eine Menge Arbeit. Mir war es immer lieber, etwas zu wählen, das bereits fertig ist, aber Gemma bevorzugt es, ein Gebäude zu finden, das wir nach unseren eigenen Vorstellungen formen können. Das macht mir Angst, aber letztlich könnte es unser Geschäft verbessern. Zumindest sagt sie das ständig.«

»Sie hat recht. Wenn ihr es selbst zu dem macht, was ihr möchtet, dann ist das sehr viel besser, als um das Vorhandene herumzuarbeiten. Ihr könnt es nach euren exakten Vorgaben gestalten, selbst zu der Frage, wie viele Steckdosen ihr braucht und wo genau ihr sie haben wollt. Das ist alles wichtig, wenn ihr zwanzig Küchenmaschinen gleichzeitig anschließen müsst, nehme ich an.«

Ich betrachtete Maddies Silhouette, während sie lief. Sie war nach wie vor attraktiv, das konnte man nicht bestreiten. Aber diese neue Seite an ihr zu entdecken, machte sie sogar noch ein bisschen attraktiver. Sie zeigte Interesse an unserem Unternehmen, wollte helfen und brachte mich dazu zu erkennen, inwiefern Veränderung ein positiver Schritt sein konnte. Gemma wäre begeistert. Wie mir meine Geschäftspartnerin wiederholt sagte, könnte ich unser altes Geschäft leiten, während sie an dem neuen weiterarbeitete. Vielleicht könnte es funktionieren, wenn Dean mit von der Partie war und wir mit Maddie Ideen besprechen könnten. Letzteres ließ definitiv Ideen in meinem Kopf aufblitzen.

»Ich weiß, und es ist nichts, was mir Gemma nicht schon eine Million Mal gesagt hat. Vielleicht sind wir aber jetzt zu nah dran. Vielleicht brauche ich einen Außenstehenden, der dazukommen und mir die Möglichkeiten zeigen kann.« Ich hielt inne. »Wer hätte gedacht, dass du dieser Außenstehende sein würdest?«

Sie schenkte mir ein Lächeln, das meinen Körper bis in die Zehen wärmte.

»Ich nicht.« Maddie räusperte sich. »Ich würde dich gern mal zum Essen einladen. Nur um uns etwas auszutauschen und über dein Geschäft zu quatschen. Natürlich geht das auf mich; nach alldem ist es das Mindeste, was ich tun kann.«

Mein Herz schlug heftig bei ihren Worten, aber mein Verstand stemmte sich dagegen. Das Tauziehen versetzte mein Blut in Wallung und mein Gesicht spiegelte dies scheinbar wider.

Sie hielt ihre Hände hoch. »Nur ein Abendessen, mehr nicht.«

Wir bogen in meine Straße mit ihren uniformen, kleinen Reihenhäusern ein. Meins hatte eine olivgrüne Eingangstür, über die ich stundenlang nachgedacht hatte. Das war ein weiterer Grund, weshalb ich nicht in Designfragen involviert sein wollte. Es war nicht untypisch für mich, dass ich Stunden brauchte, um zu entscheiden, was ich in einem Restaurant essen wollte – ganz abgesehen davon, welche Farbe wir an den Wänden unseres potenziellen neuen Geschäfts anbringen wollten.

»Du hast gesehen, wie es mir geht.« Ich zögerte und sah in ihre Augen. »Ich denke nicht, dass es eine gute Idee ist, gemeinsam auszugehen, du etwa? Aber ich würde mich trotzdem sehr über etwas Hilfe bei unserem Unternehmen freuen, falls das Angebot noch steht.«

Maddie nickte bereits, bevor ich meinen Satz beendet hatte. »Natürlich. Ich will bloß alten Freundinnen helfen, was ihr beide, du und Gemma, seid.«

Ich lächelte. »Ich bin froh, das zu hören.«

»Falls es das besser macht, ich würde ja Gemma zum Essen einladen, aber möglicherweise würde ich damit Ally auf den Schlips treten, den Blicken nach zu urteilen, die die beiden sich heute Abend zugeworfen haben.«

»Dir ist das auch aufgefallen?«

Maddie zog eine ihrer perfekten Augenbrauen in die Höhe. »Jedem außer Dean.«

Unser Lachen verschmolz miteinander.

»Es war echt toll, dich zu sehen. Sag mir wegen der Auktion Bescheid. Ich werde auf ein paar Objekte bieten, aber falls du auch kommen möchtest – selbst wenn es nur darum geht, ein Gefühl dafür zu kriegen und nicht, um irgendetwas zu kaufen –, dann lass es mich wissen, ja?« Sie kramte in ihrer Tasche, zog eine Visitenkarte heraus und drückte sie mir in die Hand. »Ich weiß, dass du mich wahrscheinlich über Social Media finden kannst, aber die hier enthält meine Nummer und meine E-Mail-Adresse.« Sie hob ihren Blick aus den sanftgrauen Augen, die Farbe heraufziehender Stürme, zu meinem. »Selbst wenn wir nicht essen gehen, bin ich froh, wieder ein Teil deines Lebens zu sein, egal in welcher Funktion. Melde dich, falls du mitkommen willst, okay?«

Ich nickte, unfähig eine Antwort zu formulieren, während eine Welle der Emotionen mich erfasste. Nichts würde passieren, aber gleichzeitig geschah doch bereits etwas, oder?

»Bis bald, Justine.« Ihr Blick war auf mich geheftet, während sie sprach. Dann lehnte sie sich näher zu mir, ihre Lippen bewegten sich auf mich zu und berührten mit leichtem Druck meine Wange.

Meine Atmung setzte aus. Allein die Tatsache, dass ihre Lippen meinen so nah waren, machte mich sprachlos.

Kapitel 14

Die Beerdigung ihres Mannes war zehn Wochen her und Kerry hatte Sommerferien. Kerry war die geborene Lehrerin; ihre Fächer waren Mathe und Theater. Den vielen Ratschlägen zum Trotz war sie sehr früh nach James' Tod wieder arbeiten gegangen, mit der Aussage, dass sie für ihre Klassen da sein wolle, bevor sie ihre Abiturprüfungen ablegen würden. Ich war mir nicht sicher, ob das klug war, aber Kerry hatte gesagt, dass es eine Rettungsleine gewesen war, ein wenig Normalität in ihrer auf den Kopf gestellten Welt.

Heute war sie in der Nähe vom *Cake Heaven*, um einen Babyladen zu besuchen, der ihr empfohlen worden war. Sie hatte angerufen, um zu sehen, ob ich sie auf ein Mittagessen treffen könnte.

Zufälligerweise hatte ich heute einen unterrichtsfreien Tag. Wenn wir mit unserem Geschäft umzogen, würden meine Unterrichtstage für eine Weile zunehmen, da wir unsere Angebote ausweiten würden und Lehrpersonen brauchten. Aber auf lange Sicht wollte ich umsatteln und zu unterrichtsfreier Arbeit übergehen. Mein Plan war es, den Betrieb zu leiten und das Unterrichten Gemma und unserem Team von selbstständigen Bäckern zu überlassen. Betriebsführung und Unternehmensentwicklung waren die Bereiche, in denen ich mich bewegen wollte.

Als Kerry eintrat, schloss ich sie in die größte Umarmung, die ich über ihren Babybauch, der im fast sechsten Monat endlich wahrnehmbar wurde, hinweg bewerkstelligen konnte. Gemma und ich waren seit der Beerdigung bei Kerry zu Hause gewesen, wann immer sie uns in ihrem Terminkalender unterbringen konnte. Außerdem standen wir in ständigem Kontakt über WhatsApp.

»Ich werde nichts dazu sagen, wie viel du im Vergleich zu von vor zwei Wochen zugenommen hast, obwohl das der Fall ist.« Ich warf ihr ein breites Grinsen zu. »Wie geht's?«

Sie lächelte mich müde an. Ihre Haut war blass und sie sah nicht so aus, als hätte sie viel Schlaf abbekommen. »Das Baby hat letzte Nacht zum ersten Mal getreten und ich habe nur dagelegen und versucht, James durch reine Willenskraft an meine Seite zu beschwören.« Sie schloss ihre Augen, offensichtlich, um Tränen zurückzuhalten.

Ich nahm ihre Hand und drückte sie.

Sie drückte zurück. »Aber er kommt nicht wieder. Manchmal vergesse ich das und dann nimmt es mir völlig den Wind aus den Segeln.« Sie spannte sich an, dann atmete sie tief durch. »Ich versuche ein natürliches Maß, aber nicht zu sehr zu trauern, da ich das Baby nicht belasten darf.« Sie schüttelte den Kopf. »Abgesehen davon schreitet das Leben voran. Meine Familie ist besorgt und kommt ständig vorbei und James' Familie ist noch geschockt von der Babynachricht.«

»Wie geht es ihnen?« James war ein Einzelkind gewesen und seine Eltern waren sicher am Boden zerstört.

»Seine Mutter ruft immer wieder an und sagt, dass ich mich ausruhen soll. Aber wir sind jetzt über die bedenkliche Phase hinaus und ich wusste während der ersten drei Monate, die ich schwanger war, nicht mal Bescheid. Ich nehme an, wenn dieses Baby den Tod seines Vaters verkraften und am Leben bleiben kann, dann hat er eine gute Chance, den Rest des Weges zu überstehen, nicht wahr?« Sie hielt ihren Bauch schützend mit ihrer linken Hand. »Das heißt nicht, dass ich keine panische Angst habe. Wie soll ich das ohne James an meiner Seite schaffen?«

Ich zog sie in eine weitere Umarmung und ihre Haare kitzelten meine Wange. »Du wirst das gut hinkriegen. Und du bist nicht auf dich allein gestellt. Du hast massenweise Unterstützung.«

Wir hatten einen Kaffee getrunken, bevor wir den Laden mit dem schicken Namen *Baby Gaga* betraten. Ausgehend von dem Ausdruck auf Kerrys Gesicht konnte ich sagen, dass sie das Geschäft aufkaufen wollte. Sie könnte es sich definitiv leisten. Sie hatte mir bereits gesagt, dass sie wollte, dass dieses Baby alles hatte.

»Übrigens, hast du den Test machen lassen? Du sagst ständig ›er‹.«

Sie schüttelte den Kopf. »Ich werde ihn noch machen, aber ich habe dieses Bauchgefühl, dass es ein Mini-James ist. Aber wenn nicht, ist das auch okay. Ich werde ohnehin geschlechtsneutrale Sachen besorgen. Und selbst wenn das Baby mit dem einen Geschlecht geboren wurde, heißt das nicht, dass es für immer so bleiben wird, oder? Ich bin lange genug im Lehrberuf, um das zu wissen.«

Ich lächelte. »Du bist offiziell das am fortschrittlichsten eingestellte Elternteil, das ich je getroffen habe. Versprich mir auch eine Sache: Falls es ein Mädchen wird, bitte setz ihr kein pinkes Haarband mit einer Schleife daran auf.«

Kerry gab ein dröhnendes Lachen von sich. »Falls ich das jemals tun sollte, erschieß mich, okay?«

Ich fädelte meinen Arm durch ihren und wir schlenderten die Reihen entlang, während wir den Überfluss an angebotenen Sachen in Augenschein nahmen. »Vielleicht sollte ich von Kuchen auf Umstands- und Kindersachen umsatteln. Hast du die Preise gesehen?« Ich hielt einen Babysitzsack mit einem Preisschild von 69 Pfund hoch. Ich war mir sicher, dass man so einen online deutlich günstiger kaufen konnte.

»Man kann haufenweise Geld mit Kindern verdienen. Hast du das gerade erst realisiert?«

Wir liefen einen anderen Gang herunter. Kerry strich dort über eine zitronengelbe Decke, die wir für ausreichend geschlechtsneutral erklärten. Wir waren außerdem beide von einem Schmuselöwen angetan.

»Falls du ihn kaufst, nenn ihn nicht Lenny. Nenn ihn Lisa. Lisa der Löwe ist viel besser.«

Kerry grinste und hob Lisa auf. »Ich kann Lisa jetzt nicht mehr zurücklassen, oder?« Sie schwieg einen Moment, während sie sich Lisa unter ihren Arm klemmte. »Weißt du, wer seit der Beerdigung großartig war?«

Ich schüttelte den Kopf und ergriff ein Paar zitronengelber Babyschühchen mit grellroten Pompons an den Fersen. Als ich sah, dass sie 45 Pfund kosteten, ließ ich sie derart schnell fallen, als würden sie meine Hand verbrennen.

»Maddie.«

Ich wandte mich ihr etwas zu ruckartig zu. »Wirklich?«

»Ja. Sie ist oft vorbeigekommen, um mich zu sehen, oder hat angerufen und gefragt, ob ich irgendetwas brauche. Ich hätte nie gedacht, dass von allen Menschen in meinem Leben Maddie diejenige sein würde, die sich irgendwann am meisten um mich kümmert.«

»Das Leben nimmt seltsame Wendungen, wie wir wissen.«

Kerry schüttelte ihren Kopf. »Ich bin immer noch sauer auf James, weil er bezüglich Maddie Geheimnisse hatte, aber ich habe gelernt, dass es einem nicht erlaubt ist, sauer auf tote Menschen zu sein. Sobald man stirbt, erhält man eine Art Heiligenschein, was bedeutet, dass niemand jemals schlecht von einem reden kann.«

»Ist das so?«

»Ist es.« Kerry sah weg.

Neben ihrem Kopf ragte eine gigantische Giraffe auf, die einen Sticker mit der Aufschrift »Drück mich« auf ihrem Bauch hatte. Kerry streckte die

Hand danach aus und drückte dagegen. Die Giraffe begann zu singen und sagte Kerry, dass sie sie liebte. Innerhalb von Sekunden schüttelte sich Kerrys Körper vor Lachen, nicht vor Tränen.

»Ich sollte immer hierherkommen, wenn ich mich niedergeschlagen fühle. Obwohl mich das vermutlich sogar mehr zum Weinen bringen würde, sobald das Baby da ist.« Sie schüttelte den Kopf. »Wie zur Hölle konnte mein Leben so werden? Verwitwet und schwanger mit vierunddreißig. Ich bin wie eine dieser Geschichten, die man im *That's Life*-Magazin liest.«

»Deine Haare sind viel glanzvoller als die von all den Frauen in diesem traurigen Käseblatt. Außerdem bist du nur mit dem Kind deines Ehemanns schwanger. Nennst du das einen Skandal? Würden diese Frauen bestimmt nicht.«

Kerry legte ihren Arm um mich und küsste mich auf die Wange. »Ich habe dich vermisst, lass uns öfter etwas miteinander unternehmen.«

»Abgemacht.« Ich warf ihr einen Seitenblick zu. »Obwohl es nicht an mangelnden Versuchen lag. Seit der Beerdigung bist du gefragter als die Rolling Stones.«

»Ich weiß. Du kannst meiner Familie die Schuld daran geben. Ich liebe sie, aber es ist an der Zeit, zum normalen Leben zurückzukehren. Nun, so normal wie möglich.«

Wir bogen um die nächste Ecke und stießen auf ein riesiges Angebot an Babystramplern, alle mit niedlichen Sprüchen darauf. Kerry stoppte vor einem mit der Aufschrift »Dein Argument ist irrelefant« und dem Bild eines Elefantenkalbs. Sie nahm ihn vom Haken. »Mein erster Stramplerkauf. Ein monumentaler Moment.« Sie verstummte und ich fragte mich, ob sie an James dachte.

Ich tat es jedenfalls.

»Obwohl es nicht das erste Babyteil ist. Maddie hat mir einen coolen Ramones-Strampler gekauft, von dem ich es gar nicht abwarten kann, ihn dem Baby anzuziehen.« Sie betrachtete mich eingehend. »Hast du sie mal getroffen in letzter Zeit?«

Ich räusperte mich und fühlte, wie ich rot wurde. »Jap, ich habe sie gesehen. Öfter, als ich erwartet hätte. Kannst du dir vorstellen, dass sie mich morgen zu einer Gebäudebesichtigung mitnimmt?«

Kerrys Augenbrauen waren derart in die Höhe geschossen, dass ich dachte, sie könnten abheben.

»Und ja, ich weiß, dass das eine unerwartete Wendung ist.«

»Das kann man wohl sagen. Auf James' Beerdigung wolltest du sie umbringen.«

Ich seufzte. »Stimmt. Aber ein Mord auf einer Beerdigung ist nicht gern gesehen und ich bin wirklich niemand, der sich gesellschaftlichen Konventionen entzieht. Außerdem hat mich James' Beerdigung daran erinnert, wie kurz das Leben ist. Wenn sie so oder so wieder in unserem Leben ist, bin ich lieber höflich ihr gegenüber. Insbesondere da sie sich als nützlich herausgestellt hat.«

Kerry nickte. »Und sie wirkt aufrichtig bedauernd, was die Vergangenheit angeht.« Kerry griff sich einen Korb und legte Lisa den Löwen zusammen mit dem Strampler hinein. »Sie hat das sehr deutlich gemacht, als ich sie letzte Woche zum Mittagessen getroffen habe. Ich denke, es war mehr um deinetwillen als meinetwegen, aber egal. Ich schätzte den Gedanken.«

»Sie hat dasselbe zu mir gesagt, aber lass dich davon nicht mitreißen. Obwohl ich nicht verhindern kann, dass ich etwas fühle, wenn ich mit ihr zusammen bin, denke ich, dass es hauptsächlich Nostalgie ist. Egal wie toll Maddie jetzt wirkt, ich kann mich noch daran erinnern, wie ich mich gefühlt habe, als sie damals gegangen ist. Ich werde mich nicht noch mal in diese Situation bringen.«

»Ich weiß.« Kerry warf mir ein Lächeln zu, aber ich war mir nicht ganz sicher, was es bedeutete. Dann hielt sie mir den Strampler vors Gesicht. »Ja oder nein hierzu?«

»Du hast meinen vollen Segen. Und auch für Lisa.«

»Gut.« Sie ließ den Strampler wieder in den Korb fallen, ergriff meine Hand und drückte sie. »Aber du weißt, falls sich die Dinge zwischen dir und Maddie ändern, werden deine Freunde nicht schlechter von dir denken, wenn du es noch mal mit ihr versuchen willst. Nur für den Fall, dass du dich das gefragt hast. Wir möchten, dass du glücklich bist und wie du selbst gesagt hast, das Leben ist kurz.«

»Das wird nicht passieren. Warum denkt das jeder? Meine Mutter hatte fast einen Herzinfarkt, als ich ihr erzählt habe, dass ich Maddie gesehen hatte. Ich treffe in meinem Leben ständig gute Entscheidungen und ich werde nicht plötzlich zusammensacken, nur weil Maddie wieder in mein Leben zurückspaziert ist.«

»Vielleicht liegt es daran, dass ihr zwei mehr wart als nur ein Paar. Wir dachten alle, dass die Sache mit euch vorherbestimmt war. Ihr wart toll zusammen.«

»*Wart* ist hier das entscheidende Wort.« Ich seufzte. »Sie hat das geändert, als sie gegangen ist, oder nicht?« Ich schüttelte meinen Kopf. Meine Emotionen wirbelten in mir durcheinander. Wann immer Maddie ins Gespräch gebracht wurde, passierte das jedes Mal. »Aber wie auch immer, lass uns nicht Juniors ersten Kauf trüben. Sollen wir bezahlen und dann zu Mittag essen?«

Kerry nickte, dann ging sie auf die Ladenkasse zu.

Kapitel 15

Maddie holte mich in ihrem schmutzigen weißen Firmenwagen ab, der überhaupt nicht dem entsprach, was ich erwartet hatte. Da dachte ich, Grundstückserschließung war ein glamouröser Job, aber Maddie lachte nur, als ich das sagte.

»Weit gefehlt. Ich habe es eine Zeitlang mit einem coolen Auto versucht, aber wenn man die eine Hälfte seines Lebens auf Baustellen und die andere auf dem Parkplatz des Baumarktes verbringt, ist es ein bisschen dumm, in einem Auto anzutanzen, bei dem man sich Sorgen über den Lack macht. Du hast meinen Mini schon gesehen, aber mein Bruder hat ihn sich für den Moment ausgeliehen. Tut mir leid, wenn das hier etwas zu rustikal für dich ist.«

Ich wischte über den Sitz, bevor ich kopfschüttelnd einstieg. »Alles in Ordnung. Was ist schon ein bisschen Staub zwischen Freunden?«

Ich sah hinüber zu Maddie, die mir ein Grinsen schenkte, das meinen Magen Purzelbäume schlagen ließ. Es versetzte mich geradewegs in den Sommer unseres letzten gemeinsamen Jahrs zurück. Wir lagen im Park, mein Kopf auf Maddies straffen Bauch liegend. Damals hätte ich mein Haus auf uns verwettet, was nur bewies, was für ein schreckliches Urteilsvermögen ich hatte.

Die dazwischenliegenden Jahre blitzten vor meinem inneren Auge auf. Was zur Hölle tat ich überhaupt in einem Auto mit dieser Frau, die mein Herz herausgerissen hatte?

»Ist es das, was wir sind? Freunde?« Mein Ton war scharf.

Maddies sicheres Grinsen geriet etwas ins Schwanken. »Ich hoffe, wir sind zumindest das.«

Sie schlug die Fahrertür zu und startete den Motor. Ihr Gesicht durchlief unzählige Ausdrücke, bevor sie zu dem einen gelangte, den sie für am geeignetsten für eine Fahrt mit mir, ihrer Ex-Geliebten, hielt. Sie scherte aus, darauf bedacht, nicht in meine Richtung zu blicken und stattdessen ihre Augen auf die Straße gerichtet zu halten.

Es gab so viele Fragen, die ich hatte stellen wollen, seit sie in mein Leben zurückspaziert war, aber ich wusste nicht, wo ich anfangen sollte. Mein Herz raste und meine Kehle war trocken, während wir mit einer Geschwindigkeit, von der ich sicher war, dass sie über dem Limit lag, dem Stadtzentrum entgegensausten. Trotzdem würde ich sie nicht darauf hinweisen, wenn ich mich nicht mal räuspern oder meine Zunge dazu bewegen konnte, die Grundlagen dessen, was ich sagen wollte, zu artikulieren. Etwa, warum zur Hölle bist du gegangen? Es musste doch mehr gewesen sein als nur Bindungsangst?

Wir fuhren durch das Stadtzentrum, vorbei am Hafenviertel und Wapping Wharf. Ich verkrampfte mich, als ich in Richtung der *Spanish Station* schaute. Als ich nach links blickte, sah ich, dass Maddies Knöchel auf dem Lenkrad weiß waren, ihr Blick starr nach vorn gerichtet.

Ich war mir nicht sicher, was sich innerhalb dieser fünf Minuten zwischen uns wieder verändert hatte, aber so etwas passierte nicht, wenn man nur befreundet war. Ich hatte genug Beziehungen dieser Art, ich wusste, wie das lief. Diese angespannte, aufgeladene Stimmung in der Luft, die man nahezu schneiden konnte, war definitiv Beziehungsspannung. Eine Unausgesprochene-Dinge-Art von Spannung. Mir fiel auf, dass ich die Luft anhielt.

Zehn Minuten später hielten wir in der Archer Street. Ich war noch nie so glücklich über das Ende einer Autofahrt gewesen. Wie Maddie hatte ich ein paar Mal angesetzt, um etwas zu sagen, aber keine von uns hatte den toten Punkt überwunden. Trotzdem kribbelte mein Körper vor Hitze, als Maddie vor dem Gebäude neben mir stand. Ich fragte mich, ob ihr das auch aufgefallen war, da sie einen Schritt zurücktrat, als die Immobilienmaklerin ankam. Die Frau hatte wasserstoffblonde Haare und eine schwarz gerahmte Brille. Sie trug eine maßgeschneiderte schwarze Hose und ein weißes Spitzentop. Sie sah aus, als würde sie mehr zu einem Modehaus als zu einem Maklerbüro passen, aber es war eine erfrischende Abwechslung zu den Männern mit zu viel Haargel und hässlichen Krawatten.

»Schön euch zu sehen, ich bin Nora.«

Wir schüttelten uns die Hände. Noras Handschlag war fester als erwartet.

»Es ist so aufregend, dass ihr beide euch dieses Objekt anschaut. Was für ein Geschäft hofft ihr hier einzurichten? Hatte es etwas mit Kuchen zu tun? Denn wenn das stimmt, dann könnt ihr mit mir rechnen. Wer mag schon keinen Kuchen?«

Ausgehend von dem Ausdruck auf unseren Gesichtern hätte man wohl annehmen können, wir würden Kuchen hassen.

Nora runzelte die Stirn und legte den Kopf auf die Seite. »Habe ich da etwas falsch verstanden?«

Ich regte mich zuerst. »Nein, ich leite eine Backschule. Aber zusammen mit meiner Geschäftspartnerin. Maddie ist eine …« Ich konnte mich nicht dazu bringen, die Lücke zu füllen. Ich räusperte mich. »Sie hilft mir nur bei der Suche nach der idealen Immobilie.«

Ich senkte den Kopf und folgte Nora durch die Tür.

Drinnen klappte mir die Kinnlade herunter. Dieses Gebäude war unglaublich. Es war riesig, mit einer gigantischen Glaswand nach vorn raus, was bedeutete, dass Licht hereinflutete. Unser Unternehmen verkaufte einen gewissen Lifestyle und genau das war er. Ich konnte fühlen, wie ich mich für Maddie erwärmte. Sie mag in der Vergangenheit mein Untergang gewesen sein, aber sie leistete hier in der Gegenwart eine gute Arbeit als meine Retterin.

Seiner Geschichte zufolge hatte dieses Gebäude in den letzten Jahren viele Veränderungen durchlaufen; von einer Lagerhalle zu einer Bürofläche und jüngst einem Restaurant. Deshalb hatte Maddie es ausgesucht. Es verfügte bereits über das Potenzial und die richtige Grundversorgung für unser nahrungsmittelbasiertes Unternehmen. Ich konnte förmlich sehen, wie wir unsere Kurse und Workshops hier abhielten. Außerdem bot es genügend Platz für eine größere Küche. Es verfügte über mehr Lagerfläche, was mehr Umsätze bedeutete und es war auch groß genug für Erweiterungen. Ich wusste bereits, was Gemma sagen würde. Wichtiger noch, wenn wir nahe an dem Richtpreis blieben, könnten wir es uns auch leisten.

Ich sah zu Nora herüber, dann zu Maddie, die mir einen Blick zuwarf, den ich nicht ganz entschlüsseln konnte.

»Was denkt ihr?« Nora setzte ein professionelles Gesicht auf, obwohl sie wahrscheinlich mehr als nur ein bisschen verwirrt war von den Schwingungen, die von uns beiden ausgingen.

Ich nickte ihr zu. »Es ist perfekt. Sehr viel Arbeit, aber perfekt. Ich muss nur schauen, dass meine Geschäftspartnerin vorbeikommt und auch noch einen Blick darauf wirft; vielleicht könnten wir also einen weiteren Termin ausmachen. Auch für meinen Bruder, der Bauarbeiter ist und uns helfen wird.«

»Sehr nützlich, so einen Bruder zu haben!«, sagte Nora.

»Er hat seine guten Momente.« Ich zögerte. »Was meinst du?« Ich wandte mich jetzt an Maddie. Sie war schließlich die Expertin, diejenige, die diesen Ort gefunden hatte. Welche Reaktion ich auch auf ihre Anwesenheit haben mag, ich schätzte ihre Meinung diesbezüglich.

»Ich denke, es könnte perfekt sein. Die Lage ist auch super. Aber du musst das mit Gemma klären. Ich weiß, dass du diejenige bist, die überzeugt werden muss.«

Sie sprach über das Gebäude, da war ich sicher, aber es gab so viel mehr, das in ihre Worte hineingelesen werden konnte.

Ich atmete tief durch und lief in die Küche, während ich im Kopf durchging, was alles angegangen werden musste. Es war noch so viel zu tun und unser Unternehmen mit Sack und Pack zu verlegen, war ein riesiges Unterfangen. Als ich aufsah, bemerkte ich, dass Maddie sich an den Türrahmen der Küche lehnte und mich anstarrte. »Es ist eine gute Option, Jus, und eine, die du dir leisten kannst. Überleg es dir.«

Ich nickte. »Das werde ich.«

Maddie hielt meinem Blick stand. »Soll ich dich zurückfahren?«

~ ~ ~

»Wie kommts, dass dein Bruder dein Auto hat?« Zu der Immobilie zu gehen, hatte uns beiden zumindest etwas gegeben, auf das wir uns konzentrieren konnten. Etwas anderes als das Scheitern unserer Beziehung vor all diesen Jahren und die Frage, ob wir jemals wieder Freunde sein könnten. Richtige Freunde, nicht nur oberflächlicher Mist. Wir beide machten es uns im Van bequem, während Maddie ihre Spiegel richtete, bevor sie den Motor startete.

»Er hat es gerade sehr schwer. Er hat kürzlich seinen Job wegen des Brexits verloren und das bedeutet, dass er sein Auto ebenfalls verloren hat. Mein Mini wird ohnehin nur an den Wochenenden oder zu besonderen Anlässen genutzt, also ist es momentan eine Langzeitleihgabe. Ich habe ihm gesagt, er solle es wie sein Erstgeborenes behandeln und er hat mir einen komischen Blick zugeworfen.« Sie grinste mich an. »Ich war schon immer interessierter an Autos als er. Ich wollte immer einen Mini und es war eines der ersten Dinge, die ich gekauft habe, als ich es mir leisten konnte. Wenn du mich vor fünf Jahren gebeten hättest, Harris mein geliebtes Auto zu geben, hätte ich dich für verrückt erklärt.« Sie zuckte mit den Achseln. »Aber er braucht es, also hat es Sinn ergeben.« Sie trommelte mit ihren Fingern auf dem Lenkrad. Sie waren noch genauso grazil, wie ich sie in Erinnerung hatte.

»Es ist nett von dir, das zu tun, besonders in Anbetracht der turbulenten Beziehung, die ihr zwei zueinander hattet, als wir zusammen waren.«

»Harris und ich sehen uns jetzt etwas häufiger. Es ist schade, dass wir das früher nicht taten. Aber Zeiten ändern sich, Leute ändern sich.«

Ich fragte mich, ob das der Wahrheit entsprach. »Als ich dich in deinem Mini vorfahren sah, bemerkte ich dein Auto, bevor ich wusste, dass du es warst. Ich dachte, es war etwas gezwungen auffällig, sicher von irgendeinem großspurigen Typen.«

Maddie lenkte den Wagen auf die Straße. »Das ist sehr geschlechtsspezifisch von dir.« Sie hielt ihre Augen auf den Verkehr gerichtet, während sie sprach. »Dürfen Frauen keine teuren Autos haben?« Ich konnte das Lächeln in ihrer Stimme hören.

»Dürfen sie und du hast recht, das war sehr wertend von mir. Vor allem wenn ich selbst nicht anders bin. Sobald ich es mir leisten konnte, habe ich mir einen Golf gekauft, weil es das Auto war, das ich immer wollte, als ich jünger war. Ich verstehe es also.« Ich ließ meinen Nacken kreisen, während wir uns Wapping Wharf näherten. »Nur habe ich meinem Auto den Namen Kermit gegeben. Ich wette, du hast deins nicht benannt.«

»Falsch gedacht.« Ein Lächeln breitete sich über Maddies Gesicht aus.

»Wie heißt es?«

»Mavis.«

Mein Lachen durchschnitt die Luft im Van. »Vielleicht sind wir doch nicht so verschieden.«

Maddie wechselte den Gang, dann bog sie links ab. »Vielleicht nicht«, antwortete sie, ihre Stimme leise. »Wir hatten seit jeher viel gemein. Es war nicht nur die gute Chemie oder sexuelle Anziehung. Obwohl beides alle Dimensionen gesprengt hat.« Sie sah zu mir herüber. »Das hat sich nicht geändert.«

Es fühlte sich an, als hätte ich Watte im Kopf, während ich verarbeitete, was sie gerade gesagt hatte. Aber ich konnte es nicht bestreiten. Es war in jedem unserer Schritte und jedem Blick, den wir wechselten. Es hing im Auto, als Maddie auf den Parkplatz fuhr.

Sie wartete, bis sie den Motor abstellte, bevor sie sich mir zuwandte. »Ich dachte, vielleicht könnten wir in der *Spanish Station* etwas trinken? Um alter Zeiten willen. Außerdem ist es ein wunderschöner Tag und es wäre eine Schande, einfach nach Hause zu gehen und den Sonnenschein nicht zu genießen, oder?«

Ein Gefühl der Gefahr wand sich angenehm durch mich. Ich ignorierte es. Maddie hatte recht. Es war ein wunderschöner Tag und wir sollten ihn auskosten. Hinzu kam, dass ich es trotz aller früheren Anzeichen genoss, bei Maddie zu sein. Und hatte mir Kerry neulich nicht gesagt, dass das Leben kurz war? Es war nur ein Drink am Wasser, mehr nicht.

Maddies Blick glitt meinen Körper hinab wie Honig, während ich um das Auto herumkam.

Mein Inneres geriet dabei ins Flatterten.

Ich atmete tief durch und führte mir die Fakten vor Augen. Es war nur ein Drink mit einer alten Freundin, die mir aushalf. Ich schuldete ihr das dafür, dass sie das Gebäude gefunden hatte. Es gehörte uns noch nicht, aber das könnte es bald. Maddie hatte das für uns getan und uns weitergebracht, als Gemma und ich es in Monaten der Suche geschafft hatten.

Aber als wir um die Ecke bogen und die Bar sahen, hielten wir beide wie vom Donner gerührt an. Nichts hatte sich geändert und in diesem Moment war es, als wären wir in der Zeit gereist; zurück zu einer unschuldigen Zeit.

Lichterketten rahmten die Fenster, aber sie waren noch nicht angeschaltet, da das natürliche Licht ausreichte. Alte Fässer, die zu Tischen umfunktioniert worden waren, standen zusammen mit Barhockern draußen. Eine Tafel, die an die blanke Backsteinmauer gehauen war, verwies auf die Tapas, die heute Abend im Angebot waren. Die Wände brauchten einen neuen Anstrich und die gestreifte Markise hatte schon bessere Tage gesehen. Aber all das verlieh dem Ort nur mehr Charme.

»Du hast vorhin gesagt, dass die Dinge sich ändern – hat dieser Ort aber nicht.« Ich schaute zu Maddie.

»Kein bisschen.« Sie lächelte. »Sollen wir uns setzen?«

Ich nickte und wir sicherten uns einen Tisch. Ich lächelte angespannt. Beschworen wir hiermit Ärger herauf? Schließlich war dieser Tag ein ziemliches Auf und Ab der Gefühle gewesen. Nichtsdestotrotz waren wir jetzt hier. Ich würde es absitzen müssen und sehen, worin das endete.

Ein Kellner in Jeans und einem weißen T-Shirt nahm unsere Bestellung auf und wir entspannten uns, eingenommen von der Uferregion. Sie war genauso, wie ich sie in Erinnerung hatte: Ruhig daliegende Boote und Bars zu beiden Seiten des Hafens. Diese Seite war stets weniger besucht, weshalb wir sie damals geliebt hatten. Die *Spanish Station* hatte uns etwas Privatsphäre ermöglicht; sie war ein Brutkasten für unsere Liebe gewesen.

Ich atmete tief durch, als unsere Getränke kamen: Sauvignon blanc für mich, Craftbier für Maddie. Wir prosteten uns zu und blickten uns dabei gegenseitig fest in die Augen.

Ich war froh, dass ich meine Sonnenbrille trug, da ich Angst hatte, meine Augen könnten zu viel preisgeben. Ich wollte unsere Konversation auf ein sichereres Thema als die Vergangenheit lenken, aber Maddie kam mir zuvor.

»Wusstest du, dass Ally und Gemma heute Abend ein Date haben, ohne Dean?«

Ich schüttelte meinen Kopf. »Gemma hat nicht viel darüber gesagt, was nicht zu ihr passt. Ich bin mir nicht sicher, was das bedeutet.«

»Wahrscheinlich, dass sie sie mag? Ich weiß, dass Ally wirklich auf sie steht, weil sie mich ständig nach Informationen ausfragt. Aber mein Wissen über Gemma, genau wie über dich eigentlich, ist sehr überholt. Ich würde es aber gern auf den neusten Stand bringen. Ich hoffe, ich bekomme die Gelegenheit dazu.« Sie leckte sich die Lippen, den Blick fest auf mir.

»Ich könnte dasselbe sagen.« Meine Kehle war trocken, daher nahm ich einen Schluck von meinem Wein. »Du hast mir ein bisschen von deinem Bruder erzählt, aber das wars. Wie geht es deiner Mutter?« Maddies Mutter hatte Maddie und unsere Beziehung stets unterstützt und falls unser Aufeinandertreffen bedeutete, dass ich Diane wiedersehen konnte, war das ein Pluspunkt. Diane war durch und durch ein Freigeist. Zuerst hatte sie jahrelang das Alkoholproblem ihres Mannes anstandslos ertragen, bevor sie ihn schließlich herauswarf, als sie herausfand, dass er eine Reihe von Affären gehabt hatte. Ihr Bruder Amos war danach bei ihr eingezogen und die beiden hatten sich als richtiges Unterhaltungsduo herausgestellt.

Maddie wand sich auf ihrem Hocker und hielt ihre Bierflasche so fest, dass ihre Knöchel weiß hervortraten. Sie wich meinem Blick aus, bevor sie geräuschvoll ausatmete.

Das verhieß nichts Gutes, oder?

»Sie ist vor zwei Jahren gestorben. Lungenkrebs. Obwohl sie in ihrem ganzen Leben nie auch nur eine Zigarette geraucht hat.« Sie hielt ihre Augen auf das Meer gerichtet. Ihr Kiefer spannte sich an und ihr Atem stockte.

Mein Herz zersprang in tausend kleine Stücke, wie eine empfindliche Weihnachtskugel, die vom Baum fiel. Ich streckte die Hand aus und legte sie auf ihren Oberschenkel. Maddies Muskeln zuckten unter meinen Fingerspitzen, dann entspannten sie sich. Ihr Blick huschte zu mir, bevor sie ihn wieder abwendete. Sie fasste sich mit der Hand an die Stirn und biss die Zähne fest zusammen.

»Das mit deiner Mutter tut mir so leid. Ich fand sie immer toll. Ich habe neulich erst an sie gedacht.« Was auch immer zwischen uns war, ich würde es niemandem wünschen, ein Elternteil zu verlieren.

»Sie hat dich auch sehr gemocht.« Maddie sah mich an und schenkte mir ein trauriges Lächeln. »Sie war großartig. Es waren ein paar harte Jahre.« Sie versuchte, ihre Atmung zu kontrollieren, aber ich konnte sehen, dass es ihr viel abverlangte. »Nach ihrem Tod begann ich häufiger hierherzukommen. Zum ersten Mal, seit wir uns getrennt hatten. Es war tröstlich; fast so, als könnte ich dich hier spüren, uns. Meine Mutter hat dich wirklich auch geliebt.«

»Hat Amos noch bei ihr gewohnt?«

Sie trank einen Schluck von ihrem Bier, bevor sie antwortete. »Ja, und er schleppt sich seitdem voran. Aber er ist nicht derselbe, keiner von uns ist es. Seit ich zurückgekommen bin, verbringe ich ungefähr die Hälfte der Woche bei ihm, um sicherzugehen, dass er okay ist. Es ist gut, dass ich Zeit mit ihm verbringe, und etwas, das ich mit meiner Mutter hätte tun sollen. Das werde ich immer bereuen. Ich habe die Arbeit über sie gestellt und nicht gemerkt, wie krank sie war.« Sie stieß die Luft aus. »Und jetzt ist Amos auch erkrankt. Er war der Hauptgrund, weshalb ich zurückgezogen bin. Er hat Knochenkrebs im Endstadium. Alle werden älter oder sterben.«

Es war schwierig zu verarbeiten, was Maddie gesagt hatte. Ich konnte noch immer nicht glauben, dass Diane tot war. »Scheiße, das tut mir so leid. Das klingt nach ein paar schrecklichen Jahren.« Ich hielt inne. »James' Beerdigung muss also sehr hart für dich gewesen sein.«

Sie nickte langsam. »Das kann man sagen. Es war die erste Beerdigung, auf der ich war, seit meine Mutter starb. Aber es war schlimmer für Kerry.« Sie ließ die Schultern hängen. »Die Treffen mit James waren schön und ich hatte vorgehabt, irgendwann mit euch allen zusammenzukommen. Aber dann wurde er krank und das hatte Vorrang. Manchmal entgleist einem das Leben etwas, nicht wahr?«

»Das tut es. Es scheint, als hätte sich vieles geändert, seit wir zusammen waren. Nicht nur wir, sondern auch unsere Leben als Ganzes.«

Sie nickte. »Aber lass uns nicht super melancholisch werden, nicht hier. Wir sind beide noch ziemlich lebendig.«

»Das stimmt«, sagte ich. »Aber bestimmt vermisst du deine Mutter.«

Sie schloss ihre Augen für einen kurzen Moment. »Du kannst dir nicht vorstellen, wie sehr. Sie nicht hier zu haben ist wie ein roher Schmerz in meinem Inneren, der fortwährend an mir nagt. Es ist, als ob man wüsste, dass man sich nie wieder satt fühlen wird, egal was man isst. Wir haben nicht zusammengewohnt oder uns ständig gesehen, aber einfach zu wissen, dass sie da war, hat genügt. Da sind so viele Dinge, die ich ihr sagen will, so viele Dinge, von denen ich mir wünsche, dass ich sie gefragt hätte. Aber es ist zu spät.« Sie legte ihre Hand auf mein Handgelenk. »Versprich mir, dass du deine Mutter nicht für selbstverständlich hältst.«

Ich schüttelte meinen Kopf. »Das werde ich nicht.«

Sie strich mit der Unterseite ihres Daumens über mein Handgelenk und es fühlte sich so intim an, dass ich erschauderte.

Als unsere Blicke sich trafen, erstarrten wir beide. Das Gespräch war nicht so gelaufen, wie ich erwartet hätte. Dasselbe galt für meine Gefühle.

»Es ist einer der Gründe, weshalb ich bei Kerry vorbeigeschaut und meine Hilfe angeboten habe. Denn ich verstehe, was sie gerade durchmacht. Ich weiß, dass es anders ist – der Verlust eines Partners statt eines Elternteils –, aber Trauer ist Trauer. Ich habe mich durchgekämpft und tue es noch immer. Falls ich ihr helfen kann, dann möchte ich das tun. Trauer ist im Grunde nur Liebe, die nirgendwo hinkann.«

Das stahl mir den Atem. »Oh, Maddie.« Traurigkeit nahm mich in Besitz. Ich schüttelte meinen Kopf und ließ eine Hand ihren Arm hochgleiten. Waren wir bei der ersten Berührung noch überrascht gewesen, so hatten wir uns offensichtlich sehr schnell daran gewöhnt.

Ein paar Augenblicke vergingen, bevor ich wieder sprach. »Weißt du, als wir uns das erste Mal wieder getroffen haben, wollte ich dich umbringen.«

Maddie gab ein schnaubendes Lachen von sich. »Das ist nicht die Aussage, die ich von dir erwartet hätte.«

»Und du bist nicht das, was ich erwartet hatte. Du bist ganz anders als das gleichgültige Monster, das ich in meiner Vorstellung aufgebauscht hatte. Tatsächlich bist du sehr weit davon entfernt.«

Sie lächelte. »Das ist eine gute Sache, oder?«

»Ist es, aber es ist auch verwirrend.«

Sie seufzte. »Ich weiß, dass es einiges gibt, was wir zu besprechen haben; ich weiß, dass vieles zwischen uns unvollendet ist. Ich würde dir gern alles erklären. Ich wollte mich vorher deiner Wut nicht stellen, und ich nehme sie dir nicht übel. Aber jetzt … « Sie zuckte mit den Schultern. »Vielleicht könnten wir das bald nachholen. Wir könnten ausgehen und ich erkläre dir alles; um die fehlenden Teile des Puzzles zu ergänzen.«

Ich nickte. »Vielleicht.« Ich hielt ihren Blick fest. Das zu sagen, fühlte sich beängstigend an, aber es war das Einzige, was ich sagen konnte. Wir mussten reden, alles ans Licht bringen.

»Ich weiß, dass du mir nicht vertraust, aber ich werde das ändern.«

Ich legte ihr eine Hand auf die Wange und ließ sie dort verweilen. Ich war noch sprachlos von ihren Neuigkeiten. »Mein Beileid wegen deiner Mutter. Aber sie wäre stolz auf dich angesichts dessen, was du für Amos tust.«

Maddie ließ ihren Kopf hängen. »Ich hoffe es.«

Kapitel 16

Am nächsten Tag war ich noch immer getroffen von Maddies Neuigkeiten. Es hatte mich den gesamten gestrigen Abend beschäftigt und ich rechnete fast mit Tränen. Ich konnte nicht ganz glauben, dass Maddies Mutter tot war und Amos auf den Tod zuging. Egal, was ich über Maddies vergangene Taten dachte, sie brauchte gegenwärtig jede Hilfe, die sie kriegen konnte.

In dieser Nacht hatte sich mein Eindruck von ihr verändert. Ich kannte noch nicht die ganze Geschichte dazu, weshalb sie gegangen war, aber sie würde es mir sagen. Ich wusste, dass ich anschließend eventuell eine Entscheidung würde treffen müssen. Aber bis dahin würde ich es vermeiden, allzu viel darüber nachzudenken. Und was war die beste Art, Gedanken über eigene Herzensangelegenheiten zu vermeiden? Nun, natürlich sich auf die von jemand anderem zu konzentrieren.

Abends fuhr ich Gemma, nachdem die Kurse beendet waren, zu dem potenziellen Kaufobjekt. »Ein kleiner Vogel hat mir gezwitschert, dass du gestern Abend ein Date hattest.«

Gemma schüttelte den Kopf, aber sie wand sich in ihrem Sitz. Erwischt.

»Was?« Ich warf ihr ein Grinsen zu. »Seit wann machen wir ein Geheimnis daraus, was in unserem Liebesleben passiert? Du hast mir sonst immer alles erzählt, aber sobald es um Ally geht, bist du ziemlich kryptisch. Du hattest jetzt schon zwei ganze Dates und warst ungewöhnlich zurückhaltend mit Informationen, was möglicherweise bedeutet, dass sie schlecht küsst – allerdings hattet ihr ein zweites Date, also schließe ich das aus. Die einzig andere verbliebene Option ist, dass sie dich mit ihren witzigen, schlagfertigen Anmachsprüchen und dem unglaublichen Sex sprachlos gemacht hat. Ich entscheide ich mich für Option zwei.«

»Ich muss dir nicht alles erzählen, was in meinem Leben passiert.« Gemma starrte konzentriert auf ihr Handy und ignorierte mich geflissentlich.

Ich hielt an einer Ampel und als ich herübersah, hatte sie die Website der *Daily Mail* geöffnet. »Du solltest dir das nicht anschauen. Es hilft ihrer Werbung und somit dem negativen Einfluss, den sie auf die Welt haben.« Es war nicht das erste Mal, dass ich sie darauf hinwies.

»Okay, heilige Justine. Ich werde versuchen, mir nie wieder Klatschpresse anzusehen«, antwortete Gemma, wie sie es immer tat.

Ich stieß sie mit meinem Ellbogen an. »Also sag schon. Warum bist du so still?« Die Ampel wurde grün und ich fuhr los.

Gemma zuckte langsam mit ihren Schultern und wandte sich dann erneut ab. Die Häufigkeit, mit der sie das tat, entging mir dabei nicht. »Ich weiß nicht. Es ist nur, sie ist … anders. Ich will nicht zu frühreif darüber reden und es verhexen, das ist alles. Aber sie ist umwerfend. Außerdem auch intelligent, heiß, erfolgreich. Und sie hat diesen coolen nordenglischen Akzent. Du weißt, wie sehr ich auf Akzente stehe.«

»Das weiß ich.« Gemma war einmal mit einer Frau aus Tyneside ausgegangen und nach ihrer Trennung hatte sie eine ihrer Sprachnachrichten noch über ein Jahr lang aufgehoben.

»Ja, nun … Sie ist so ziemlich das volle Programm, was etwas beängstigend ist. Aber wir möchten das zwischen uns noch nicht definieren, dafür ist es zu früh. Momentan ist es nur ein Arrangement.«

Ich schaute skeptisch zu ihr herüber. »Ein Arrangement? Das klingt, als wärst du in einem schlechten Film. Seid ihr exklusiv?«

Gemma seufzte. »Ich denke schon. Zumindest von meiner Seite aus.« Ein weiteres Seufzen. »Ich mag sie wirklich, aber ich halte es für den Moment geheim. Außerdem stehst du in Kontakt mit Maddie, also macht es das noch seltsamer. Ich meine, ich habe noch nie etwas mit jemandem angefangen, der die beste Freundin von jemandem ist, den du so gut kennst. Und abgesehen davon, gehen wir nicht miteinander aus, wir treffen uns nur.«

Ich runzelte die Stirn. »Und der Unterschied ist?«

Gemma schnaubte. »Halt die Klappe.«

»Ich kenne Maddie auch gar nicht mehr so gut.«

Gemma warf mir einen Blick zu. »Tust du irgendwie schon. Ich meine, ja, ihr steht erst seit kurzem wieder in Kontakt miteinander, aber man vergisst nicht alles, was dem vorausging, oder? Ihr habt euch Jahre nicht gesehen, aber ihr wisst verborgene Dinge übereinander und sobald man diesen Punkt mit jemandem erreicht hat, ist es leicht, dazu zurückzukehren. All das bedeutet, dass es komisch ist, dir von Ally zu erzählen. Ich möchte nicht, dass Maddie etwas erfährt.«

Ich konnte ihre Logik nicht nachvollziehen und starrte sie bloß an. »Du traust Maddie und mir viel zu viel zu. Du hättest uns gestern im Auto auf dem Weg in die Archer Street sehen sollen. Die Vergangenheit lastete dermaßen schwer auf uns, es war unglaublich. Wir haben immer noch nicht wirklich geredet und bis wir das nicht tun, können wir nicht vorwärtskommen. Wir sind also nicht so verbunden, wie du dir vorstellst. Wir schreiben uns keine SMS, wir treffen uns nicht auf ein paar Drinks, nichts von alldem. Alles, was Maddie und ich im Moment tun, ist, umeinander herumzueiern.«

»Seid ihr gestern nicht etwas trinken gegangen, nachdem ihr euch das Gebäude angesehen habt?«

Ich nickte. »Das war das erste Mal, dass ich mich ... normal in ihrer Nähe fühlte. Und es war nur eine Stunde.« Ich schwieg, während ich in die Archer Street einbog und daran zurückdachte, wie unangenehm es gestern hier war. »Aber es war gut, dass wir diese eine Stunde hatten, das muss ich zugeben.«

»Falls das hilft, Ally hat nur Gutes über sie zu sagen.« Gemma zögerte. »Wusstest du, dass Maddie auch zurückgekommen ist, um sich um ihren kranken Onkel zu kümmern?«

Ich nickte. Ein körperliches Unbehagen befiel mich bei der Erinnerung, dass Diane tot war. Wenn es diese Wirkung schon auf mich hatte, konnte ich mir nicht vorstellen, was es in Maddie auslöste. Wenn etwas passierte, griff sie dann jedes Mal zu ihrem Handy, nur um dann innezuhalten, wenn ihr bewusst wurde, dass sie ihre Mutter nicht anrufen konnte? »Sie hatte ein paar harte Jahre, auch wegen des Todes ihrer Mutter.«

»Demzufolge, was Ally mir erzählt, hat sie die letzten Jahre nicht viel für sich selbst gemacht. Sie hat sich um ihre Mutter, ihren Onkel und ihren Bruder gekümmert. Deshalb denke ich nicht, dass du so argwöhnisch sein musst.«

Ich seufzte. »Bis wir uns ausgesprochen haben, bleibt alles beim Alten. Und selbst dann bin ich mir nicht sicher, ob sich irgendetwas ändern kann.« Ich ließ meinen Kopf von einer Seite auf die andere rollen. »Jedenfalls netter Versuch, das Gespräch von Ally abzulenken.«

Gemma grinste mich an. »Du wirst noch nichts aus mir herauskriegen. Sagen wir einfach, ich bin glücklich damit, wie die Dinge stehen. Sie ist erfrischend anders.«

»Gut.« Ich parkte direkt vor dem Laden. »Das ist es.«

Gemma pfiff, als sie aus Kermit ausstieg. Eine Hand hielt sie an ihre Stirn, um sie vor der Sonne zu schützen. Sie lief die Vorderseite des Gebäudes auf und ab und spähte hinein, ihre Nase gegen das Fensterglas gedrückt. Ich hatte keinen Termin mit der Maklerin für den heutigen Tag arrangieren können, also würde Gemma sich auf meinen Bericht verlassen und sich vorstellen müssen, wie es sich im Inneren des Gebäudes anfühlte. Sie konnte aber zumindest anhand der Vorderseite einen ersten Eindruck von dem Laden erhalten. Und wie sie auf der Fahrt hierher gesagt hatte, warum würde man auch nicht sein Geld für etwas ausgeben, wovon man nie das Innere gesehen hatte? Das ergab vollkommen Sinn.

»Das sieht perfekt aus.« Sie löste ihr Gesicht von der Scheibe und rieb sich über die Nasenspitze. »Und wenn du und Maddie es von innen her geliebt habt, genügt mir das.« Sie starrte mich an. »Du hast es doch geliebt, richtig?«

Ich nickte. »So sehr, wie ich einen Rohbau lieben kann, ja. Aber Maddie fand es großartig und hatte sehr viele Ideen, was wir machen könnten.« Ich deutete durch das Fenster. »Zwei Workshops im Hauptraum, eine große Küche im hinteren Teil und ein Büro für jede von uns. Oder was auch immer wir sonst wollen.« Ich trat einen Schritt zurück. »Aber es ist groß genug, die Lage ist super und wir können es uns leisten.«

Gemma nickte mir entschieden zu. »Das habe ich mir auch gedacht.« Sie fuhr herum. »Ich denke, das könnte das *Cake Heaven* 2.0 sein.«

Mit Kerrys Geld als unsere Anzahlung war uns die Hypothek von der Bank prinzipiell sicher. Das Einzige, was uns jetzt noch im Weg stand, war die endgültige Entscheidung dazu, es anzugehen. Danach mussten wir natürlich auch die Auktion gewinnen. Aber Gemmas Reaktion zu sehen, gab mir 99 Prozent mehr Entschlossenheit.

»Ich denke, du könntest recht haben.« Ich sog einen tiefen Atemzug durch die Zähne ein und spannte meinen Körper an. »Ist das die richtige Entscheidung?«

Gemma kam zu mir herüber und legte ihren Arm um meine Schultern. »Ich weiß es nicht. Aber es gibt nur einen Weg, um das herauszufinden.« Sie pausierte. »Willst du mir damit sagen, dass du fast überzeugt bist?«

Ich visualisierte unser derzeitiges Geschäftsgebäude. All die Stunden, die wir investiert hatten, um es zu perfektionieren. Dean hatte die Räumlichkeiten genau so umgesetzt, wie wir es wollten, mit den Arbeitsflächen, Büros und Steckdosen, wo wir sie brauchten. Er könnte es auch ein zweites Mal tun, das wusste ich. Die Nachfrage an Kursen übertraf bereits, was wir leisten konnten, somit war ein Umzug die perfekte Lösung. Wovor fürchtete ich mich also?

Ich spähte erneut durch das Fenster, bevor ich mich wieder zu Gemma umdrehte. »Was, wenn es hier aber niemandem gefällt? Was, wenn wir die Kurse nicht voll bekommen?« Die Angst sprudelte aus mir heraus wie aus einer Quelle.

Gemma drückte mich erneut. »Du hattest dieselbe Angst, als wir aufhörten, die Kurse in unseren Wohnungen zu geben und unser derzeitiges Geschäft bezogen. Aber es hat geklappt, oder? Und du weißt doch, was man sagt: Alles, was man wirklich will, liegt gerade außerhalb der Komfortzone. Wenn du Angst hast, ist das eine gute Sache. Und du bist nicht allein, wir stecken da gemeinsam drin. Ich habe Vertrauen in unsere Marketing-Fähigkeiten – nun, in meine zumindest.« Sie grinste mich an. »Und ich verrate dir ein Geheimnis: Ich habe auch Angst, aber ich bin gleichzeitig aufgeregt. Das sind im Grunde dieselben Emotionen.«

Aufregung gemischt mit Angst war auch das, was ich hinsichtlich Maddie fühlte, die definitiv außerhalb meiner Komfortzone lag. War sie auch, was ich wirklich wollte? Ich war mir nicht sicher. Aber Gemma redete nicht über Maddie. Sie sprach davon, was wir tun konnten, um unser Geschäft auf das nächste Level zu heben.

Alles im Leben war ein Wagnis. Nichts war in Stein gemeißelt. Das Risiko, was wir mit unserem Unternehmen eingegangen waren, hatte sich schon einmal bezahlt gemacht und es gab keinen Grund zu denken, dass es nicht erneut so sein würde. Das *Cake Heaven* war bisher toll gelaufen: Aber konnte es sogar noch großartiger werden? Wie Gemma sagte, es gab nur einen Weg, das herauszufinden. Ich wandte mich ihr zu und schenkte ihr ein hoffentlich selbstsicheres Lächeln. »Lass es uns tun. Lass uns nächste Woche zu der Auktion gehen und darauf bieten. Wir werden uns ein Limit für unsere Gebote setzen müssen, aber ich denke, wir sollten es versuchen.«

Gemma schloss mich fest in ihre Arme. »Ich wage zu behaupten, dass das eine monumentale Entscheidung für das *Cake Heaven* ist und eine, die du nicht bereuen wirst.« Sie drückte mich ein weiteres Mal, bevor sie mich eine Armeslänge entfernt festhielt. »Bist du dir diesbezüglich sicher? Sicher, dass du das tun möchtest?«

Ich nickte. »So sicher, wie ich sein kann.«

»Das ist gut genug für mich.«

Kapitel 17

Meine Hand war um das weiße Plastikschild mit der Nummer 435 geschlossen und verschwitzt. Wie kam es, dass alle anderen viel entspannter aussahen als ich? Neben mir klammerte sich Gemma an mein Knie und checkte den Katalog für unser Los: noch ein paar Nummern entfernt. Wir hatten Glück, dass wir früh in der Auktion dran waren. Hätten wir die Losnummer 134 statt der 16 gehabt, dann wäre es ein sehr langer Tag geworden. Auf meiner anderen Seite schenkte mir Maddie zwischen den Gesprächen mit Dean ein ermutigendes Lächeln.

Dean war mehr als begeistert, weil zu Beginn der Auktion verkündet wurde, dass das Fernsehprogramm *Homes Under The Hammer* vor Ort war und filmte. Sie hatten dem Auktionspublikum im Vorfeld Bescheid gegeben, für den Fall, dass es Leute gab, die nicht gefilmt werden wollten – für diese gab es einen blinden Fleck, in dem sie sich aufhalten konnten. Der Blick, den Dean mir bei der Ankündigung zugeworfen hatte, war unbezahlbar.

»Verdammte Scheiße, das ist mein absoluter Traum. So viele meiner Kumpel waren bereits in der Sendung und ich wollte das auch schon immer. Kannst du dir vorstellen, dass das jemand nicht wollen könnte?« Dean konnte es offensichtlich nicht. Er hatte meinen Arm gepackt. »Falls du Teil davon wirst, versprich mir, dass ich mit dir kommen darf und dein Bauarbeiter-Freund sein darf.«

Dean konnte manchmal seltsam sein, hatte ich das erwähnt? »Nein, kannst du nicht. Du kannst mitkommen und mein Bauarbeiter-Bruder sein, weil es das ist, was du bist.«

Er hatte mich daraufhin angesehen, als hätte ich ihm meine letzte Rolo-Praline gegeben, und mich anschließend in eine heftige Umarmung gezogen. Ich hoffte, dass wir ein Teil der Serie werden würden, andernfalls wäre Dean erschüttert.

Aber zuerst stand bei mir die Kleinigkeit an, auf eine Immobilie zu bieten, dabei nicht spontan zu explodieren und die Auktion irgendwie zu gewinnen. Ein Klacks.

Dean lehnte sich über Maddie hinweg und tippte an meinen Arm. »Willst du einen Kaffee?«

Ich schüttelte stirnrunzelnd meinen Kopf und schaute in den Katalog: Nur zwei Nummern verblieben noch. Ich konnte gerade nicht multitasken, was dachte er sich nur? Es war schon genug, ein Schild in die Höhe zu halten und mehr Geld auszugeben als jemals zuvor in meinem Leben. Bei allen Losen, die aufgerufen wurden, waren Gemma und ich darauf bedacht, möglichst reglos zu bleiben, damit wir nicht aus Versehen ein Haus ersteigerten.

Ich für meinen Teil hatte genug *Homes Under The Hammer* gesehen und dieser Ort spiegelte die typischen Baustellen der Serie genau wider. Ein stickiger Veranstaltungsraum gefüllt mit Reihen gepolsterter Stühle, von deren Beinen die goldene Farbe abblätterte. Eine nervöse Menschenmenge, die darauf wartete, dass ihr Wunschobjekt an der Reihe war. Ich war bisher nur am Tag des Grand-National-Pferderennens in Wettbüros gewesen, aber das Auktionshaus hatte etwas Vergleichbares an sich. Es war stickig und die erfahrenen Bieter standen weit hinten, um alles sehen zu können. Maddie hatte deswegen auch darauf bestanden, dass wir nahe der hinteren Wand saßen. »Auf diese Weise können wir den Feind sehen, wenn euer Los dran ist.« Wir zogen in den Krieg.

Dean kam gerade rechtzeitig an seinen Platz zurück und streckte den Daumen nach oben, als unser Los angekündigt wurde. Gemma wand sich neben mir in ihrem Sitz, wie sie es normalerweise immer tat, wenn ich Ally erwähnte. Ich setzte mich mit angehaltenem Atem auf. Wir hatten zuvor entschieden, dass ich von uns beiden die Ruhigere war; diejenige, die sich am ehesten an den Plan halten würde. Deshalb hatte ich auch das Schild mit unserer Bieternummer. Jetzt wünschte ich mir wirklich, Gemma hielte es. Ich biss mir so fest auf die Wange, dass ich Blut schmeckte und zusammenzuckte. Kein guter Anfang.

Neben mir ergriff Maddie meine freie Hand und drückte sie. Ich zitterte ein bisschen. Da brachte sie ihre Lippen an mein Ohr. »Du schaffst das«, flüsterte sie, ließ meine Hand los und zwinkerte mir zu.

Ich hatte keine Zeit, zu verarbeiten, was für Gefühle das in mir auslöste, da die Versteigerung ins Rollen kam. Plötzlich übernahm mein Verstand das Ruder und ich war fokussiert; ich saß die ersten paar Gebote aus, wie Maddie mich angewiesen hatte, um so einen Eindruck von der Konkurrenz zu kriegen, bevor ich am Rennen teilnahm. Ich hoffte inständig, dass es keinen Bieter gab, der den Preis zu sehr in die Höhe trieb, aber das würde ich noch früh genug erfahren.

Auf Maddies Stichwort hin hob ich mein Schild, um an dem Rennen teilzunehmen. Meine Hände waren feuchtkalt. Mein Puls raste. Die Worte des Auktionators waren beinahe lyrisch, aber alles, was ich hörte, war die Höhe der Gebote, die langsam anstieg. Ich hob weiterhin mein Schild, aber dasselbe tat ein Mann ein paar Reihen vor uns. Ich atmete tief durch. Es würde sich zwischen uns beiden entscheiden.

In einer Zeit, die ich nur an meinem atemlosen Keuchen messen konnte, näherten wir uns dem Richtpreis. Ich umklammerte den Griff des Schilds noch etwas fester. »Das wird etwas zu heiß«, zischte ich. Himmel, wenn ich gewusst hätte, dass es so stressig sein würde, hätte ich Maddie das Schild gegeben.

Neben mir wippten Gemmas Knie in halsbrecherischem Tempo auf und ab und mein Herz raste dermaßen, dass ich jeden Moment einen Boxenstopp würde einlegen müssen. Wir waren nun schon zwanzigtausend über dem Richtpreis, aber das letzte Gebot war unseres. Unser oberstes Limit lag bei fünfzigtausend über dem Richtpreis.

Bitte hör auf, bitte hör auf. Ich reckte meinen Hals, um dem Konkurrenzbieter mit der ansetzenden Glatze einen Todesblick zuzuwerfen, aber er schaute nicht zu mir. Seine Augen waren fest nach vorn gerichtet.

»Was, wenn er nicht aufhört zu bieten?«, fragte ich Maddie.

Sie presste ihren Mund zu einer geraden Linie und schüttelte den Kopf. »Konzentrier dich einfach auf das, was du gerade tust. Mach dir keine Gedanken über die anderen.« Sie klang wie meine Mutter, wenn ich mich wegen meiner Klausuren gestresst hatte.

Ich schnaubte, tat aber, was sie sagte. Jetzt schon dreißigtausend darüber. Scheiße, waren wir im Begriff, überboten zu werden? Hatte ich das Gebäude anfangs nicht haben wollen, so betrachtete ich es inzwischen gänzlich als meines. Falls jemand es mir entriss, wäre ich außer mir.

Dann plötzlich hörte der andere Bieter auf. Mein Herz hämmerte in meinen Ohren.

Er senkte sein Schild und schüttelte den Kopf.

Ich setzte mich wie ein Erdmännchen aufrechter hin und wandte mich vollends dem Auktionator zu. Er deutete mit einer Hand auf mich, in der anderen hielt er den Hammer erhoben.

»Bei Ihnen«, sagte er mir. »Sonst noch jemand, letzte Gebote? Hat sonst noch jemand ein paar Tausender, die ihm ein Loch in die Hosentasche brennen?«

Hör auf sie zu ermutigen! Ich wollte ihm mit seinem eigenen Hammer eins über den Schädel ziehen.

Atme, atme. Wie machte Maddie das nur die ganze Zeit? Ich befürchtete, ich würde an Herzversagen sterben.

»Zum Ersten, zum Zweiten … « Warum schien es, als würde die Stille Tage andauern? »Verkauft!« Das Geräusch von Holz auf Holz signalisierte, dass die Immobilie unsere war.

Und dann war ich auch schon in einem Durcheinander von Umarmungen aus allen Seiten umringt. »Wir haben es geschafft!« Das war Gemmas Stimme, die aus der spontanen Ansammlung drang. »Das *Cake Heaven* steht!«

Sie hatte recht. Wir hatten es geschafft. Und ich hoffte, dass ich, solange ich lebte, nie wieder zu einer Auktion gehen musste. Meine Nerven lagen blank. Ich machte mich von den anderen los und wir alle verließen den Raum breit grinsend, das Adrenalin auf einem Höchststand.

Erst als ich auf den Korridor heraustrat, stieß ich meine Arme in die Luft. »Aaaaaah!«, rief ich. »Wir sind es entschlossen angegangen und haben es verdammt noch mal geschafft! Wir haben ein neues Gebäude gekauft.« Ich runzelte die Stirn. »Wir müssen uns ein besseres Wort überlegen. ›Gebäude‹ ist schrecklich.«

Dean legte einen Arm um mich und zerzauste meine Haare. Ich hasste ihn. Er wusste, dass mich das nervte.

»Mach das noch mal und du bist nicht bei *Homes Under The Hammer* dabei.«

Er machte ein langes Gesicht. »Das würdest du mir nicht antun.« Dem Zittern seiner Stimme zufolge war er sich aber nicht sicher.

Ich konnte mein Lächeln nicht unterdrücken. »Stell mich nicht auf die Probe.« Ich stieß einen langen Atemzug aus und ballte die Fäuste, bevor ich mich räusperte und gerade hinstellte. Ich hatte eine Menge aufgestaute Energie, die ich rauslassen musste. »Okay, lasst uns den Papierkram erledigen und dann ein Glas Wein trinken gehen. Nach alldem habe ich das verdient.«

~ ~ ~

Wir fanden einen Platz im Watchmaker's Arms auf der gegenüberliegenden Straßenseite des Auktionshauses. Ich war überrascht, dass Dean noch heil und nicht am Tisch in Flammen aufgegangen war. Nachdem Gemma und ich die Dokumente unterschrieben und alles mit dem Administrator geregelt hatten, wurden wir von dem Team von Homes Under The Hammer angesprochen.

Sie fragten nach unseren Zeitplänen und ob sie unser Projekt mitverfolgen könnten. Es war somit offiziell: Wir würden Fernsehstars sein.

»Einen Toast.« Dean hielt sein Glas hoch. »Auf Maddie. Dafür, dass sie wieder in das Leben meiner Schwester getreten ist, vorschlug zu einer Auktion zu gehen, mir Arbeit gibt und letztendlich dafür sorgte, dass meine *Homes Under The Hammer*-Träume in Erfüllung gehen. Du bist eine absolute Heldin in meinen Augen, auch wenn Justine das anders sehen mag.«

Gemma machte ein Geräusch, das nach einem Esel klang. Mit offen stehendem Mund starrte ich erst Dean, dann Maddie an. Hatte er das wirklich gesagt? Als wäre er zwölf Jahre alt und verstünde die Komplexität menschlicher Beziehungen überhaupt nicht? Vielleicht tat er das nicht. Vielleicht lag es daran, dass er Single war. Es würde einiges erklären.

Maddie schwieg.

»Danke, Dean.« Ich war froh zu sehen, dass Maddie auch nicht genau wusste, wie sie das auffassen sollte. »Ich freue mich, dass deine Träume wahr werden. Hoffen wir, dass das auch beim Rest von uns der Fall sein wird, okay?« Als ich sprach, nahm sie ihre Augen nicht von mir.

Maddie hob ihr Glas wieder an und wartete, bis wir alle es ihr gleichtaten. »Auf den anhaltenden Erfolg des *Cake Heaven*. Und darauf, dass alle Träume wahr werden, welche es auch immer sein mögen.«

Ich schluckte, während sie sprach. Ich war mir nicht sicher, ob es da Zeilen gab, zwischen denen man lesen konnte, aber ich würde nicht darüber nachdenken.

Kapitel 18

Kerry tauchte zur Mittagszeit in Robs Bäckerei auf und sah sowohl wie sie selbst als auch nach sieben Monaten Schwangerschaft aus. Ich hatte sie zuletzt vor drei Wochen gesehen und in der Zwischenzeit war sie dermaßen angeschwollen, dass es aussah, als hätte sie eine Bowlingkugel unter ihrem Pullover versteckt.

Ich wollte ihr gerade genau das sagen, da hielt Kerry eine Hand hoch, ihre hellen Locken frisch geschnitten. Sie sah nicht aus wie eine schwangere Witwe. Sie sah fantastisch aus.

»Falls du mir sagen willst, dass ich aussehe, als würde jeden Moment ein Baby aus mir herausplumpsen, könnte es sein, dass ich dir einen Schlag verpasse. Nur zur Info.«

Ich schüttelte sofort den Kopf. »Ich kam nicht einmal auf den Gedanken.«

»Gut.« Kerry zog einen Stuhl heran und setzte sich ächzend. »Ich hoffe, Rob hat heute seine tolle Quiche gemacht, andernfalls gibt es Tote. Meine Hormone spielen völlig verrückt. Alles macht mich emotional, nicht nur Sachen, die mit James zu tun haben. Falls überhaupt, bevorzuge ich es tatsächlich, wenn es wegen James ist. Zumindest ist der Tod meines Mannes ein berechtigter Grund, über etwas zu weinen. Aber darüber zu weinen, dass sie nicht genug Hafermilch im Supermarkt haben? Das war etwas zu viel. Ich glaube, die Mitarbeiterin dachte, ich bin total übergeschnappt.«

Ich lachte. »Oder vielleicht dass du vollkommen verrückt nach Hafermilch bist.«

Kerry strich über ihren Bauch und betrachtete ihn. Einen Moment lang schien sie abwesend, bevor sie wieder aufsah. »Schön, dich zu sehen. Du siehst … « Sie hielt inne und schaute mich von oben bis unten an, als ob sie mich für den Verkauf bewertete. »Du siehst aus wie jemand, der im Begriff ist, Großes zu tun. Habe ich recht?«

Ich grinste sie an. »Gemma sagte, dass sie dich angerufen hat.«

Kerry nickte. »Glückwunsch. Ich bin froh, dass mein Geld so schnell ausgegeben wird. Wie fühlst du dich?«

»Ich könnte mir vor Angst in die Hosen machen, aber bin gleichzeitig sehr glücklich. Das fühlt sich wie eine gewaltige Veränderung an. Und darf ich noch mal sagen, dass wir das ohne dich nicht hätten tun können? Ohne deine Investition wäre nichts hiervon möglich.«

Kerry winkte ab. »Ich bin eine Unternehmerin, und in euch beide zu investieren, bedurfte keiner großen Überlegung. Ich weiß, dass ich mein Geld zurückkriegen werde. Ich glaube an euch, also seid glücklich.«

Ich lächelte sie an. »Ich bin froh, dass du das tust, denn manchmal bin ich mir nicht sicher, ob ich selbst an mich glaube.« Ich stockte. »Ich meine, wenn es um das Geschäft geht, tue ich das auf jeden Fall. Aber alles andere betreffend? Das ist nicht ganz so einfach.«

»Ich nehme an, es geht um Maddie.«

Ich nickte. »Hast du sie in letzter Zeit gesehen?«

Kerry setzte sich ordentlicher hin, bevor sie antwortete. »Jap. Sie kam vorige Woche abends vorbei und hat mir etwas zu essen mitgebracht.«

Jetzt fühlte ich mich schlecht. »Oh?«

»Sie hat es unterwegs besorgt. Und sie fuhr in ihrem Van vor, was mich zum Lachen gebracht hat. Irgendwie hatte ich mir Maddie immer als einflussreiche Führungskraft vorgestellt, aber die Realität ist ganz anders. Hinzu kommt, dass sie einen Werkzeuggürtel trug. Ich sagte ihr daraufhin, falls sie den ultimativen lesbischen Look anstrebe, könne sie definitiv damit punkten, aber ich sei nicht ihr ideales Zielpublikum. Sie wurde rot. Es war irgendwie süß.«

Jedes von Kerrys Worten ließ meinen Atem stocken und Wärme meinen Körper durchströmen. Ich hoffte wirklich, dass ich nicht auch rot wurde. Die Vorstellung von Maddie mit einem Werkzeuggürtel sandte Schockwellen durch mich. Die Vorstellung von Maddie, die nichts anderes als einen Werkzeuggürtel trug.

Moment mal, ließ ich mich gerade wirklich auf den Gedanken an eine nackte Maddie ein, während ich mit meiner heterosexuellen, verwitweten, schwangeren Freundin zusammensaß? Ich würde wirklich in die Hölle kommen.

»Hast du sie jemals mit einem Werkzeuggürtel gesehen? Ich weiß, dass es in vielerlei Hinsicht verwirrend sein muss, sie wieder in deinem Leben zu haben, aber wenn du das gesehen hättest, hätte es dich an das *Warum* erinnert. Denn sie ist verdammt gutaussehend. Ich hatte immer das Gefühl, dass sie ziemlich feminin aussah, als sie jünger war, aber ich denke, ihr Job lässt sie auch ihre maskuline Seite entfalten.« Sie schnaubte.

»Allerdings denke ich, dass das Leben ohne einen Mann bedeutet, dass man seine maskuline Seite entfaltet, ob man das möchte oder nicht. Mir ist nie aufgefallen, wie sehr James und ich bei den Aufgaben, die wir im Haus übernahmen, in die klassischen Geschlechterrollen verfielen. Ich glaube nicht, dass ich das Gras gemäht habe, seit wir in unser Haus gezogen sind und ich habe ganz bestimmt keine Sicherung oder Glühbirne ausgetauscht oder sonst irgendeine dieser angeblichen ›Jungs‹-Aufgaben übernommen. Was für eine moderne Frau wie mich ziemlich scheiße ist, oder? Ich meine, ich habe diese Aufgaben früher erledigt, aber im Laufe der Jahre hat sich etwas verändert.«

Ich lachte. »Also das ist das Positive an James' Tod? Du hast dich daran erinnert, wie man eine Glühbirne wechselt?«

»Etwas in der Art.« Sie seufzte. »Ich vermisse ihn aber verdammt noch mal.« Sie legte eine Hand über ihre Brust an der Stelle ihres Herzens. »Manchmal liege ich morgens im Bett und versuche, seine Stimme oder das Geräusch seiner Schritte auf der Treppe heraufzubeschwören. An manchen Tagen gelingt es mir, an anderen nicht. Und das versetzt mich wirklich in Panik. Ich bin froh, dass ich Videos von ihm auf meinem Handy habe, für den Fall, dass ich dafür bereit bin, seine Stimme zu hören, aber ich denke, es würde mich erschüttern.«

Ich beugte mich herüber und bedeckte ihre Hand mit meiner. »Du machst das wirklich wunderbar, aber du wirst nicht in Windeseile darüber hinwegkommen. Das ist eine Sache, die viel Zeit brauchen wird, also musst du das akzeptieren.«

»Das habe ich.« Sie seufzte. »Aber manchmal möchte ich die Zeit zurückspulen und eine letzte Woche mit ihm haben. Nur um ihm all meine Gedanken, all meine Ängste und all meine Träume mitzuteilen. Um sicherzugehen, dass er weiß, wie sehr ich ihn geliebt habe.« Sie schloss ihre Augen. Als sie sie wieder öffnete, waren sie feucht. »Denkst du, er wusste, wie sehr ich ihn geliebt habe? Denn manchmal frage ich mich das. Habe ich es ihm oft genug gesagt? Diese letzten Wochen sind ein einziges Durcheinander.«

Mein Herz brach ihretwegen. Ich konnte mir nicht vorstellen, wie es für Kerry gewesen sein musste – oder wie schwer es jetzt für sie war. Noch bevor ich die Gelegenheit hatte, darüber nachzudenken, war ich bereits auf den Beinen und hatte meine Arme um sie geschlungen. Ich küsste sie auf die Wange und zog sie nah an mich heran.

Als ich zurücktrat, schüttelte Kerry den Kopf, griff in ihre Tasche und zog eine Packung Taschentücher heraus. Sie schnäuzte sich die Nase.

Ich wischte mir ihre Tränen von den Wangen, während ich mich setzte und alle meine Emotionen herunterschluckte.

Ich hatte noch immer keine Träne für James vergossen, obwohl er einer meiner besten Freunde ist. Einer meiner besten Freunde *war*. War Kerry aufgefallen, dass ich ein Herz aus Stein hatte? Falls ja, hatte sie nichts dazu gesagt. Ich fühlte mich trotzdem wie der letzte Dreck. Wieso konnte ich nicht weinen? Welches emotionale Ventil hatte Maddie blockiert, als sie mich vor all den Jahren verlassen und mich derartig zum Weinen gebracht hatte, dass keine Tränen mehr übrig waren? Vielleicht sollte ich das googeln. Das Internet hatte für gewöhnlich alle Antworten. Oder vielleicht wusste Maddie die Antworten darauf. Vielleicht musste ich tatsächlich ordentlich mit ihr reden, um jegliche Angst zu überwinden, die ich scheinbar noch in mir trug. Neulich im Auto hatte sich deutlich gezeigt, dass ich nichts davon hinter mir gelassen hatte. Vielleicht würde es etwas in mir lösen, wenn ich richtig mit Maddie sprach. Vielleicht. Für den Moment war Maddie aber nicht meine Hauptsorge, sondern Kerry. Kerry und alles, was sie brauchte. Ich sollte Kerry öfter Abendessen vorbeibringen. Insbesondere wenn Maddie es auch tat.

»Liebst du Maddie noch?«

Wow, diese Frage kam wie aus dem Nichts. »Nein, natürlich nicht. Und selbst wenn ich es täte, ist es irrelevant, das habe ich dir doch gesagt.«

Sie starrte mich lange an, bevor sie erwiderte: »Sieh mich an, Justine. Lange und gründlich. Und wenn du fertig bist, erinnere dich daran, warum ich geweint habe. In meinem Herzen denke ich, dass James wusste, dass ich ihn liebte – aber ich denke nicht, dass er *wirklich* wusste wie sehr. Weil das niemand jemals kann, oder?« Sanfter fügte sie hinzu: »Die einzige Person, die weiß, wie viel Liebe in ihr steckt, bist du. Weil es deine Liebe ist. Ich weiß, ich sage ständig, dass das Leben kurz ist, aber das stimmt nun mal. Und falls du irgendeine Spur von Liebe für Maddie in dir trägst – unabhängig von der Menge –, dann schuldest du es dir selbst, mit ihr zu reden und zu sehen, was sie zu sagen hat. Sie hat mir gesagt, dass du sie seit der Auktion gemieden hast.«

Ich zog die Schultern hoch. »Ich bin mir meiner in ihrer Nähe selbst nicht sicher, das ist alles.«

»Das solltest du. Sie hat mir von ein paar Dingen erzählt, die erklären, warum sie tat, was sie getan hat. Es war nicht die klügste Entscheidung, die sie jemals getroffen hat, aber zumindest ist es eine Erklärung. Und ich weiß, dass sie noch Liebe für dich empfindet.«

»Sie hat dir gesagt, warum sie gegangen ist?« Ich richtete mich unwillkürlich auf. Es war wie ein Schlag in die Magengrube.

Kerry nickte. »Sie kam häufiger vorbei, um mich dazu zu kriegen, über meine Trauer zu sprechen. Wir haben auch über ihre Mutter und ein wenig über die letzten zehn Jahre geredet.«

»Warum hat sie es mir nicht gesagt?«

»Sie hat Angst. Außerdem ist sie sich nicht sicher, ob du ihr überhaupt zuhören würdest. Aber ich denke, das solltest du. Die Person, in die du dich verliebt hast, ist noch immer da. Und sie möchte dich zurück in ihrem Leben.«

»Hat sie das so gesagt?« Mein Herz hämmerte in meiner Brust.

»Das musste sie nicht, es stand ihr ins Gesicht geschrieben. Was ich sagen möchte, ist also …« Sie machte eine kurze Pause. »Ich würde alles, was ich besitze – *alles* – für eine weitere Chance mit James geben. Denn im Grunde gibt es nichts anderes, das wirklich von Bedeutung ist. Das Leben ist lediglich eine Aneinanderreihung von Beziehungen zu Leuten, die du liebst. Freunde und Familie sind *wirklich* alles, was zählt.«

Kerry legte ihre Hand auf meine. »Falls Maddie also eine dieser wichtigen Personen für dich ist, dann hör dir zumindest an, was sie zu sagen hat. Euch wurde eine zweite Chance miteinander zuteil und wer weiß, wohin das führen kann. Lass meine Träume wahr werden und tu es für mich, wenn nicht für dich. Und falls dir am Ende nicht gefällt, was du hörst, kannst du mir die Schuld dafür geben. Aber ich habe Zeit mit Maddie verbracht und ich denke, dass da etwas für dich zu gewinnen ist. Aber nur du weißt, wie viel Liebe du noch für sie empfindest.«

Ich dachte noch über meine Antwort nach, als Rob herüberkam und uns beiden ein Lächeln zuwarf. »Ladys, was hättet ihr gern?«

Das war die alles entscheidende Frage, nicht wahr?

Kapitel 19

Eine Woche später, nachdem die Schule wieder losging und der Sommer seinen letzten Höhepunkt im September feierte, unterzeichneten wir den Vertrag und bekamen die Schlüssel für unser Gebäude. Als Besitzer den Laden zu betreten, machte alles umso realer; so sehr, dass Gemma und ich lachten, als es so weit war. Anschließend umarmten wir uns. Dies war wirklich ein denkwürdiges Ereignis.

Später an dem Tag kam Maddie vorbei, um mich abzuholen.

Ich hatte beschlossen, mich auf sie einzulassen.

Sie kam wieder in ihrem staubigen Van, obwohl ich versucht hatte sie zu überzeugen, mich fahren zu lassen. Sie hatte darauf bestanden, dass sie ohnehin in meine Richtung fahren würde und wir für ein Picknick im Sonnenschein des frühen Abends nach Bath zurückkehren könnten. Wenn ich es nicht besser wüsste, hätte ich schören können, dass es ein Date war. War es ein Date?

Ich sah ihren Van an der Frontseite unseres Gebäudes vorbeifahren und mir wurde augenblicklich warm. Ich bin mir nicht sicher, wann sich die Beziehung zwischen Maddie und mir so gewandelt hatte, aber es schien, als wären wir nun Freunde und nicht länger gefangen in dieser seltsamen Schwebe, in der keine von uns genau wusste, was wir waren. Irgendwo zwischen der Besichtigung unseres neuen Imperiums (wie wir beschlossen hatten es zu nennen) und dessen Kauf hatten wir uns bis zu einem gewissen Grad füreinander erwärmt. Wir mussten allerdings noch immer all die Dinge loswerden, die wir nie angesprochen hatten. Ich freute mich nicht darauf, aber ich wusste, es war entscheidend für das, was zwischen uns war. Und wie Gemma mir zuvor gesagt hatte, ob befreundet oder nicht, wir würden Maddie den gesamten Umbauprozess über auf unserer Seite halten müssen.

Maddie schlenderte auf die Tür zu und sah gleichermaßen elegant und cool in ihrer weißen Jeans, ihren weißen Converse und einem blauen T-Shirt aus. Dessen V-Ausschnitt gab einen guten Blick auf die Haut ihrer Brust frei und ich versuchte nicht zu starren. Ihre blonden Haare umrahmten ihr Gesicht wie Sonnenschein. Maddie klopfte an die Tür, bevor sie mir ihre Zunge entgegenstreckte.

Ich lachte, während ich die Tür aufsperrte. »Du streckst deine Zunge heraus? Wirklich? Sehr erwachsen.«

»Ich habe nie behauptet, erwachsen zu sein.«

Sie hatte ebenfalls nie behauptet, sexy zu sein, aber das war das Wort, das mir auf der Zungenspitze lag, als ich ihre große Gestalt und ihre muskulösen, gebräunten Arme in Augenschein nahm. Außerdem liebte ich die Linien ihres Körpers, fließend und elegant.

Ich löste mich von ihrem Anblick und ging herüber zu einem unserer hohen Kühlschränke, um das Essen herauszuholen, das ich zuvor gekauft hatte. »Ich hoffe, du hast Hunger, weil ich regelrecht über die Drei-für-zwei-Picknick-Reihe bei *Marks & Spencer* hergefallen bin.« Meine Mutter würde mich dafür umbringen, dass ich den vollen Preis bezahlt hatte.

Als ich aufsah, war Maddies Blick auf mich fokussiert; worauf, konnte ich nicht ausmachen. Meinen Hintern? Meine Brüste? Oder vielleicht waren es die Päckchen Spinat-Erbsen-Feta in meiner Hand, die sie ansprechend fand. Ich räusperte mich und beschloss, neutral zu bleiben. Professionell. Bloß keine Komplikationen jetzt.

»Wer mag schon kein *M&S*-Essen? Außerdem bin ich am Verhungern.« Maddie ließ ihren Blick meinen Körper hinuntergleiten, dann wieder rauf, bis zu meinem Gesicht. »Ich hoffe, dass es auch etwas Süßes zum Abschluss gibt.«

Ich biss die Zähne zusammen. *Konzentrier dich*! Konzentrier dich wieder auf das Essen, auf den Moment, auf das Picknick. »Natürlich gibt es Kuchen.« Das war es, worüber sie gesprochen hatte, oder? »Wo werden wir essen? Bath?« Worte waren gut, um die Luft zu füllen. Besser als Gefühle.

Viel besser als Gefühle.

»Ich dachte, wir könnten zurück zu der Wohnung im Royal Crescent fahren und im Park picknicken. Dort findet heute Abend ein kleines Fest statt, also wird es schön sein. Ich habe sogar eine Picknickdecke in meinem Van. Und sie ist nagelneu, also überhaupt nicht staubig.«

»Versuchst du mich zu beeindrucken?«

»Möglicherweise.« Dabei warf sie mir ihr berühmtes Lächeln zu und ich biss mir auf die Innenseite meiner Wange.

Da fiel mir ein: Ich musste noch eine E-Mail bezüglich des neuen Imperiums beantworten. Ich hatte es den ganzen Tag über tun wollen und schlichtweg vergessen. Ich runzelte die Stirn. »Macht es dir was aus, wenn ich schnell eine E-Mail bezüglich des neuen Ladens versende? Andernfalls wird mich das den ganzen Abend beschäftigen. Ich brauche auch nur fünf Minuten.«

Maddie schüttelte ihren Kopf. »Nur zu. Ich weiß, wie es ist, ein eigenes Unternehmen zu führen.«

Natürlich wusste sie das. Ein weiterer Pluspunkt auf meiner Liste. Zählte ich mit? Offenbar schon.

»Außerdem möchte ich später deine volle Aufmerksamkeit.«

War ihre Stimme tiefer geworden? Ich atmete tief durch. »Ich beeile mich.«

Fünfzehn Minuten später packte ich das Essen in eine Kühlbox, legte etwas Kuchen dazu und reichte Maddie die Box. Unsere Hände berührten sich dabei und es war, als wäre ein Druckventil unter meinen Rippen geöffnet worden. Ich hielt den Atem an. Wir starrten uns beide an. Alles, was ich hören konnte, war das Dröhnen meines Herzschlags in meinen Ohren. Wenn ich jetzt noch zittern würde, wäre die Situation komplett lächerlich.

Ich räusperte mich, bevor ich sprach. »Ich schalte alles aus und schließe ab. Geh du vor zum Van.«

Sie nickte und ging nach draußen.

Ich schaltete alle Lichter aus und trat gerade aus der Tür, als Maddie wieder auftauchte, noch immer mit dem Picknickessen in der Hand. Sie runzelte ihre Stirn.

»Alles in Ordnung?« Ich wusste bereits, dass es das nicht war. Ich warf einen Blick die Straße runter. Ihr Van war nicht da.

Sie schüttelte ihren Kopf. »Kannst du glauben, dass mein Van gestohlen wurde? Ich bin erst seit zwanzig Minuten hier.« Sie stellte das Essen ab, ihr Körper angespannt. »Wie konnte er gestohlen werden, wenn wir genau hier waren?« Sie stieß einen langen Atemzug aus und ging auf und ab, bevor sie sich mir zuwandte. »Das kann ich im Moment wirklich nicht gebrauchen. Alle meine Sachen befinden sich im Van.« Sie hielt inne, eine Hand in ihren Haaren vergraben. »Soll ich den Notruf wählen? Ist das ein Notfall?«

Ich hielt eine Hand hoch. »Ich denke leider nicht.« Da dämmerte es mir. »Außerdem glaube ich nicht, dass er zwangsläufig gestohlen wurde. Die Stadtverwaltung ist übereifrig, wenn es ums Abschleppen geht. Gemmas Auto wurde ein paar Mal abgeschleppt, genauso wie Robs.«

»So schnell?«

»Das dauert nur fünf Minuten.« Ich seufzte. »Es tut mir leid, das ist alles meine Schuld, weil ich uns aufgehalten habe.« Ich führte sie in mein zukünftiges Büro. »Soll ich zuerst die Nummer der Kfz-Verwahrstelle raussuchen und herausfinden, ob er abgeschleppt wurde? Sobald wir das wissen, können wir gegebenenfalls melden, dass er gestohlen wurde.«

Maddie nickte. »Ja bitte. Wenn er abgeschleppt wurde, kann ich ihn zumindest zurückkriegen.« Sie schüttelte ihren Kopf. »So viel zu unserem romantischen Picknick.«

Ich hielt daraufhin inne, Wärme flutete durch meinen Körper. Dann drehte ich mich zu Maddie um. »Es wäre romantisch gewesen?«

Sie riss ihre Augen auf und wurde rot. »Alle Picknicks sind ein bisschen romantisch, oder nicht?«

Ich drängte sie nicht weiter.

Wir fanden die Nummer der Verwahrstelle und nachdem wir zehn Minuten in der Warteschleife hingen, erfuhr Maddie, dass ihr Auto tatsächlich abgeschleppt worden war. Ihre Erleichterung war greifbar. Sie signalisierte mir, dass sie Papier und einen Stift brauchte, und als ich ihr beides reichte, kritzelte sie etwas darauf, bevor sie auflegte.

»Die kleinen Scheißer liegen wohl ständig auf der Lauer.« Sie warf ihren Kopf zurück. »Aber immerhin ist er nicht gestohlen worden.« Ein weiterer langer Seufzer.

»Es ist ein Triumph, in gewisser Weise.« Ich schenkte ihr ein aufmunterndes Lächeln. »Also was jetzt? Soll ich fahren und du kannst den Van morgen abholen?«

Sie legte ihre Stirn in Falten und schüttelte den Kopf. »Die Sache ist die, ich brauche den Van morgen. Der Typ am Telefon sagte, ich könnte ihn in ein paar Stunden an dieser Adresse abholen.« Sie hielt ein Stück Papier hoch. »Kannst du mich hinfahren, damit wir ihn holen können? Tut mir leid, dass ich unseren Abend versaue.«

Ich schüttelte meinen Kopf. »Kein Problem. Wir können deinen Van abholen und dann etwas später als geplant mit unserem Abend weitermachen.«

»Das haben wir uns ganz anders vorgestellt, nicht wahr?«

Ich zuckte mit den Schultern. »Das Leben läuft nicht immer nach Plan, was?«

Kapitel 20

Wir fuhren zu Maddies Elternhaus, was auf vielerlei Art komisch für mich war. Für Maddie wahrscheinlich auch, aber das ließ sie sich nicht anmerken. Entweder das oder es gab zu viel, was sie beschäftigte, als dass sie sich mit solchen Gedanken aufhalten würde.

Während wir uns durch die Straßen schlängelten, die eng und mit Autos zugestellt waren, schossen mir Erinnerungen durch den Kopf. Erstaunlicherweise stellte ich fest, dass sie mich inzwischen zum Lächeln brachten.

Während des Studiums waren wir in den Sommermonaten hierher zurückgekehrt. Wir waren beide abwechselnd im Haus ihrer Mutter und in dem meiner Eltern geblieben oder hatten für Freunde das Haus gehütet, wenn diese im Urlaub waren. Maddie und Diane hatten sich so nahegestanden. Das Leben konnte so unfair sein. Geliebte Menschen starben, ohne dass man ihnen alles sagen konnte, was man wollte.

Das Haus war ein dreistöckiges Reihenhaus mit einem Anbau an der Rückseite, der ein unglaubliches Oberlicht aufwies. Als ich das erste Mal vor mehr als einem Jahrzehnt zu Besuch war, war es das erste Haus gewesen, das mir wirklich den Atem geraubt hatte. Und ich wollte mich noch immer an dem Oberlicht und der Küche orientieren, wenn ich mein erstes Haus kaufte. Eine Küche ohne Oberlicht kam nicht in Frage.

Ich erinnerte mich auch daran, vor ein paar Jahren hier in der Nähe mit Gemma zu einer Party gegangen und langsamer geworden zu sein, als ich die Nummer 42 passierte. Ich hatte mich gefragt, ob ich an die Tür klopfen und Diane hallo sagen sollte, aber hatte dann entschieden, dass das etwas seltsam sein würde. Jetzt wünschte ich, ich hätte es getan, nur um ihr Gesicht ein letztes Mal gesehen zu haben. Diane war einmalig gewesen; so warmherzig und freundlich zu jedem, der an ihre Tür kam. Manche Menschen berühren dich im Laufe deines Lebens und Diane war einer davon gewesen.

Ihre Tochter war definitiv ein weiterer.

Maddie hatte ihren Gurt gelöst, bevor ich den Motor abgeschaltet hatte. »Ich muss da reinflitzen und meine Dokumente holen, andernfalls geben sie mir den Van nicht. Diese Scheißer.« Sie wandte sich mir zu und ich konnte sehen, dass sie aufgewühlt und unsicher war. »Willst du reinkommen?«, fragte sie zögernd.

»Nur wenn du das möchtest.«

Sie runzelte die Stirn. »Es könnte komisch sein, mit der Erinnerung an früher und … « Sie sah auf zu dem Schlafzimmerfenster.

Ich wusste, was sie meinte, weil ich selbst daran dachte. Es war nichts, was man so leicht vergaß.

»Aber dann wiederum könnte es noch komischer sein, dich im Auto zurückzulassen.« Sie legte eine Hand an die Autotür und drehte sich dann noch mal um. »Nur damit du es weißt, Amos geht es nicht besonders gut. Er hat Krebs im vierten Stadium und er ist in seinen Knochen. Er kann sich bewegen, aber er ist langsam und hat Schmerzen. Versuch also, keine Reaktion zu zeigen, wenn du ihn siehst.«

Ich nickte. »Verstanden. Amos anlächeln. Nicht daran denken, wie wir im Schlafzimmer oben Sex hatten.« Ich hatte den letzten Teil nicht sagen wollen, aber es war mir einfach herausgerutscht.

Der Ansatz eines Lächelns erschien auf Maddies Gesicht. »Etwas in der Art.« Sie wandte sich mir etwas mehr zu, um mich richtig anschauen zu können.

Stille hing für einen Herzschlag in der Luft.

Dann zwei.

Und dann öffnete sie die Autotür und stieg aus.

Ich ergriff das Lenkrad und versuchte mir zum x-ten Mal einen Reim darauf zu machen, was wir taten, versagte aber jämmerlich. Nur dass ich mich nicht jämmerlich fühlte. Es war mir zuvor bereits kurz in den Sinn gekommen, aber mit Maddie zusammen zu sein, machte mich … glücklich? Zufrieden? Lebendig?

Maddie steckte ihren Kopf wieder herein. »Kommst du?«

Das war etwas, über das ich später nachgrübeln konnte. Ich löste meinen Gurt und folgte ihr in das Haus.

Die Küche war genau so, wie ich sie in Erinnerung hatte. Warme abendliche Strahlen fielen durch das Oberlicht und bedeckten den vielgeliebten Holztisch mit Sonnenschein. Unterschiedliche Stühle waren ordentlich darunter geschoben und zwei Kerzen standen in dessen Mitte. Die Wände waren strahlend weiß und reflektierten das Licht im Raum, was die Illusion von Großräumigkeit erschuf. Es war das, was ich im Leben wollte und vergessen hatte. Ich machte eine mentale Notiz, mich daran zu erinnern, wenn ich nach Hause kam.

»Es hat sich überhaupt nichts verändert.« Ich ging zum Herzen der Küche herüber; die dicken, hölzernen Arbeitsflächen waren glatt unter meinen Fingerspitzen. »Ich erinnere mich daran, wie deine Mutter all ihre fabelhaften Gerichte genau hier kochte. Sie war die erste Frau, die mir Tajine machte, die erste Frau, die mir Couscous gab. Sie war eine besondere Frau, deine Mutter.«

»Für deine kulinarische Bildung oder allgemein?« Maddie lächelte, während sie das sagte.

»Beides.« Mein Blick hüpfte über die Wände, die mit Dianes Illustrationen sowie Familienfotos von Maddie, Harris, Diane und Amos versehen waren. Ihr Vater war merklich abwesend, was seinen Einfluss auf ihr Leben spiegelte. »Ist es schwer, ohne sie hier zu sein?«

Maddie atmete tief durch. »Manchmal, aber es ist schön, dass Amos noch hier ist und ich liebe es, meine Mutter in all ihren Kunstwerken um mich zu haben. Ich kann sie wirklich in diesem Raum spüren, weißt du? Das war ihr liebster Ort; der, an dem sie Sachen herstellte. Essen, Kunst, Dichtung.«

Ich schaute herunter auf die Küchenfliesen und sah die verräterischen Farbkleckse unter meinen Füßen. Diane hatte sie kaum entfernt, da verursachte sie bereits neue. »Ich erinnere mich gut. Diane malend, kochend, trinkend, lachend. Sie hatte so viel Liebe zu geben; so viel Leben noch vor sich. Scheiß auf Krebs.«

Maddie lächelte traurig. »Das kannst du sagen, solange du willst, aber er gewinnt trotzdem.« Sie ließ einen Moment verstreichen. »Ich habe kürzlich sogar darüber nachgedacht, ihre Tajine zu machen, aber dann fiel mir ein, dass ich nicht mal eine Zwiebel schneiden könnte. Ich war dann von mir selbst genervt, also schaute ich mir einige *YouTube*-Videos an. Und weißt du was?«

»Du hast gelernt, wie man eine Zwiebel schneidet?«

Sie schüttelte den Kopf. »Nein, ich habe gelernt, dass Leute das Schneiden von Zwiebeln aussehen lassen können wie eine gewaltige Aufgabe. Ich dachte, Schälen und Schneiden wäre alles, aber es gibt sehr spezifische Anweisungen, die du befolgen musst, damit deine Finger nicht abgehackt werden. Und ich hänge sehr an meinen Fingern, also wollte ich es richtig machen.«

»Verständlich.«

»Aber dann hielt das Video ständig an und ich habe fast meine Hand abgeschnitten, daher beschloss ich, weiter auf den Lieferservice zu vertrauen und das Kochen den Profis zu überlassen. Jeder hat ein Talent, richtig? Und kochen ist nicht meins.«

Ich lachte. Als wir zusammen waren, hatte ich das Kochen übernommen oder wir hatten auswärts gegessen. »Du warst immer gut darin, Baked Beans auf Toast zu machen. Du hast Worcestershire-Soße dazugegeben, was eine Art Kochvermögen zeigt. Außerdem hast du einmal Lasagne gemacht und wir sind nicht daran gestorben.«

Ich erinnerte mich noch so lebhaft an diesen Samstag, als wäre er in mein Gehirn gebrannt. Wir hatten den Morgen faul im Bett verbracht und waren bereits ein paar Stunden auf gewesen, als Maddie ihr italienisch inspiriertes Werk hergestellt hatte. Es war das einzige Gericht, was sie in der gesamten Zeit, die wir zusammen waren, für mich gekocht hatte. Das war der Grund dafür, dass ich mich so gut daran erinnern konnte.

Ich sah zu ihr auf, meine Gedanken in dieser speziellen Erinnerung verfangen und ein Sturm der Nostalgie tobte in mir. Ich wusste, dass sich meine Wangen gerötet hatten und als ich Maggie ansah, fragte ich mich, ob sie sich ebenfalls so lebhaft daran erinnerte.

Das Essen war nicht das Highlight jenes Tages gewesen. Wir waren es. Die Leichtigkeit des Lebens, wann immer wir zusammen waren. Unsere sorglosen Jahre. Zurück in diesem Haus zu sein, brachte all das in scharfen Fokus und das verunsicherte mich. Es ließ mich denken, dass damals jetzt sein könnte; dass alles ein zweites Mal passieren könnte.

Ich brach unseren Blickkontakt ab und ließ meinen Nacken kreisen. Ich durfte mir nicht erlauben, auf diese Art zu denken.

Maddie rührte sich nicht vom Fleck, während sie sprach. »Ich habe das Gericht seitdem genau zweimal gemacht. Ich habe es für meine Mutter gekocht und sie war verblüfft. Das Problem ist nur, wenn eine Person so viel besser kocht als die andere, was macht es für einen Sinn, dass die eine kocht? Das ist, was ich bei dir, bei meiner Mutter und bei jedem anderen, der mir seitdem begegnet ist, festgestellt habe. Sogar Amos ist ein besserer Koch als ich.«

Außerhalb des Raums knarzte etwas. Maddie sah auf und lief zu der Tür herüber. »Wenn man vom Teufel spricht. Es scheint, als wäre er wach.« Sie verschwand in den Flur und kam Augenblicke später mit einem sehr gebrechlich aussehenden Amos wieder.

Er war geschrumpft, seit ich ihn das letzte Mal gesehen hatte, und sah viel älter aus, als er war. Er konnte erst um die sechzig sein, aber sah mindestens zehn Jahre älter aus. Amos setzte sich fast unverzüglich, bevor er eine Hand ausstreckte. »Justine. Es ist lange her. Du siehst gut aus.«

Ich nahm seine Hand und setzte mich neben ihn.

Sein Haar war borstig und grau und seine Haut passte farblich dazu. Er erinnerte mich an einen meiner Onkel, der auf eine ähnliche Art und Weise gestorben war: Es sah aus, als könnte man Amos jede Stunde seines restlichen Lebens füttern und er würde dennoch kein Gramm an Gewicht zunehmen. Sein brauner Cardigan hing von seinen Schultern, als würde niemand in ihm stecken.

»Zu lange, Amos. Es tut mir wirklich leid, dass es dir nicht gut geht. Wie fühlst du dich heute?«

Er atmete tief durch, bevor er sprach, und das Geräusch, wie der Atem durch seinen Körper rasselte, erfüllte die Küche. »Wie an den meisten Tagen. Aber es ist schön, dass du hier bist. Und Maddie natürlich. Das Mädchen war ein Engel, seit sie zurückgekommen ist; die leibhaftige Verkörperung ihrer Mutter. Ich sorge mich darum, wer sich um sie kümmern wird, wenn ich nicht mehr da bin.«

Ich blinzelte und schluckte hart. War dies der Moment, an dem ich das erste Mal, seit Maddie mich verlassen hatte, weinen würde?

Als ich zu Maddie aufschaute, biss sie sich auf ihre Lippe und ich konnte sehen, dass sie ebenfalls versuchte, sich zusammenzureißen. »Du bist noch nicht tot, Amos«, sagte sie zu ihm.

Er reagierte mit einem übertriebenen Schulterzucken. »Ich fühle mich an den meisten Tagen danach.«

Ich legte eine Hand auf seinen Arm und zog mit meinem Daumen Kreise darauf. »Weißt du was, du musst dir keine Sorgen machen. Maddie hat viele Freunde, die für sie da sein werden.«

Er umklammerte meine Hand mit seiner. Seine blauen Augen tränten. »Dich eingeschlossen? Ich weiß, dass du immer jemand Besonderes für sie warst, auch wenn sie es nicht immer durch ihre Taten gezeigt hat.«

Ich legte meine andere Hand auf seine und drückte fest. Ich räusperte mich und beruhigte meine Atmung, während ich mich gerade aufsetzte. Hatte Maddie mit Amos über mich gesprochen? Das erschien mir unwahrscheinlich, aber das Leben stellte sich in letzter Zeit als sehr seltsam heraus. All die Dinge, die ich zu wissen glaubte, waren seit James' Tod auf den Kopf gestellt worden. Denn jetzt war Maddie nicht mehr der Feind.

Als ich wieder aufsah, standen ihr Tränen in den Augen und der Ausdruck auf ihrem Gesicht sagte mir, dass sie ihren Onkel in Watte packen wollte, um ihn vor weiterem Schmerz zu schützen.

»Sollen wir eine Tasse Tee trinken und du erzählst mir, was du alles in den letzten zehn Jahren getrieben hast?«

Amos lächelte und selbst das sah aus, als würde es schmerzen. »Sehr gern, falls du die Zeit hast. Ich weiß, dass ihr beide sehr beschäftigt seid.«

»Wir haben es nicht eilig.« Ich sah zu Maddie. »Setz den Teekessel auf. Ich hole den Kuchen aus dem Auto.«

Kapitel 21

Wir verließen das Haus von Maddies Mutter – ich konnte nicht anders darüber denken – ungefähr eine Stunde später. Maddie hatte sich vergewissert, dass Amos es bequem hatte und etwas aß, bevor wir aufbrachen. Sie saß still auf dem Beifahrersitz und hielt ihre Dokumente umklammert.

Ich hatte keine Ahnung, was in ihrem Kopf vor sich ging, aber mir wurde jetzt bewusst, dass ihr Leben viel komplizierter war, als sie anfangs erkennen ließ. Damals hatte ich angenommen, dass sie zurückgekommen war, um mit Immobilien schnellen Gewinn zu erzielen.

Aber jetzt erkannte ich, dass es schwer für sie gewesen sein muss, zu James' Beerdigung zu kommen, insbesondere während sie sich um Amos in seiner Notlage kümmerte. Es sollte mich nicht überraschen, aber das tat es.

Diese neue Version von Maddie hatte mehr mit derjenigen gemein, die ich vor all diesen Jahren getroffen und in die ich mich verliebt hatte. Sie war kein Cartoon-Bösewicht und sie war sicherlich nicht die herzlose Hexe, die ich in meiner Vorstellung erschaffen hatte. Diese Maddie war genau dieselbe wie diejenige, mit der ich mir vorgestellt hatte, mein Leben zu verbringen. Was es nur noch seltsamer machte, dass sie überhaupt weggelaufen war.

Ich hatte noch immer so viele Fragen. Vielleicht könnte ich heute Abend ein paar Antworten erhalten. Jetzt, wo es sich wirklich anfühlte, als hätte ich den Vorhang ihres Lebens zurückgezogen und konnte sie wieder verstehen lernen.

Als wir vor dem »Center für Autoverteilung« – oder für seine Freunde die »Verwahrstelle« – hielten, war die Sonne bereits seit langem verschwunden. Allerdings war die Luft, die die Hitze des frühen Septembertages mit sich trug, noch warm. Es erinnerte mich an meine Kindheit; daran, zurück in die Schule zu gehen, wenn es noch heiß war und alles, was ich wollte, war, spielen zu dürfen.

Die Verwahrstelle lag in einem Industriegebiet neben einer Pannenwerkstatt und gegenüber einer Häuserreihe. Dahinter standen ein paar weitere Industriegebäude und in der Ferne einst grüne Felder.

Die Fahrt war einigermaßen still verlaufen. Maddie hatte es vorgezogen, die Luft von Musik statt Worten erfüllen zu lassen. Das war okay für mich. Wir hatten später noch genug Zeit zu reden.

Maddie sprang aus dem Auto und sagte, dass sie nachfragen würde, ob ihr Van bereits da war. Ich sah sie zur Hauptverwaltung laufen, ihr üblicher Schwung etwas gedämpft.

Ich konnte mir nicht vorstellen, das Leid von gleich zwei engen Familienmitgliedern mitanzusehen. Es war offensichtlich, wie traurig Maddie war. Ich hoffte, dass etwas zu essen sie aufheitern würde. Falls wir es schließlich zum Park in Bath schafften, bevor er schloss. Ich checkte meine Uhr, als Maddie in das Gebäude verschwand. Da es gegenwärtig neunzehn Uhr dreißig war, stand das auf der Kippe, aber das Essen würde sich alles halten.

Minuten später schritt sie zurück zum Auto, ein bitteres Lächeln im Gesicht. Ich konnte nicht einschätzen, was das bedeutete. Sie schlug die Tür etwas zu hart zu, als sie wieder in Kermit stieg. »Entschuldige. Ich hasse es, wenn Leute das tun.«

Ich schüttelte meinen Kopf. »Kein Problem. Wie lautet das Urteil?«

»Er ist noch nicht hier, aber sollte in der nächsten Stunde ankommen.« Sie schnalzte mit der Zunge, bevor sie fortfuhr. »Wir könnten also entweder wegfahren und irgendwo etwas trinken oder wir könnten das Picknick hier machen. Da drüben steht ein einsamer Picknicktisch.« Maddie deutete auf einen ramponierten Holztisch mit zwei angeschlossenen Bänken, der schon bessere Tage gesehen hatte. Er stand nahe eines Industriezauns, war aber ungestört. »Es ist nicht gerade der Park gegenüber meiner Royal-Crescent-Wohnung mit dem beeindruckenden Blick auf georgianische Architektur, den ich erwartete, aber es würde bedeuten, dass wir nicht später oder morgen hierher zurückkommen müssen.«

Ein lautes Knurren erfüllte die Luft und ich hob eine Augenbraue in die Höhe. »War das dein Magen?«

Sie lächelte. »War es. Und er sagt mir, was ich bereits weiß: Ich bin am Verhungern! Also was sagst du? Festmahl vor der Verwahrstelle?«

»Festmahl vor der Verwahrstelle, das klingt wie ein mittelmäßiger Fernsehfilm.«

~ ~ ~

Ich lachte, während Maddie das Essen ausbreitete. Die Komik des marokkanischen Hummus, Yakitori-Hühnchens und der Auswahl an Antipasti vor dem industriellen Hintergrund war mir nicht entgangen. Glücklicherweise hatte ich Sprudel mitgebracht, da wir beide jetzt fahren und daher auf den Rotwein verzichten mussten. Wir aßen für ein paar Minuten, beide ausgehungert und geschlaucht von den Emotionen des Tages. Es schien kaum möglich, dass Gemma und ich den Kauf einer neuen Immobilie erst an diesem Morgen abgeschlossen hatten. So viel war seitdem passiert und es fühlte sich an, als wären mehrere Tage in einen gequetscht worden. Maddies Van, ihr Haus, das Wiedersehen mit Amos.

Doch mit jedem Bissen ging es mir wieder etwas besser. Ich nahm an, dass es Maddie genauso ging. Sie lehnte sich mit einem Seufzen zurück und mein Blick landete auf ihren langen Fingern, die gerade mit dem Verschluss einer Packung hausgemachter Würstchen im Schlafrock kämpften. Die Verpackung gewann.

»Amos sieht genauso aus, wie du es beschrieben hast. Ich habe mich gefragt, ob du übertreibst, aber das war nicht der Fall. Wie lange haben sie ihm gegeben?«

Sie atmete tief durch, bevor sie antwortete. »Ein paar Monate, aber ich bin mir nicht sicher, ob es tatsächlich so lange sein wird. Du hast ihn gesehen.« Sie schenkte mir ein trauriges Lächeln. »Es ist nur so unfair, weißt du? Ich habe nicht genug Zeit mit meiner Mutter verbracht, bevor sie starb, deshalb will ich nicht denselben Fehler mit Amos machen. Aber trotzdem ist es nie genug, oder?« Sie schüttelte den Kopf. »Entschuldige. Das sollte ein erheiternder Abend werden und stattdessen sind wir hier und essen vor einem Hintergrund wie aus einem apokalyptischen Film entsprungen.«

Ich kommentierte das mit bellendem Gelächter. »Sind wir lesbische Superhelden, die kommen, um die Welt zu retten?«

»Hätte ich das gewusst, hätte ich mir heute mehr Mühe mit meinen Haaren gegeben.« Sie schob eine Hand durch ihre blonden Locken und grinste mich an.

»Sie sehen umwerfend aus!«, sagte ich reflexartig. Maddies Haare sahen immer aus, als wäre sie frisch aus einem Salon getreten. Außer vielleicht wenn sie diesen Nach-dem-Sex-Look hatten. Ich erinnerte mich vage daran.

»Danke.« Sie zögerte kurz. »Und danke für heute. Ich weiß, dass es Amos viel bedeutet hat, dass du vorbeigekommen bist und mit ihm gequatscht hast. Die meisten Leute tun es nicht. Das war bei meiner Mutter auch so, als es auf das Ende zuging. Leute wissen nicht, was sie über den Tod sagen sollen und sie wissen definitiv nicht, was man zu der Person sagen kann, die krank ist. Es ist fast so, als würden sie sich mit dem Tod anstecken, wenn sie sich dem Haus nähern. Ich nehme es ihnen nicht übel, aber es ist eine Schande, dass sie einen im Stich lassen, wenn man sie am meisten braucht.«

Ich nickte. »Es ist eine schwierige Sache mit dem Tod, nicht wahr?«

»Das ist es.« Sie wischte ein paar Krümel vom Tisch weg und stützte einen Ellbogen darauf. »Meintest du das ernst, was du zu ihm gesagt hast? Dass du für mich da sein würdest?«

Ich schluckte. »Ja. Und glaub mir, das habe ich nicht von mir erwartet.«

»Ich verübele dir das nicht. Ich bin nicht gerade ein Fels in deinem Leben gewesen. Aber ich würde sehr gern damit weitermachen, wieder dazu zu werden.« Sie sah mir direkt in die Augen. »Ich habe nie aufgehört, dich zu vermissen.«

Etwas Schweres fiel mir von der Brust. Ich fühlte eine Mischung aus Hitze und Emotion beim Vernehmen dieser Worte, die nach all dieser Zeit von Maddies Lippen fielen. Ich hatte nicht auf sie gewartet und doch fühlte es sich so an, als ich sie endlich hörte.

»Warum bist du dann gegangen? Du hast es mir nie gesagt. Auf der Beerdigung hast du es auf kalte Füße geschoben, aber man geht nicht so lange mit jemandem aus, teilt, was wir geteilt haben, macht Pläne, wie wir es getan haben, und verschwindet dann einfach.«

Ein Lastwagen, der eine Parade an Autos geladen hatte, erschien. Maddie schaute auf und ich drehte mich ebenfalls um, aber ihr Van war nicht dabei. Wir konnten also zu dem zurückkehren, was wir gerade beredeten.

Maddie stieß die Luft in einem langen Atemzug aus, ihr Blick wanderte über die Landschaft, bevor er wieder auf mir zu liegen kam. Sie schien mit ihren Gedanken und Worten zu kämpfen, sie sich für ein paar weitere Sekunden gründlich durch den Kopf gehen zu lassen, bevor sie aus ihr herauspurzelten. »Ich weiß, dass es keinen Sinn macht, aber zu der Zeit tat es das in meinen Augen. Ich bin dafür bekannt, dass ich aus allem eine Katastrophe mache, wie du weißt. Ich habe beinahe meine Abschlussprüfungen dadurch vermasselt. Und ich bin nach unserem ersten Jahr zusammen auch vor uns davongelaufen, weißt du noch? Aber du warst großzügig genug, mir noch eine Chance zu geben.«

»Ich habe dich geliebt«, erwiderte ich. »Das macht man so.«

Sie atmete tief durch. »Jetzt weiß ich das. Dieser entscheidende Moment, in dem ich weglief, hatte mit meinem Vater zu tun. Erinnerst du dich daran, dass ich an dem Wochenende davor zu ihm gefahren bin?«

Ich runzelte die Stirn. Meine Erinnerung an die Zeit war undeutlich. Ich schüttelte meinen Kopf. »Ich wusste nicht, dass du irgendwohin wolltest, bis du schon weg warst.«

»Ich bin hingefahren, um ihn an seinem neuen Wohnort zu besuchen. Wir hatten ein paar Drinks und er teilte seine Beziehungsweisheiten mit mir. Seine verdrehten, abgefuckten Weisheiten.«

Ich lehnte mich zurück und betrachtete sie. »Dein Vater. Der, der so viele Affären hatte, während er mit deiner Mutter verheiratet war, dass er ein ganzes, verdammtes Buch darüber schreiben könnte?«

Sie nickte. »Genau der. Derjenige, der noch immer traurig, einsam und bitter ist. Da kann man mal sehen, falls es einen Gott gibt, hat er oder sie einen sehr verschrobenen Sinn für Humor. Er tötet meine Mutter, die eine Heilige war, und meinen Onkel, dem nichts außer Gutes durch die Adern fließt. Aber er lässt meinen Vater am Leben, der eine Platzverschwendung ist.«

Ich versuchte zu lächeln, konnte es aber nicht. Weil ich nicht wirklich glauben konnte, was ich da hörte. »Warum bist du für Beziehungsratschläge zu deinem Vater gegangen? Ist er nicht die letzte Person, zu der man gehen würde?«

»Ich bin nicht deshalb zu ihm gegangen, ich bin nicht so dumm.« Sie zögerte und sah zu mir auf, ihre Wangen gerötet. »Okay, rückblickend bin ich vielleicht dumm. Oder zumindest war ich es. Ich habe ihn besucht, weil er mich darum gebeten hat. Und er wollte natürlich Geld.«

»Hast du ihm welches gegeben?«

Sie nickte. »Er war noch immer mein Vater und ich hatte damals noch Hoffnung für ihn. Er war eine weitere Beziehung eingegangen und ich dachte, sie hätte eine Chance. Ich mochte seine neue Frau und sie hatten ein Kind. Ich wollte meinen Halbbruder sehen.«

Das war mir alles neu. »Du hast mir nichts von alldem gesagt.«

Sie ließ ihren Kopf hängen, dann schüttelte sie ihn. »Ich weiß und es tut mir leid. Ich wollte nicht, dass du es weißt. Dein Leben war so schön und einfach – liebende Eltern, lustiger Bruder. Das war es, was ich wollte. Aber mein Leben war nicht so.«

»Dein Leben war das mit deiner Mutter. Sie hat dafür gesorgt.«

»Aber jeder sagte mir, wie sehr ich meinem Vater ähnelte und ich nehme an, dass ich mir das zu Herzen genommen habe.« Sie schwieg für einen Augenblick. »An dem Wochenende besuchte ich ihn und er trank und beschwerte sich über seine Beziehung. Und ich verstand damals, dass es an ihm lag. Seine Beziehungen scheiterten, weil er so war, wie er war, und es spielte keine Rolle, mit wem er zusammen war. Er würde niemals in einer Beziehung glücklich sein. Und er sagte mir, ich sollte aus meiner verschwinden. Er sagte mir, dass ich so wäre wie er. Er sagte mir, dass ich mich nicht in etwas verfangen sollte, das mich wahrscheinlich elend machen würde.«

»Und du hast ihm geglaubt?«

»Ich war dumm. Ich habe ihm nicht wirklich geglaubt, nicht im Grunde meines Herzens, aber er hat den Samen des Zweifels in mir gesät. Und wir waren jung. Wer weiß, was passiert wäre?«

»Wir waren nicht im Begriff zu heiraten. Wir wollten zusammenziehen. Paare machen das jeden Tag und dem Großteil der Welt gelingt das ohne Probleme.«

»Ich weiß. Ich war von Angst überwältigt. Ich konnte es meiner Mutter nicht sagen, weil sie meinen Vater für einen Idioten hielt. Sie hatte natürlich recht. Ich konnte es dir auch nicht sagen. Ich war so verwirrt. Wir hatten eine Weile eine Fernbeziehung geführt und ich hatte auf mich allein gestellt überlebt. Ich dachte, das wäre ein Zeichen. Ich weiß nicht, ich habe kalte Füße bekommen und es war unerklärlich und unentschuldbar.«

»Und dann hast du aufgehört anzurufen, E-Mails zu schreiben, alles.«

»Ich kann nicht alles aus dieser Zeit erklären. Ich denke, ich bin etwas verrückt geworden. Meine Mutter war so besorgt und ich habe sie ebenfalls gemieden, weil ich keine Fragen beantworten wollte. Das ist es, was mir wirklich zu schaffen macht. Dass ich die letzten wertvollen Jahre, die ich mit meiner Mutter hätte verbringen können, vergeudet habe. Ich habe sie damit vergeudet, mich zu betrinken und mich irgendwie dazu zu zwingen, mehr wie mein Vater zu sein. Ich habe keine Ahnung, warum.«

»Ich kann wirklich nicht glauben, dass das der Grund ist, warum du mich verlassen hast.«

»Ich weiß. Ich bin vor einer Weile zur Therapie gegangen, um darüber zu reden. Die Therapeutin schien zu denken, dass es meine verschrobene Art war, mich meinem Vater näher zu fühlen. Mehr wie er zu sein. Wer weiß? Außerdem waren da noch meine Angewohnheiten, das Schlimmste anzunehmen und wegzulaufen. Falls es irgendwie hilft, ich konnte im Gespräch mit der Therapeutin die ganze Zeit fühlen, dass sie mich an den Schultern packen und wachrütteln wollte. Sie hatte denselben Ausdruck im Gesicht, wie meine Mutter ihn immer hatte. Vielleicht kommt das mit dem Alter und damit, nichtsnutzige Kinder zu haben.«

Ich war mir nicht sicher, wie ich reagieren sollte. Die ganze Zeit hatte ich es auf mich zurückgeführt, auf etwas, das ich getan hatte, obwohl es in Wirklichkeit nur die Umstände und die Distanz waren. Und diese Vorstellung in Maddies Kopf, dass sie wie ihr Vater war. Es war alles viel zu surreal, um es zu verstehen.

»Wie ist es jetzt?« Meine Worte klangen kalt und kollidierten beinahe mit der warmen Sommerluft. Aber das war mir egal.

»Jetzt?« Maddie wandte sich nicht ab.

»Ja. Kommst du immer noch nicht davon los, etwas nachzueifern, dem man niemals nacheifern sollte? Oder bist du zu anderen wertlosen Vorbildern übergangen? Wer ist als Nächstes dran? Kim Kardashian? Donald Trump?«

Maddie atmete tief durch, bevor sie antwortete. »Okay, das habe ich verdient. Wie ich dir bereits sagte, verdiene ich das alles. Und um deine Frage zu beantworten, nein, ich richte mein Leben heutzutage nach anderen Vorbildern aus. Welche, die tatsächlich etwas Anständiges aus ihrem Leben gemacht haben und nicht durch die Gegend gezogen sind und überall, wo sie hingegangen sind, Chaos und Schmerz verursacht haben. Wie meine Mutter. Meine Oma. Amos.«

Ihre Antwort war zu einfach. »Hast du noch Kontakt zu deinem Vater?«

Sie schüttelte den Kopf. »Nein. Der Zug ist vor einer Weile abgefahren, als er Lisa ebenfalls in die Wüste geschickt hat. Ich habe tatsächlich noch Kontakt zu ihr, mehr noch, seit meine Mutter gestorben ist. Wir sind uns eines Tages über den Weg gelaufen und kamen ins Gespräch. Ich denke, das war der Grund, weshalb ich damals mehr so wie er sein wollte, weil ich seine Partnerwahl mochte, was sehr selten vorkam. Und er schien sie zu mögen, bedenkt man, dass sie geheiratet und ein Kind bekommen haben. Aber es hat nicht gehalten, weil es das nicht konnte. Sie ist jetzt mit einem normalen Typen glücklich.«

Sie schwang ihr Bein über die Bank, sodass sie seitwärts dasaß, bevor sie sich umwandte, um mich anzusehen. Mich *wirklich* anzusehen. Mit diesem Blick, den ich so gut kannte. Intensiv. Warm. *Für mich.* »Es tut mir so leid, was vor all diesen Jahren passiert ist. Es war alles meine Schuld. Alles. Nichts davon hast du verschuldet und es tut mir leid, dass ich dich all diesem Schmerz ausgesetzt habe.«

»Du hast mich mehr als nur Schmerz ausgesetzt. Du hast mein Vertrauen in jede Beziehung, die ich danach jemals hatte, zerstört. Ich habe immer damit gerechnet, dass die Frauen mich verlassen würden, also habe ich sie vorher weggestoßen.«

Sie ergriff meine Hand und ich ließ es zu. Ich konnte mich nicht entscheiden, ob das richtig war oder nicht. Maddie sagte: »Ich kann die Vergangenheit nicht ändern, niemand kann das. Aber ich kann die Zukunft ändern. Diese letzten paar Monate, in denen ich wieder Teil deines Lebens war, dich wiedersehen konnte, waren großartig. Ich habe niemals aufgehört, an dich zu denken, aber ich wusste, dass ich nicht das Recht hatte, wieder in dein Leben zu treten und zu erwarten, dass sich alles wieder richten würde. Ich wäre niemals so anmaßend.« Sie hielt inne; vergewisserte sich, dass ich ihr zuhörte.

Das tat ich.

Jedes einzelne Wort.

»Und sieh dich an. Du bist wunderschön, klug, sexy und du bist so erfolgreich mit deinem Geschäft. Ich freue mich so sehr, dir bei deinem nächsten Schritt zu helfen. Aber mehr noch freue ich mich wahnsinnig darüber, dass ich Zeit mit dir verbringen, bei dir sein und mit dir reden kann.«

Sie richtete ihren Blick auf den Boden, dann sah sie wieder auf. »Ich habe in dem vergangenen Jahrzehnt so oft von deiner Stimme geträumt. Sie war immer eines meiner liebsten Geräusche. Manchmal hörte ich in den Geschäften jemanden, der in etwa wie du klang und mein Herz setzte beinahe aus, da ich unbedingt wollte, dass du es bist. Aber du warst es nie.« Sie zögerte kurz, bevor sie fortfuhr. »Ich wusste, dass du in der Nähe von Bath wohnst und ich bin auf der Suche nach dir so viele Male durch diese Stadt gelaufen.«

»Ich bin überrascht, dass du mich nicht gefunden hast; Bath ist kein besonders großer Ort.«

»Vielleicht hatte ich unterbewusst auch Angst davor.« Sie nahm meine andere Hand ebenfalls in ihre und umschloss beide, als wären sie das Wichtigste auf der gesamten Welt für sie. »Aber jetzt habe ich dich gefunden und ich möchte dich nicht wieder verlieren. Was auch immer du bereit bist mir anzubieten, ich nehme es. Nur damit du es weißt, ich erwarte nicht, dass du mir wieder in die Arme fällst. Ich weiß, dass ich es vermasselt habe und dass der Wiederaufbau deines Vertrauens eine graduelle Angelegenheit sein wird.« Ihr Blick wanderte mein Gesicht hoch und runter, bevor sie meine Hand hob und sie sanft küsste.

Ich spürte es überall, von meinem Kopf bis zu meinen Füßen. Es fühlte sich gleichzeitig vertraut und doch fremd an. Maddie hatte ihre Lippen einst ständig auf meine Haut gedrückt.

Aber das war alles so lange her.

»Was meinst du? Können wir weitermachen und schauen, wohin das führt? Ich möchte unsere Beziehung in Ordnung bringen, damit wir einen sauberen Neuanfang haben und vorwärtskommen können.« Während sie sprach, fiel ihr Blick auf meine Lippen und verharrte dort.

Ein Wirbelwind der Gefühle tobte in mir. Ich hatte es trotz meiner anfänglichen Bedenken genossen, Maddie über die letzten paar Monate wieder in meinem Leben zu haben. Und ja, da war noch ein großer Zwiespalt, was sie betraf, und ich war mir ziemlich sicher, dass er sich in nächster Zeit nicht auflösen würde. Aber mit seinem Leben voranzukommen beinhaltete selten, dass man rückwärtsging, oder?

Womit ich mir auch verdammt sicher war, war, dass unsere Beziehung niemals platonisch sein würde. Ich wusste es jetzt, so wie ich es damals wusste, als wir uns vor all den Jahren in unserer Universitätsbar getroffen hatten; dass sie jemand war, der eine riesige Rolle in meinem Leben spielen würde und mir gleichermaßen Freude und Schmerz bereiten würde. Im Alter von zwanzig Jahren wusste ich, dass Beziehungen ein Wagnis waren und im Alter von vierunddreißig wusste ich es noch immer.

Aber es hielt mein Herz nicht davon ab, so heftig zu hämmern, dass ich dachte, es könnte explodieren. Es verhinderte nicht, dass ein Schaudern mich erfüllte. Und es verhinderte nicht, dass mein Blick wie immer von Maddies Lippen magisch angezogen wurde.

Ich leckte mir meine Lippen, bevor ich antwortete, und starrte währenddessen auf ihre, die in der Abenddämmerung glänzten. »Ich denke, wir beide wissen, dass wir niemals nur Freunde sein können. Wir sind entweder zusammen oder sind es nicht. Es gibt nichts dazwischen.«

Ihre Lippen öffneten sich, erschrocken; ihre Wangen liefen rot an. »Ich möchte nicht, dass es etwas dazwischen gibt. Ich möchte nicht, dass irgendetwas zwischen uns steht, Justine. Alles, was ich will, bist du.«

Kapitel 22

Am nächsten Tag gab Gemma einen Kurs in unserem demnächst ehemaligen Studio. Wir hatten zehn Schüler in dieser Woche und ich hatte den Morgen damit verbracht, unsere *Instagram*-Posts für das *Cake Heaven* zu bearbeiten. Die Plattform war der Grund für einen großen Teil unseres neuen Umsatzes. Ich war noch immer erstaunt darüber, wie viele Leute es liebten, dabei zuzusehen, wie Torten dekoriert wurden, aber es schien so, als wäre es eine Sache des Ehrgeizes. Manche Leute schauten den Profis gern zu und andere ließen sich davon inspirieren und buchten unsere Kurse, um zu lernen. Es war eine Strategie, die traumhaft funktionierte. Jede Woche posteten wir mindestens fünf neue Videos, die zeigten, was man erreichen konnte, wenn man es sich in den Kopf setzte.

Es tat gut, sich auf etwas zu konzentrieren, das nicht Maddie war, denn seit unserem spontanen Picknick an der Verwahrstelle nahm sie viel Platz in meinem Gehirn in Anspruch. Wenn ich aufwachte: Maddie. Wenn ich den Kaffee aufsetzte: Maddie.

Es war beinahe zu einfach. Beinahe. Denn angeblich war sie alles, was ich wollte. Aber in meinem Hinterkopf lauerte immer unsere Vorgeschichte. Sitzend und wartend, wie ein Fuchs, der im Begriff war loszuspringen, den Schwanz dumpf gegen den Boden schlagend. Was würden die Leute sagen? Wichtiger noch, was würde meine Mutter sagen?

Alle anderen schienen Maddie vergeben zu haben. Aber sie hatten nicht so viel zu verlieren, oder? Ihr Herz war nie von Maddie zertrampelt, zerkaut und ausgespuckt worden. Das war es, was ich nicht aus meinem Kopf bekam. Sie hatte das letzte Mal, als ich alles auf ihre Karte gesetzt hatte, rational auf mich gewirkt.

Ich sah durch die halb verglaste Tür und lächelte, als ich Gelächter durch das Studio hallen hörte. Ich fragte mich, was für einen Witz Gemma gerade gerissen hatte, und war glücklich, dass ich auf diese Art meinen Lebensunterhalt bestreiten konnte. Ich führte mit meiner besten Freundin ein Unternehmen und es lief traumhaft. Ich hatte ein Zuhause und bald könnte ich in der Lage sein, mir mein eigenes Haus zu kaufen. Ich hatte meine Gesundheit und gute Freunde; so viel auf meiner Seite. Könnte ich alles noch mal für

Maddie riskieren? Könnte ich mich selbst in Gefahr begeben und hoffen, dass ich diesmal genug für sie war?

Das Schaben von Stühlen über den Boden signalisierte, dass es Zeit für die Mittagspause war. Ich wartete, bis alle weg waren, bevor ich meinen Kopf in den Raum streckte. »Ist die Luft rein?«

Gemma sah von ihrem Handy auf und schenkte mir ein Grinsen. »Sehr rein.« Sie legte ihr Handy ab, ging nach hinten durch und kam mit zwei Tassen Kaffee zurück. Ich setzte mich neben sie auf die Bank. Zusammen begutachteten wir die Arbeitsplätze. Wir wussten, dass wir all das putzen mussten, bevor alle in einer Stunde zurückkommen würden. Aber wir waren darin geübt und wussten auch, dass wir es in fünfzehn Minuten schaffen konnten.

Ich nippte an meinem Getränk. Ich brauchte an diesem Morgen eigentlich kein Koffein mehr. »Wie war es heute? Ist irgendetwas Interessantes passiert? Wie geht es unseren amourösen Ladys?«

Gemma lachte und schüttelte ihren Kopf. Sie hatte mir Anfang der Woche erzählt, dass zwei Frauen mehr als nur eine Freundschaft begonnen zu haben schienen und dass sie, wäre sie zu Wetten aufgelegt, schwören würde, dass die beiden am Abend zuvor nach dem Kurs ein Date hatten. »Sie sind schüchtern, aber ich denke, dass sie sich letzte Nacht wieder auf einen Drink verabredet hatten. Ich habe ein paar glühende Blicke bemerkt, als sie heute Morgen ihre amerikanische Buttercreme gemacht haben.«

»Nichts bringt Romantik so hervor wie Buttercreme.«

»Du weißt, dass es stimmt. Vielleicht nehmen sie etwas davon mit nach Hause und lecken es später voneinander ab.«

»Du gehst immer einen Schritt zu weit, weißt du das?«

Gemma grinste. »Du wärst enttäuscht, wenn ich es nicht täte.« Sie zog ihren Finger durch etwas Mehl auf der Arbeitsfläche. »Jedenfalls, zwischen den beiden und dem Rest der Klasse, der sich über schwierige Schwangerschaften unterhielt, war es ein wirklich schonungsloser Morgen.«

»Etwas zu viel Östrogen im Raum?« Das war eines der Risiken der Leitung einer Backschule. Zu viele Frauen an einem Ort bedeuteten immer Gespräche über Entbindung, Ehe, Ehemänner und all die blutigen Details, die diese Themen mit sich brachten. Gemma und ich scherzten immer darüber, dass wir eine Reality-TV-Show von unserem Studio aus führen konnten, weil jeder Aspekt des Lebens hier vorhanden war.

»Viel zu viel. Ich habe ständig zur Tür geschaut und gehofft, dass Rob vorbeikommen würde, um die Gemüter etwas zu besänftigen.« Sie gähnte und streckte sich. »Wie war dein Morgen?«

»Produktiv. Ich habe alle Videos bearbeitet.«

Gemma nickte anerkennend. »Gut gemacht. Aber auf einer Skala von eins bis zehn, wie sehr hast du die gesamte Zeit über an Maddie gedacht?«

Sie kannte mich zu gut. »Ich war richtig gut diesen Morgen, überhaupt nicht viel.«

Gemma hob eine einzelne Augenbraue an.

Ich lachte. »Es ist alles relativ.«

»Hast du irgendwelche Entscheidungen darüber getroffen, ob du sie als mehr als eine Freundin wieder in dein Leben lassen möchtest?«

»Natürlich habe ich das verdammt noch mal nicht.« Ich ließ den Kopf hängen. »Ich meine, da ist noch etwas. Ich denke, da wird immer noch etwas sein, wenn es um Maddie geht. Aber das heißt nicht, dass ich dem nachgehen muss, oder? Ich gehe nicht jede einzelne Kleinigkeit basierend auf meinen Gefühlen an. So funktioniert das nicht. Ich muss etwas Rationalität in die Sachen einfließen lassen.«

»Weil das bisher wirklich gut funktioniert hat.«

Ich schaute sie an. »Darf ich dich daran erinnern, dass du meine beste Freundin bist und du auf meiner Seite sein solltest?«

Gemma legte ihren Arm um meine Schultern und drückte mich. »Ich bin immer auf deiner Seite, das ist der Zweck von besten Freundinnen.« Sie drückte ein weiteres Mal, dann sprang sie auf. Sie ergriff einen Stift und Papier, kritzelte das Wort »Maddie« über den Seitenanfang und unterstrich es dreimal.

»Okay«, sagte sie. »Ich weiß, dass du schwierige Dinge gern aufschreibst, Listen machst. Also lass uns genau das jetzt machen.« Sie schrieb »Dafür« auf die linke Seite des Papiers und »Dagegen« auf die andere. Dann zog sie einen Strich die Mitte entlang und schrieb die Nummer eins unter die »Dafür«-Liste. »Nenn mir den ersten Grund, warum das einen Versuch wert wäre.«

Ich legte meinen Kopf in den Nacken, schaute zur Decke und dann zurück zu Gemma. Mein Kopf war leer. Ich hatte keine Ahnung, was auf die Liste gesetzt werden sollte. »Mir fällt keine einzige Sache ein. Das ist schon in sich selbst ein schlechtes Zeichen, oder?« Jetzt war ich panisch.

Gemma rollte mit ihren Augen.

Ich boxte gegen ihren Arm. »Hör auf zu lachen. Beste Freundin in Not hier!«

»Beste Freundin, die sich dumm verhält.« Sie seufzte. »Okay, ich gebe dir eine Starthilfe.« Neben die Nummer eins schrieb sie: *Half uns, das neue Gebäude zu finden.*

Ich lehnte mich herüber, ergriff den Stift, strich das Wort »Gebäude« durch und schrieb stattdessen »Imperium«.

Gemma lachte. »Imperium, von mir aus. Nummer zwei?«

Ich dachte einen Moment nach. »Es scheint ihr alles aufrichtig leidzutun.«

»Gut.« Gemma schrieb es auf, bevor sie wieder aufsah. »Und falls es irgendwie hilft, Ally sagt, dass es das wirklich tut. Sie hat mir erzählt, dass sie schon immer von dieser mystischen Beziehung wusste, an der Maddie all ihre anderen maß, aber dass sie begonnen hatte zu denken, dass es alles Maddies Hirngespinst war. Aber dann hat sie dich getroffen und sie sagte, dass Maddie eine andere Person in deiner Nähe ist. Als würdest du einen Teil von ihr freisetzen, den sonst niemand entsperren kann.«

Ich runzelte die Stirn. »Ally hat tatsächlich diese Worte gebraucht?«

»Es kann sein, dass ich es etwas paraphrasiere, aber sinngemäß ja.«

»Heißt das, dass du dir das ausdenkst?« Dies war nicht das erste Mal, dass Gemma eine vielschichtige Variante der Wahrheit schuf.

Sie rollte wieder mit den Augen. »Du bist so schwierig, wenn es um Maddie geht.«

»Kannst du mir das verübeln?«

»Nein, aber ich denke, es könnte an der Zeit sein, die Vergangenheit hinter dich zu bringen und nach vorn zu schauen. Selbst wenn nichts mit ihr passiert, wirst du sie wahrscheinlich trotzdem gelegentlich sehen. Der Südwesten Englands ist nicht besonders groß, insbesondere wenn es um Lesben geht.«

Ich wusste, dass das stimmte. Ich stieß noch immer regelmäßig bei jedem Event in der Gegend auf meine Ex. Falls man eine neue Frau treffen wollte, musste man weiter weggehen.

Oder vielleicht auf jemanden zurückgreifen, den man bereits kannte. Zurück zu *fast neu*. Leicht beschädigt.

»Die Sache ist, Ally hat das wirklich gesagt. Sie hat auch gesagt, dass Maddie sich in London nie eingelebt hat und dass sie sich hier viel mehr zu Hause zu fühlen scheint. Das hier *ist* ihr Zuhause, also ergibt das Sinn. Sie hat außerdem gesagt, dass Maddie wegen ihres Onkels zutiefst betroffen ist, sie aber sehr froh ist, dass sie nach Hause gekommen ist, um sich um ihn zu kümmern.«

»Ich weiß, ich habe ihn neulich abends gesehen. Sie liebt ihn wirklich.«

»Wir wissen also, dass sie zu Liebe fähig ist.« Gemma schrieb das als dritten Punkt auf. »Sie war zuvor zu Liebe fähig und ist es erneut. Sie hatte einen Aussetzer. Du warst ein Opfer dessen. Das kommt vor.«

Ich stand auf und lief zum Ende der Arbeitstische. Während wir sprachen, begann ich aufzuräumen. »Ich weiß, aber ich kann nicht einfach da weitermachen, wo wir aufgehört haben.«

»Niemand erwartet das von dir. Ihr seid beide andere Menschen mit unterschiedlichen Lebenserfahrungen.« Gemma hielt inne. »Und seien wir ehrlich: Eventuell funktioniert es, vielleicht aber auch nicht. Aber willst dich dein Leben lang fragen ›was wenn‹? Ich würde es nicht wollen. Ich würde wollen, dass ich mein Möglichstes getan hätte. Du schuldest es *mir*, glücklich zu sein.« Sie schrieb das am Ende der Seite in einer gesonderten Liste mit der Überschrift »Gemma« auf.

Ich lehnte mich vor, als ich vorbeikam, und deutete darauf. »Warum hast du deine eigene Liste?«

»Weil ich dein trauriges Gesicht jeden Tag zu sehen bekommen habe und es hilfreich wäre, eine glückliche Geschäftspartnerin statt einer traurigen zu haben.« Sie zögerte. »Hinzu kommt, da ich mit Maddies Geschäftspartnerin schlafe, würde das eine schöne Symmetrie ergeben und wir könnten auf Doppeldates gehen.«

Jetzt war es an mir, mit den Augen zu rollen. »Ich dachte, du und Ally habt keine Dates? Ich dachte, es wäre nur ein *Arrangement*?« Ich setzte das letzte Wort mit meinen Fingern in Anführungszeichen. »Zumindest ist es das, was du mir immer wieder sagst. Dass du gänzlich modern bist und sie nicht deine Beerdigungs-Bankwärmerin ist.«

Gemma legte ihren Kopf schief. »Versprich mir, dass das ein Ausdruck ist, den du nur benutzt, wenn wir beide allein sind! Er sollte diesen Raum niemals verlassen, du weißt das, nicht wahr?«

»Ich bin nicht dumm.«

Gemma schenkte mir ein Grinsen. »Bist du nicht, das weiß ich. Ich habe keine dumme Person zur besten Freundin. Aber manchmal, wenn es um bestimmte Dinge geht, brauchst du einen kleinen Schubs. Jemanden, der dir auf die Sprünge hilft, wenn du so willst. Und haben wir auf James' Beerdigung nicht gesagt, dass wir jede Chance, die sich uns bietet, ergreifen würden, in dem Versuch unsere Haupt-Trauernden, unsere Bankwärmer zu finden?«

Ich nickte. Wir hatten das gesagt. Ich hätte nur nie gedacht, dass Maddie eine Option sein könnte. Die große, wunderschöne, gebrochene Maddie. Während ich an sie dachte, legte sich Wärme um mein Herz. Ich stellte die dekorativen Segel und Federn ab, die die Schüler gemacht hatten, und durchquerte den Raum. Ich schrieb einen weiteren Punkt für die »Dafür«-Spalte.

Gemma kam herüber und schaute auf das, was ich geschrieben hatte, dann zurück zu mir. »Ich kann nicht glauben, dass du das geschrieben hast«, sagte sie. »Justine, sei impulsiv, nur einmal in deinem Leben. Geh die Sache an, obwohl du das Ergebnis nicht kennst. Manchmal muss man etwas riskieren. Falls du die Wahrheit sagst und sie gibt dir ein ›warmes Gefühl‹, dann geh dem nicht aus dem Weg.«

Ich leckte mir meine Lippen. Vielleicht hatte sie recht. Alles, was ich wusste, war, dass ich einen ernsthaften Fall von Gänsehaut in Kombination mit überwältigendem Verlangen bekam, wann immer ich wirklich über Maddie nachdachte.

Es stimmte. Maddie ließ mich *alles* fühlen.

Kapitel 23

Dean saß auf dem Hinweg im Firmenvan wie auf heißen Kohlen. Er war zwischen Gemma und mir eingeklemmt und platzte fast bald vor Aufregung. Es war irgendwie liebenswert und gleichzeitig irgendwie nervig, da er durchgehend mit dem Bein zappelte, mit seinem Fuß wackelte und mich allgemein störte.

»Sitz still!«, sagte ich ihm. »Es ist, als wärst du wieder verdammte zehn Jahre alt!« Er war schon immer eine zappelige kleine Knalltüte gewesen, selbst als Baby.

»Ich kann nichts dafür. Du scheinst die Bedeutung des heutigen Tages nicht zu verstehen. Wir werden bei *Homes Under The Hammer* sein! Nationales Fernsehen! Gott, ich hoffe, es ist die blonde Moderatorin und nicht dieser Typ mit dem zurückgegelten Haar.«

Ich grinste. »Was ist mit Dion Dublin? Du magst nicht auf ihn stehen, aber er war seinerzeit ein ganz schön geschickter Fußballer.«

»Ich hätte nichts gegen Dion Dublin.« Er runzelte die Stirn. »Aber ich hoffe wirklich, dass es die Blondine ist.«

»Dann hoffen wir wohl alle, dass es die Blondine ist.« Ich nahm schnell mein Handy aus meiner Tasche und befragte *Google* nach ihrem Namen. Es tat mir den Gefallen prompt. »Für die Zukunft, ihr Name ist Lucy. Und der Gel-Typ heißt Martin.«

»Niemanden interessiert Gel-Typ.« Das war eine Aussage von Dean, keine Frage.

Draußen hing die Sonne wie eine Zitronenscheibe am Himmel, obwohl ihre Strahlen gedämpfter waren. Sie hatte einen arbeitsreichen Sommer gehabt und entspannte sich nun endlich.

Das schwarze Plastikarmaturenbrett des Vans fühlte sich aber trotzdem heiß an. Es glitzerte außerdem, was vielleicht auf die Hochzeitstorten und Cupcake-Lieferungen zurückzuführen war, die Gemma am Vortag für eine Freundin gemacht hatte und bei denen sie, wie ich wusste, sehr großzügig mit dem Feenstaub gewesen war. Torten für den Verkauf herzustellen war kein Kernaspekt unseres Unternehmens, aber es war etwas, das wir für ein paar ausgewählte Leute taten. Als ich mit meinem Finger das Armaturenbrett berührte, hinterließ er eine Spur, aber ich steckte ihn mir nicht in den Mund, für den Fall, dass es Staub und keine Tortenrückstände waren. Man konnte sich niemals sicher sein.

»Bist du nervös?« Es lag nun ein leichtes Zögern in Deans Stimme, ein leichter Dämpfer in seiner Aufregung.

Ich tätschelte sein Knie. »Noch nicht. Wenn sie die Kameras anschalten, könnte ich etwas ins Wanken geraten. Aber Nervosität ist ein Teil davon, richtig? Zumindest ist es das, was ich von meinem Theaterunterricht in der Schule noch weiß.«

Er nahm einen tiefen Atemzug. »Aber du wirst größtenteils das Reden übernehmen, richtig?«

Ich lachte. »Ja, ich oder Gemma. Du musst nur dastehen und männlich aussehen. Denkst du, du kriegst das hin?«

»Männlich ist mein zweiter Vorname.«

»Ist er nicht. Es ist Gerald. Aber das müssen wir sie nicht wissen lassen.«

Dean boxte mir gegen den Arm. »Das tust du besser nicht.«

»Au!« Ich boxte ihn zurück.

Er packte mich um die Hüfte, um sein Killer-Kitzelmanöver zu starten.

Als Antwort darauf schrie, dann heulte ich auf, während Deans Lachen ebenfalls die Luft durchschnitt.

Irgendwo dazwischen hörte ich Gemmas missbilligendes »Tse«, dann ihr Seufzen. Aber mein Schreien war lauter. »Kinder!« Nein, das war definitiv lauter. »Ich versuche hier zu fahren. Denkt ihr, ihr könnt den Geschwister-Zank zurückhalten, bis die Kameras auf euch gerichtet sind?« Sie schrie, aber ich konnte ein Lächeln in ihrer Stimme hören.

Dean und ich setzten uns beide auf, sein Gesicht so gerötet, wie meins sicherlich ebenfalls war. Ich schielte zu ihm herüber und er tat dasselbe. Als sich unsere Blicke trafen, brachen wir beide wieder in Gelächter aus.

Ich schüttelte meinen Kopf. Es spielte keine Rolle, wie viel Zeit bei Dean und mir verging. Letzten Endes waren wir noch immer derselbe Bruder und dieselbe Schwester, die ihre Kindheit damit verbracht hatten, sich gegenseitig zu Tode zu kitzeln oder brutal die Hose hochzuziehen.

Ich lehnte mich vor und sah zu Gemma herüber. »Sorry, Mama.« Ich lächelte ihr verlegen zu.

Sie lachte. »Versucht euch zu benehmen. Wenn ihr das tut, gebe ich euch beiden einen Lolli, sobald wir dort ankommen.«

»Das hättest du bloß zu sagen brauchen.« Dean setzte sich auf und zog seine Schultern zurück. »Lollis funktionieren jedes Mal.«

»Er macht nicht mal Witze«, fügte ich hinzu.

Gemma bog in die Archer Street ein und parkte vor unserem neuen Imperium, dessen Fenster im Sonnenlicht funkelten.

Ich schluckte: Es war so weit. Der Beginn einer neuen Ära, die Dämmerung vom *Cake Heaven* Teil zwei. »Es sieht gut aus, nicht wahr?«

Gemma nickte. »Das tut es wirklich. Und sobald wir fertig sind, wird es fantastisch aussehen.«

Sie stieg aus dem Van aus, blieb auf dem Gehweg stehen und sah zu unserem Gebäude auf.

Gemma trug ihr Nur-fürs-Fernsehen-Outfit, bestehend aus einer stylisch zerfetzten Jeans und einem schwarzen T-Shirt bedruckt mit winzigen weißen Sternen. Gepaart mit ihren schwarz-weißen Converse und dem neuen Haarschnitt stellte sie die ultimative, queere Stilikone dar und das sagte ich ihr auch.

»Gut.« Sie trat einen Schritt vor und umarmte mich. »Wir müssen sichtbar sein, um zu repräsentieren.« Sie schob ihre Sonnenbrille hoch. »Sie müssen wissen, dass wir hier sind, dass wir queer sind und dass wir ein fantastisches Unternehmen aufbauen.«

Ich schnaubte. »Richtig.« Ich hatte mich für eine blaue Jeans und ein kurzärmeliges Shirt, das überall mit Brillen bedruckt war, und weißen Schnürschuhen dazu entschieden. Ich hatte noch einen zusätzlichen Moment darauf verwendet, meine Schuhe zu polieren, für den Fall, dass es eine Aufnahme in der Halbtotale gäbe. »Hoffen wir, dass wir als queere Pin-up-Girls der Auktionswelt beworben werden. Wer weiß, wir könnten das nächste Mal, wenn wir in der Stadt sind, etwas Aufmerksamkeit bekommen, jetzt wo wir im nationalen Fernsehen sind.«

»Paparazzi, die uns ununterbrochen auf den Versen sind«, antwortete Gemma mit einem Grinsen. »Um wie viel Uhr kommen die Fernsehleute?«

Ich sah auf mein Handy. »In einer halben Stunde.«

»Und Maddies Architektin?«

»Sie sollte nach der Mittagspause kommen hoffentlich sind die Fernsehleute bis dahin fertig. Sie sagten, dass sie ein paar Stunden brauchen werden.«

Maddie und ich hatten ein paar Textnachrichten darüber ausgetauscht, dass wir ihre Architektin benutzen wollten, um ein paar Skizzenpläne für unsere neuen Räumlichkeiten aufzusetzen. Wir hatten das, was letzte Woche passiert war und was sie gesagt hatte, bewusst umgangen. Ich wollte es nicht in einer SMS aufbringen; das war etwas, was persönlich getan werden musste. Und selbst dann wäre ich nicht sicher, ob ich die Worte rausbekommen würde, nämlich dass ich diesbezüglich einen Versuch wagen wollte, aber dass sie mich besser nicht enttäuschte. Alle Indizien deuteten darauf hin, dass Maddie ihr Leben ihrem Nachnamen gerecht lebte: auf eine liebenswürdige Art und Weise. Ich musste daran glauben, dass das so weitergehen würde.

Denn obwohl es nur eine Woche her war, seit ich sie zuletzt gesehen hatte, vermisste ich sie. Irgendwie hatte sich Maddie innerhalb von einigen wenigen Monaten wieder in meinem Gehirn und meinem Herzen eingenistet.

Ein Klatschen durchbrach meine Gedanken und ich sah auf zu Gemma, die mir einen fragenden Blick zuwarf, die Schlüssel von ihren Fingern baumelnd. »Bist du bereit?«

Ich nickte.

Sie bedachte mich mit einem Blick, der mir sagte, dass sie mich besser kannte. »Du musst dafür vollkommen bei mir sein.« Sie ergriff meine Hand und mit der anderen schob sie den Schlüssel in die Eingangstür.

»Dean, bist du bereit?«, fragte Gemma.

Zu unserer Linken stand Dean mit seinem Handy bereit und hielt einen Daumen nach oben. »Ich bin bereit geboren worden.«

»Lächle«, sagte Gemma und sah mich bedeutungsvoll an.

Ich tat, wie mir aufgetragen wurde.

Dean fuhr fort: »In fünf, vier, drei, zwei, eins, *Action.*«

Gemma schenkte mir ein Grinsen, dann wandte sie sich Dean zu. »Wir sind hier heute in den brandneuen Räumlichkeiten für das *Cake Heaven* im stylischen Bristol. Das ist ein ganz neues Kapitel für unser Unternehmen und Justine und ich könnten nicht begeisterter sein, euch hier begrüßen zu dürfen, wenn wir in ein paar Monaten öffnen. In der Zwischenzeit: Bucht eure Backkurse auf unserer Website – der Link ist in der Bio!«

Mit diesen Worten öffnete Gemma die Tür. Wir traten über die Schwelle und begannen unser neues Kapitel.

~ ~ ~

Es war der Typ mit den zurückgegelten Haaren, der für *Homes Under The Hammer* auftauchte, aber er stellte sich als nett heraus, ebenso wie das gesamte Team. Dean war ein Albtraum. Er vermasselte seinen Text und sie mussten ständig die Szenen noch mal drehen, bis wir uns alle schließlich einig waren, dass Gemma und ich das Reden übernehmen würden. Bis wir sie verabschiedeten, war Dean ausgelaugt; der Druck, männlich vor der Kamera zu sein, war zu viel für ihn. Er ging mit den Worten, er müsse noch ein paar Kumpel für eine »Fußball-Sache« im Pub treffen.

Gemma und ich waren mit Dean und dem Team vor Ort ruhig gewesen, aber als sie weg und wir beide allein waren, stießen wir einen kleinen Schrei aus. Es war vermutlich eine gute Sache, dass die Kameras das nicht aufnahmen. Dann gingen wir auf einen Kaffee und zu einer Besprechung unseres Morgens ins Café um die Ecke.

Als wir zurückkamen, wartete Maddies Architektin bereits – wie auch Maddie. Ich hatte nicht erwartet sie zu sehen und war plötzlich froh, dass ich fernsehbereit aussah: Haare, Make-up, Outfit, alles Denkbare.

Gemma sah mich mit der stummen Frage an, ob ich gewusst hatte, dass Maddie auch kommen wollte.

Ich schüttelte meinen Kopf in ihre Richtung, bevor ich einen Schritt vortrat und der Architektin, die genau so war, wie ich mir eine Architektin vorstellte, die Hand schüttelte. Sie trug eine Hose, die gewollt zu kurz war, einen fransigen Pony, unter dem sie kaum hervorsehen konnte, und eine Brille mit dunklem Gestell, die so groß war, dass sie fast ihr Gesicht verschluckte.

»Schön, dich kennenzulernen. Ich bin Justine und das ist Gemma. Du bist bestimmt Octavia.« Normalerweise bin ich nicht so gut darin, mir Namen zu merken, aber ich konnte mich an ihren erinnern. Es gab nicht sehr viele Octavias in unserer Gegend.

Sie nickte und spähte mich durch ihren Pony hindurch an. Verbrachte sie den ganzen Tag damit, den zur Seite zu schieben? Oder war sie geübt im Umgang damit? »Auch toll, dich kennenzulernen. Jede Freundin von Maddie ist eine Freundin von mir.« Ihre Aussprache war klar, wie geradewegs dem Radio entsprungen, aber ihr Ton war so warm wie der Tag und ich entspannte mich sofort in ihrem Griff. Sie schüttelte noch immer meine Hand, als ich zu Maddie herübersah, die mich zögerlich anlächelte.

Ich erwiderte das Lächeln und ließ Octavias Hand los. Was machte Maddie hier?

»Ich habe gestern mit Octavia gesprochen und dachte, ich komme mit, um ihr meine Ideen bezüglich der Räume mitzuteilen«, sagte Maddie, als hätte sie meine Gedanken gelesen. »Natürlich liegt die Entscheidung bei dir und Gemma, aber da ich weiß, was ihr anstrebt, dachte ich, das wäre hilfreich.«

Ich nickte. Das ergab Sinn. »Du meintest, du wärst irre beschäftigt, als wir geschrieben haben.« Sie hatte ihre Arbeit und ihren Onkel vorgeschoben, weshalb sie nicht wegkonnte. Aber war es auch etwas anderes? War da eine Spur Unsicherheit in Maddies Augen?

Maddie schenkte mir ein warmes Lächeln. »Ich kann die Zeit erübrigen, wenn es wichtig ist. Du fällst unter diese Kategorie.«

Ich war ihr wichtig. Ich konnte gegen das Lächeln, das auf mein Gesicht trat, oder den goldenen Schein, der mein Herz umgab, nichts tun.

Gemma musste bemerkt haben, dass bei mir jede Hoffnung verloren war, da sie übernahm. »In Ordnung, sollen wir reingehen und schauen, womit wir es zu tun haben?« Ihre Stimme war laut und es war genug, um unser aller Aufmerksamkeit zu erregen.

Octavia machte einen kleinen Hüpfer, bevor sie vorausging. »Ich kann es nicht erwarten«, sagte sie und sah über ihre Schulter zurück.

Maddie streckte ihren Arm aus und lächelte mich an. »Nach dir.«

Kapitel 24

Octavia ging eine Stunde später, nachdem sie die Räumlichkeiten vollständig inspiziert und Vorschläge gemacht hatte, die keiner von uns in den Sinn gekommen waren. Sie wollte ein paar Wände einreißen und den Raum so etwas offener gestalten, womit wir einverstanden waren. Außerdem hatte sie den Einfall, die Küche zu verschieben, worüber wir noch nachdenken mussten. Ich war froh, dass Maddie sich selbst eingeladen hatte, da sie besonders hilfreich gewesen war, als es um die Arbeitsflächen, Fußböden und Beleuchtung ging.

Ich konnte sehen, dass Gemma beeindruckt war. Meine beste Freundin versuchte ständig meinen Blick einzufangen, aber ich hielt mich standhaft an das Skript. Ich war entschlossen, dass Maddies Anwesenheit mich nicht davon ablenken würde, was heute erledigt werden musste.

Als Octavia weg war, veränderte sich allerdings etwas. War ich es? Ich war mir nicht sicher. Aber plötzlich hatte ich das Gefühl, die Stimmung hätte sich geändert. Gemma schien das nicht zu bemerken und sie lief fröhlich durch die Räume.

Aber ich wusste es.

Als Gemma mit ihrem Maßband in die hintere Küche verschwand, starrte ich in Maddies dunkle, rauchgraue Augen, die voller Hitze waren.

Sie schaute weg. In Ordnung, so wusste ich also, dass sie es auch spürte. Diese Sache zwischen uns, die wuchs, sobald nur noch wir beide im Raum waren. Als ob nichts anderes existierte, wenn Maddie und ich allein waren. Nur wir zwei, mit dem, was auch immer das zwischen uns war, das den Raum erfüllte und sich in jede Ecke und jeden Spalt quetschte.

Ich ließ meinen Blick zu ihren geröteten Wangen gleiten, darauf bedacht, nicht wieder zu ihren Augen zu springen. Es war zu riskant. Dann gäbe es zu viele Fragen zu beantworten, zu viel zu sagen. Wir würden sagen, dass wir nicht wollten, dass etwas zwischen uns stand. Ich bezweifelte, dass uns etwas zurückhalten konnte, sobald Gemma ging.

Falls Maddie sprach, würden ihre Lippen meine Blicke auf sich ziehen. Und dann wären es keine Worte, über die ich nachdenken würde. Es wäre das Gewicht ihrer Lippen. Das Gefühl ihrer Lippen. Wie sehr ich wollte, dass sie sich heftig gegen meine pressten.

Scheiße.

Wo zur Hölle war Gemma?

Ich versuchte, meine Gefühle auszuloten, aber da waren zu viele in mir, die um meine Aufmerksamkeit wetteiferten, die hin- und hergerissen und bemüht waren. Mein Herzschlag raste und meine Kehle war trocken und als Gemma mir aus der Hinterküche eine Frage stellte, konnte ich ihre Worte kaum verarbeiten.

»Also, was hältst du von ihren Ideen für diesen Teil?« Eine Wand trennte Gemma von uns. Mit Maddie im selben Raum, fand ich es sogar schwer zu blinzeln.

Ein leises Hintergrundgeräusch spielte in meinem Kopf. Ich fokussierte mich auf die Tür zur Hinterküche.

Gemmas Fußschritte ertönten und dann erschien sie in der Tür – noch immer ahnungslos – und kam auf mich zu. »Ich meine, ich weiß, dass wir uns geeinigt haben, aber war das in Ordnung? Sie sagte, dass sie eine Skizze mit oder eine ohne aufsetzen würde, also nehme ich an, dass wir darüber noch nachdenken können.« Gemma blieb vor mir stehen und checkte ihr Handy, bevor sie aufschaute.

Ich nickte. »Wir haben Zeit. Wir können morgen auf der Arbeit darüber reden.«

Sie kniff ihre Augen zusammen und sah von mir zu Maddie, die plötzlich die hintere Wand unendlich faszinierend fand. »Okay.« Sie warf mir einen Blick zu, den ich ignorierte. Sie formte mit ihrem Mund lautlose Worte, aber ich konnte sie nicht verstehen, also schüttelte ich bloß meinen Kopf.

Nicht jetzt, Gemma. Nicht jetzt.

Sie schaute herüber zu Maddie und schob das Handy in ihre Hosentasche. »Jedenfalls muss ich noch ein paar Einkäufe erledigen, jetzt wo der Arbeitstag rum ist, also lasse ich euch mal machen.« Der Bogen in Gemmas Braue war so hoch, dass er am Wembley Stadium hätte installiert werden können. Sie stützte eine Hand in ihre Hüfte und starrte mich an. »Ruf mich später an, okay?«

Ich registrierte ihre Worte kaum, aber ich nickte. »Mache ich.«

Gemma drehte sich um. »Bis dann, Maddie. Danke für all das heute.«

»Kein Problem.« Maddie schaute Gemma zu, wie sie rausging und wir beide hielten unsere Augen auf sie gerichtet, als sie an der Vorderseite des Gebäudes entlanglief.

Und dann war sie weg und es gab nichts mehr, was uns voneinander ablenkte. Es gab nur uns. Ein Wir, das uns beide ganz zu verschlingen drohte.

»Gutes Meeting heute.« Sie kam auf mich zu; jeder ihrer Schritte ließ mich erzittern. Ich musste mich auf meine Atmung konzentrieren. Es war etwas, das ich jeden Tag, jede Stunde, jede Minute und jede Sekunde tat. Und doch war in Maddies Nähe ungewiss, ob mein Körper sich daran erinnern würde. »Das war es. Danke dafür, dass du uns Octavia vermittelt hast. Sie war großartig.«

»Und ein guter Name noch dazu, nicht wahr?« An Selbstbewusstsein gewinnend, grinste sie mich langsam an.

Sie war so verdammt schön.

»Der beste. Das kann ich von meiner Liste streichen. Eine Octavia treffen, check.« Ich atmete tief durch. Ich konnte das sowas von schaffen. Ein kurzes Gespräch führen, Maddie loswerden und dann einen Zusammenbruch erleiden. Das war definitiv die Art, wie das hier laufen würde. »Und deine Ideen bezüglich der Fußböden und Arbeitsflächen waren auch gut.« Ich fing ihren Blick auf und er war so erhitzt, dass es mir fast die Sprache verschlug. »Danke fürs Kommen. Ich wusste nicht, dass wir dich brauchen würden, aber das haben wir.«

Maddie trat einen Schritt näher. »Ich habe mit solchen Dingen schon mal geholfen und ich kenne mich mit Fußböden aus. Ihr braucht etwas Warmes, Starkes und Biegsames.«

Ich denke, sie sprach noch über die Fußböden. Alles, was ich wusste, war, dass ihre Augen auf meine geheftet waren, ihre Augenbrauen die perfekte Rahmung darstellten und ihr Blick sich auf eine verlockende Art in meine Haut bohrte. Ich hätte niemals gedacht, dass es möglich war, ohne Schmerzen durchbohrt zu werden. Maddie zeigte mir, dass es ein Vergnügen sein konnte.

Sie sprach noch immer. »Etwas, an das sich die Leute erinnern werden. Etwas, das sie über diesen Ort schwärmen lässt. Es hängt alles von Details ab und man sollte es beim ersten Mal richtig machen.«

»Man kann es nicht immer beim ersten Mal richtig machen, das ist die Sache.« Meine Stimme war vor Verlangen so versengt, dass es meine Kehle fast verbrannte.

Sie trat noch einen Schritt in meine Richtung, ließ meinen Blick nicht los. Ich war fasziniert davon, wie das Sonnenlicht sich in ihrem Haar verfing. Davon, wie ihr Mund auf einer Seite leicht zögernd nach oben zuckte. Davon, wie ihre Jeans gerade so hochgerollt waren, dass ihre Knöchel zur Geltung kamen. Präzise. Denn das war Maddie schon immer gewesen.

»Falls es beim ersten Mal nicht klappt, kannst du es noch mal versuchen. Es gibt keine Regeln. Nur die, die du selbst festlegst.«

»Oder die, die du festlegst?«

Sie stand nun vor mir und ich zuckte, als unsere Hände sich berührten, bevor sie ihre Finger um meine schloss. Maddie schüttelte ihren Kopf. »Ich lege niemals Regeln fest. Ich habe Mist gebaut. Aber wie ich dir letzte Woche schon gesagt habe, will ich es wiedergutmachen. Ich wollte eine Freundin für dich sein, dich wieder in meinem Leben haben. Aber ich habe realisiert, dass ich nicht bloß eine Freundin sein kann.«

Ich schluckte, aber meine Kehle war trocken.

»Was dich betrifft, wollte ich schon immer so viel mehr.« Maddie bewegte sich noch ein kleines Stück auf mich zu, bis ihre Lippen nur noch wenige Zentimeter von meinen entfernt waren. Sie wirkten so einladend und ihr Atem liebkoste mein Gesicht. »Sag mir, dass du nicht dasselbe fühlst. War da nicht schon immer etwas zwischen uns, etwas, das nie zurückgehalten werden konnte? Etwas, bei dem ich Jahre darauf verwendet habe, eine Bezeichnung dafür zu finden, es aber nie konnte. Aber ich denke, ich weiß es jetzt möglicherweise.« Sie hob meine Hand an ihre Lippen und küsste meine Finger.

Ein Kribbeln wanderte von meinen Händen durch meinen Körper und entflammte ihn, bis es auf eine Stelle unterhalb meines Nabels traf.

»Alles, was ich weiß, ist, dass bei dir zu sein, in deine wunderschönen haselnussbraunen Augen zu schauen und dich *nicht* zu küssen, jedes Mal schwerer und schwerer wird, wenn ich dich sehe.« Sie hielt im Sprechen inne, durchschnitt die Luft und den Raum zwischen uns, sodass unsere Körper sich nun berührten. »Es gab immer nur dich, Jus.« Sie senkte ihr Gesicht zu meinem. »Keine einzige Person, mit der ich jemals ausgegangen bin, konnte an dich heranreichen. Nie.«

Sie hob ihre Hände an mein Gesicht und hielt es.

War das hier richtig? Ich hatte keine Ahnung. Aber in diesem Moment konnte ich nichts anderes tun. Im Handumdrehen geriet meine fadenscheinige Entschlossenheit ins Wanken, dann zerbröckelte sie wie ein verlassenes Sandschloss, wenn am Abend die Flut zurückfloss.

Ehe ich mich versah, waren ihre Lippen auf meinen und ihr Mund begann mich langsam zu verführen. Falls ich mich gefragt hatte, wie es sein würde, Maddie wieder zu küssen, hatte ich meine Antwort. Es fühlte sich unsagbar richtig an. Es fühlte sich an wie die ersten Sonnenstrahlen im Frühling. Wie Schnee an Weihnachten. Es hatte eine Leichtigkeit an sich und als ich ihren Kuss erwiderte, schwöre ich, dass ich lächelte.

Ihre Küsse waren vertraut, beladen, bestimmt. Ich fühlte mich sonderbar verletzlich, aber auch dass es das Richtige war. Dieses Mal fühlte es sich wirklich so an, als wäre es Maddie ernst damit. Ihr Lippen glitten über meine, als wären sie für mich gemacht.

So viele Jahre voller »Was wäre wenn«, voller Fragen, wo sie war oder warum sie mich nicht gewollt hatte. Aber diese Fragen waren langsam zu Hintergrundgeräuschen meines Lebens zerflossen, bis sie zu blauen Flecken wurden und dann zu Narben verblassten, die Teil meines Körpers geworden waren. Teil meiner Zusammensetzung. Teil meiner DNA.

Mit den Erinnerungen an Schmerz verblassten auch die Erinnerungen an ihre Küsse.

Ihre Berührung.

Sie.

Aber jetzt, mit Maddies Lippen auf meinen, erwachten diese Erinnerungen sprunghaft wieder zum Leben. Maddie küsste mich und es war so einnehmend; ihre Zunge brachte mich zum Schmelzen, ihre Lippen ließen mich erzittern. Wir küssten uns mit unverfälschter, schamloser Dringlichkeit. Ich vergaß vollkommen, wo wir waren und wer ich war. Meine Arme brachten sie mir näher und ich wollte *mehr*. Wir waren in einem großen Raum mit riesigen Fenstern. Die ganze Stadt würde uns sehen können. Aber für mich gab es nur uns.

Abgeschirmt.

Von der Außenwelt abgeschnitten.

Maddie und ich.

Genau so, wie es sein sollte.

Mein Körper wurde von einem sengenden Gefühl geflutet und meine Muskeln wurden schwach. Ohne den Kuss zu unterbrechen, schob Maddie ihre Hände unter mein Shirt und ihre Berührung war beinahe zu viel. Ich tat dasselbe, ließ meine Hände über ihre weiche Haut gleiten, bis ich den Bund ihrer Jeans erreichte. Meine Hände streiften ihren Bauch und sie zischte unter meiner Berührung in meinen Mund.

Maddie schaute auf. Ihre Augen waren auf meine fokussiert. Ich schluckte wieder, dann sah ich auf die Straße hinaus, mir plötzlich der großen Fenster deutlich bewusst. Sie waren für das Backen großartig, aber nicht für Privatsphäre.

Sie folgte meinem Blick und schenkte mir ihrerseits einen, der so sinnlich war, dass ich beinahe zu Boden gesunken wäre, bevor sie meine Hand ergriff und mich zu der hinteren Küche zog. Sobald wir dort waren, stieß sie mich gegen die Anrichte und hielt mich dort fest. Ihre Arme befanden sich rechts und links von mir und ich war froh, dass ich zwischen ihr und einer festen Fläche gefangen war, da meine Beine mich nicht mehr tragen zu wollen schienen.

Sie kämpfte mit den Knöpfen meines Oberteils, ließ sie aufschnappen und zog es mir aus. Dann riss sie meinen BH herunter und ihr hungriger Mund fand meine Brüste, als wären sie das Erste, was sie in ihrem Leben gesehen hatte. Während sie an mir saugte und knabberte, warf ich meinen Kopf zurück und keuchte; ich spürte es überall. Ihre Zunge und Hände sorgten für erdbebengleiche Schocks in meinem gesamten Körper und ich wusste, dass das nur der Anfang war. Für Maddie und mich war der Weg frei. In welche Richtung wir von hier aus gingen, war mir überlassen. Aber ich schaute noch nicht weit den Weg hinunter. Für den Moment würde ich mich auf das Hier und Jetzt konzentrieren. Die Gegenwart. Auf Maddie.

Maddie zog sich ihr Oberteil über den Kopf und befreite sich auch von ihrem BH.

Ich bebte erneut. Ich zog sie an mich, küsste ihre Haut und staunte darüber, wie perfekt sie war.

Aber das war mir nicht lange vergönnt. Ehe ich mich versah, waren Maddies Hände an meiner Jeans, rissen den Verschluss nahezu auf. Ihre Bewegungen waren voller Eifer und Dringlichkeit. Dann kehrten ihre Hände zu meinen Brüsten und meinem Rücken zurück, bevor sie sich in meine Jeans und dann in meinen Slip schoben. Ich schwankte, aber sie stützte mich.

Unsere Blicke hielten sich einen Moment lang fest, während sie meine übrigen Kleidungsstücke herunterzog und ich aus ihnen heraustrat. Wir hatten einen Punkt erreicht, an dem es kein Zurück gab und dieses Wissen schwebte über uns.

Ich keuchte, als wir innehielten. Maddies Finger waren ihrem Ziel so nah, ihr Atem heiß an meinen Lippen. Jetzt war nicht die Zeit aufzuhören und Fragen zu stellen. Jetzt war die Zeit für Handlung. Dafür, das zu beenden, was wir begonnen hatten. Dafür, das zu tun, was uns schon immer leichtgefallen war.

Das Reden konnte warten.

Maddie wartete einen weiteren Moment lang ab, entnahm die Erlaubnis, die sie brauchte, meinem erhitzten Blick. Für den Fall, dass sie diesbezüglich irgendwelche Zweifel hatte, stieß ich meine Hüften vorwärts, zwang ihre Finger näher. Dann brachte ich meine Lippen an ihr Ohrläppchen.

»Ich will dich«, flüsterte ich.

Das musste man ihr nicht zweimal sagen. Maddie verlor keine Zeit, ihre Lippen gegen meine zu pressen, ihr Körper tat es ihnen gleich. Maddie schob ihre Hand weiter nach unten. Ihre Finger glitten durch meine Nässe und ich schrie auf.

Ich konnte nichts dagegen tun. Maddie war in mir und es fühlte sich an, als hätte ich den Jackpot gewonnen. Ich erzitterte.

Sie ließ einen weiteren Finger hineingleiten und stöhnte dabei in meinen Mund. Die Vibration sandte Schockwellen durch mich hindurch. »Du fühlst dich so gut an.« Sie schmiegte sich an mich, als ich vorwärtsstieß.

Da hielten wir kurz inne, genossen diesen Moment; einen, von dem ich dachte, dass er nie wieder meine Welt mit seiner Anwesenheit beehren würde. Es war einer dieser Momente, von dem man sich wünscht, ihn in seine Erinnerung schreiben zu können. Mit einem Tattoo gesichert, für immer mit einem Zeitstempel versehen. Eine Bewegung würde bedeuten, dass dieser Moment für immer verloren war. Und ich wusste von allen Leuten am besten, dass man nicht daran festhalten konnte. Man könnte innehalten und es aufnehmen, aber dann musste man vorwärtsgehen und sein Leben leben. Denn die Zukunft hielt das Versprechen so vieler weiterer Momente bereit; solcher genau wie dieser und solcher, die sogar besser sein könnten. Daran musste ich glauben, insbesondere bei Maddie.

Ich konnte nicht versuchen, unsere Vergangenheit wieder einzufangen. Ich wollte nicht. Ich musste loslassen und darauf vertrauen, dass das, was als Nächstes kam, noch besser sein würde. Also entspannte ich in diesem Moment meine Muskeln und meinen Verstand. Ich ließ los. Ich gab mich Maddie hin.

Sie nahm nun alles von mir ein, physisch und mental. Ihre freie Hand drückte meinen Nippel, während ihre Finger mich gekonnt nahmen, rein- und rausglitten. Ihr Daumen zog Kreise um meine Klitoris. So viel Gefühl, so viel Maddie. Es war überwältigend.

Ihre Zunge an meinem Hals, berauschten mich ihre Stöße. Lust erhitzte mich tief aus meinem Inneren und breitete sich in meine Gliedmaßen aus. Ich fühlte mich benommen vor Verlangen, vollkommen losgelöst. Wir hatten uns ineinander verloren, abgeschirmt von der Außenwelt.

Ich stöhnte laut, während mein Orgasmus sich anbahnte und mich überwältigte. Hitze schoss zu all meinen Nervenenden. Während meine Muskeln bebten und mein Orgasmus anhielt, klammerte ich mich an Maddie und erinnerte mich daran, wie solide sie sein konnte. Sie war einmal mein

Fels, meine Welt gewesen. Gerade war sie alles, was in meiner Sichtlinie war, während ich über ihre Finger kam, meine Nägel in ihren Rücken krallte und in die Luft stöhnte. Sie stieß noch ein paar Mal zu, bis ich sie stoppte und dann die Nachbeben auskostete, bevor ich in das Hier und Jetzt zurückkehrte.

Meine Lider öffneten sich zuckend und ich sah auf in ihr Lächeln.

Ich musste nichts sagen. Ich wusste, was sie dachte. Es war deutlich in ihren nach oben gezogenen Mundwinkeln, in der Hitze ihres Blickes zu lesen. Dann lagen ihre Lippen wieder auf meinen, bevor sie sich zurückzog.

»Ich hatte das tun wollen, seit ich dein wunderschönes Gesicht wiedergesehen habe.« Sie küsste mich erneut.

Sie war noch immer in mir. Ich wollte nicht, dass sie jemals ging. »Du hast gesagt, du wolltest nichts mehr zwischen uns haben.« Ich ließ meinen Blick auf ihre Lippen sinken und meine Lider schlossen sich flatternd für einen Moment. »Du hast deinen Willen bekommen.«

Sie lächelte und drückte meinen Hintern mit ihrer freien Hand. »Ich habe den ersten Teil bekommen, das stimmt. Aber ich will mehr. Ich will nicht, dass das eine einmalige Sache ist. Ich möchte alles bei dir wiedergutmachen, Justine. Alles. Ich möchte beweisen, dass ich deiner Zeit diesmal würdig bin. Deiner Aufmerksamkeit. Und, falls du mich lässt, deiner Liebe.«

Noch mit dem Dröhnen meines Orgasmus in meinen Ohren starrte ich sie an. Scheiße, sie konnte mit Worten umgehen, während ich kaum Silben aneinanderreihen konnte. Zumindest nicht in diesem Moment.

Das gedämpfte Klingeln eines Handys brach den Zauber. Maddie zuckte zusammen, dann seufzte sie. »Das ist Allys Klingelton und sie ruft nur an, wenn sie muss. Normalerweise schreibt sie mir.« Sie richtete sich auf, nahm ihre Hand mit sich und ich atmete aus. Ich legte meinen Kopf auf ihre Schulter.

Für den Moment blieb sie, wo sie war.

Das Klingeln hörte auf, dann setzte es wieder ein. Maddies Atmung stockte, dann öffnete sie ihre Augen. Ihr grauer Blick war direkt auf meinen gerichtet. »Tut mir leid, ich kann sie nicht zweimal ignorieren. Das ist ihr Code; wenn es dringend ist, ruft sie direkt wieder an.«

Sie drückte meinen Hintern noch einmal mit ihrer Hand, dann bewegte sie sich langsam rückwärts und griff sich ihr T-Shirt vom Boden, wo es hingefallen war. Sie zog es sich über den Kopf, bevor sie Ally zurückrief. Ehe der Stoff ihren Bauch verdeckte, bewunderte ich erneut, wie flach er war sowie ihre festen Muskeln, über die ich kürzlich mit meinen Fingern gestrichen war.

Körperliche Arbeit bekam Maddie offensichtlich und war das, was sie in so toller Form hielt.

Ich hörte, wie der Anruf angenommen wurde, sah Maddie mit ihrem Kopf nicken und dann verschwand sie durch die Tür in den Hauptraum.

Ich atmete schwer ein und aus und es fühlte sich wie die ersten Atemzüge seit Tagen an. Mein Blut jagte noch immer durch meinen Körper und meine Gedanken waren durcheinander, als ich mich aufrichtete. Da fiel mir auf, dass ich ziemlich nackt war. Ich sah herunter und entdeckte meine Unterhose auf dem Boden. Ich nahm mir einen Moment zum Staunen. Denn das hier war erstaunlich. Unglaublich. Und außerdem überaus unwahrscheinlich.

Ich war mir so sicher gewesen, dass nichts passieren würde, bis zu dem Moment, an dem es unausweichlich wurde. Als Gemma gegangen war, war die Hitze gestiegen und außer Maddies Händen auf meinem Körper und ihren Lippen, die meine bedeckten, wäre nichts anderes auf der ganzen Welt akzeptabel gewesen. Nichts anderes hätte das aufwallende Verlangen, das durch mich hindurchgestürzt war, beruhigt; ein Verlangen, das noch immer wütete, wenn ich ehrlich war.

Nebenan klang Maddies Stimme angespannt, gequält. Für was auch immer Ally sie brauchte, es hörte sich nicht gut an. Irgendwie wusste ich, dass ich Maddie nun nicht mehr in die Finger kriegen würde. Wäre ich fünf Jahre alt, hätte ich vor lauter Ungerechtigkeit geheult und gemurrt, aber das war ich nicht. Trotz all der Beweise dagegen – und der Tatsache, dass ich nackt in meinem neuen Gebäude stand – war ich tatsächlich eine erfolgreiche Geschäftsinhaberin in ihren Dreißigern.

Ich sah an mir herunter und dann, weil ich mich ungeschützt fühlte, zog ich meine Unterhose an. Dann fand ich meinen BH und mein Shirt und bekleidete mich hastig. Meine Finger waren noch immer zittrig und nutzlos.

Verlangen summte in mir wie in einem Auto, welches mit laufendem Motor an einer Kreuzung stand. Verdammt, ich wollte Maddie besinnungslos küssen und sie dann vögeln, bis sie diesen Ausdruck im Gesicht hatte, an den ich mich noch immer erinnerte. Denjenigen, den ich liebend gern wieder leibhaftig sehen würde. Und dann hätte ich es gern, dass Maddie dasselbe mit mir machte.

Aber wo sollte das hinführen? Maddie hatte gesagt, dass sie mehr wollte, aber war sie vertrauenswürdig? Ich schob diese Gedanken beiseite. Für die Dauer der letzten Stunde hatte ich beschlossen, in einem Fantasieland zu leben, in dem Handlungen keine Konsequenzen und keine emotionalen Bindungen nach sich zogen. Für den Moment musste ich dies als Wiedersehens-Sex verbuchen und später über den Rest nachdenken.

Mein Kopf war schwer vor lauter wirbelnder Emotionen, während ich meine Jeans anzog. Ich konnte durch das Gewirr meiner Haare nicht richtig sehen, also so wischte ich es mir ungeduldig aus dem Gesicht.

Augenblicke später schritt mir Maddie entschlossen entgegen. Ihre Hand schlüpfte wieder in meine Hose, drückte meinen Hintern und ließ mich wimmern. Ich war wie Wachs in ihren Händen.

»Scheiße, ich will dich.« Ihre Augen funkelten, als sie sich auf mich fixierten und ich hatte keine Zweifel daran, dass ihre Worte der Wahrheit entsprachen. Aber dann zog sie ihre Hand zurück, zog meinen Reißverschluss hoch und knöpfte mir das Oberteil zu. Ein Knopf fehlte.

Ich grinste, mir dessen bewusst, dass ich noch unsicher auf den Füßen war. »Ich will dich auch.«

»Aber ich fürchte, dass ich gehen muss.«

Ich stöhnte hörbar auf und zog sie zu mir heran. »Ich will nicht, dass du gehst.« Ich wusste in dem Moment nicht viel, aber das wusste ich. Ich wollte in Maddie versinken, es mir in meiner sicheren Fantasiewelt bequem machen.

»Ich will es auch nicht.« Sie versah meinen Mund mit einem weiteren sengenden Kuss, bevor sie sich zurückzog und mich betrachtete. »Aber es gab ein Desaster auf der Baustelle in Bath. Die Decke des Nachbarn darüber ist eingestürzt und es gab ein riesiges Leck.« Sie stockte. »Wir können nur hoffen, dass die Wände ebenfalls eingestürzt sind, um so die Planungsprobleme zu umgehen.« Ein bitteres Lächeln. »Also muss ich los und mir hat niemals etwas so leidgetan. Das hier war unglaublich, nur damit du nicht darüber im Zweifel bist.« Sie hob meine Finger an ihren Mund und küsste sie. »Ich hoffe, wir können bald wieder daran anknüpfen?«

Ich schaute zu ihr auf, wie magisch angezogen von ihren Augen. »Ich hoffe es auch«, flüsterte ich, bevor ich ihre Lippen wieder küsste. »Schreib mir, okay?«

Maddie gab mir einen letzten Kuss, bevor sie zum Hauptraum hinüberging.

Ich folgte ihr und sah zu, während sie ihre Schlüssel und ihre Tasche aufsammelte.

»Soll ich dich mitnehmen?«

Ich schüttelte meinen Kopf. »Nee. Ich habe Gemma gesagt, dass ich für ein paar Sachen Maß nehmen würde und das habe ich bisher nicht getan. Ich war ein wenig abgelenkt.«

Maddies Mund zuckte daraufhin.

»Außerdem wird mir das Laufen guttun. Es gibt viel zu verarbeiten – geschäftlich und anderweitig.«

Sie nickte. »Das gibt es.« Eine Pause. »Aber wir sprechen uns bald, ich verspreche es.«

Ich schenkte ihr ein Grinsen und versuchte nicht an Maddies frühere Versprechen an mich zu denken, Versprechen, die niemals wahr geworden waren.

Kapitel 25

Für den nächsten Tag hatte ich einen Familiensonntag geplant: Mittagessen mit meinen Eltern, meinem Bruder und Großvater. Der Vorgarten des Hauses war gefüllt mit gelben und rosafarbenen Rosen und sah großartig aus, als ich darauf zuging. Ich stieß das weiße, hölzerne Gartentor auf und lief an der Seite vorbei zur Hintertür, wie ich es immer tat.

Meine Mutter schloss mich in eine Umarmung, als ich in die Küche rauschte und ich fragte mich, ob sie es bemerkte. Ob sie wusste, dass ich Maddie gestern hereingelassen hatte. Wirklich hereingelassen hatte. Hatte ich das Richtige getan? Als ich aus der Tür des neuen *Cake Heaven* getreten war, war das Fantasieland, das ich errichtet hatte, zusammengebrochen. Dann war da nur noch ich gewesen. Mit dem Gefühl, so nackt zu sein wie zu dem Zeitpunkt, als ich drinnen gestanden hatte, mit Maddies Zunge in meinem Mund und ihren Fingern in mir.

Meine Sicht wankte, als ich mich an alles erinnerte und meine Klitoris pochte. Maddie war zu gut, das war das Problem. Wir waren zu gut. Die Verbindung, die wir schon immer gehabt hatten, war noch da. So viel wusste ich mit Sicherheit.

Letzte Nacht hatte mir Maddie eine SMS geschickt und mich wissen lassen, dass sie bei der Wohnung bleiben musste, um die Reparaturen vorzunehmen; es war schlimmer, als sie angenommen hatte. Sie musste außerdem Zeit mit Amos verbringen, der ein schlechtes Wochenende hatte. Sie würde mich heute nicht sehen können, aber hatte gesagt, dass sie später anrufen würde. Es war keine gute Aussicht auf unsere Zukunft, aber zumindest hatte sie geschrieben. Für den Moment war das genug.

»Eine Tasse Tee?« Meine Mutter setzte den Kessel bereits auf, während sie fragte.

Ich hätte wirklich etwas Stärkeres gebrauchen können, aber es schien etwas ungehobelt, vor dem Essen danach zu fragen. Ich wusste, wie meine Mutter das Gesicht verziehen würde.

»Das wäre toll.« Ich setzte mich an ihren Küchentisch und starrte in den Garten hinaus, der eine ähnliche Größe wie Kerrys Garten hatte. Das versetzte mich augenblicklich dahin zurück, wo Maddie und ich unser erstes Gespräch nach der Beerdigung geführt hatten. Das Gespräch, bei dem die Wände, die ich errichtet hatte, sich ein klein wenig gesenkt hatten und die Schlüssel zurück zu unserer einst heilen Welt mir verlockend in Aussicht gestellt worden waren. Was hatte sie damals gesagt? Dass sie kalte Füße bekommen hatte? Wie ich jetzt wusste, war es mehr als das. Aber wenn sie es einmal getan hatte, war sie fähig, es ein weiteres Mal zu tun?

Jedenfalls bekam ich Maddie nicht aus dem Kopf. Sie war wie ein Soundtrack in Endlosschleife. Wie sie sich anfühlte. Wie sie schmeckte. Gestern Nachmittag war, obwohl kurz, der nächste reizende Blick auf das, was sein könnte. Und ich wollte mehr sehen.

»Dean war gestern Abend hier und hat über den Fernsehauftritt geredet und darüber, dass er ein Star sein wird. Ist das wahr oder hat er sich das alles ausgedacht?« Meine Mutter setzte sich mir gegenüber an den Esstisch, ein Lächeln im Gesicht, das mir sagte, sie wusste die Antwort bereits.

»Sagen wir mal, dass er ein besserer Bauarbeiter als Fernsehstar ist.«

Sie lächelte mich an. »Er ist gut darin – du hast unseren Anbau gesehen.« Meine Eltern hatten sich vor ein paar Jahren einen Erweiterungsanbau machen lassen, komplett Deans Handarbeit. Er stand noch. Wir waren noch immer beeindruckt.

»Wo sind Papa und Opa? Ich höre den Fernseher nicht.«

»Dein Vater ist unten im Pub – eine Fußball-Sache. Er hat deinen Großvater mitgenommen, obwohl dieser nicht sehr glücklich darüber war. Er behauptet, er könne nicht hören, was die Leute sagen. Aber es tut ihm gut, mal aus dem Haus zu kommen, daher hat dein Vater darauf bestanden.

Ich lächelte. »Ist Dean auch dort?«

»Ich denke schon.« Meine Mutter legte den Kopf schief. »Er hat uns auch von Gemma und Maddie erzählt und wie sehr Maddie euch damit geholfen hat, das neue Gebäude zu kriegen.« Sie stockte. »Du hast das vorher nie wirklich erwähnt.«

Ich zuckte mit den Schultern, als hätte es nichts zu bedeuten. Aber schon während ich es tat, wusste ich, dass meine Mutter mich durchschaute.

Sie kannte mich schließlich mein gesamtes Leben und hatte alle meine bisherigen Höhen und Tiefen mitangesehen. Also entschied ich, ein wenig auf die Situation einzugehen, um ihre Reaktion auszuloten.

»Ich weiß, wie du über sie denkst, und du hast recht. Sie hat mich verlassen und ich bin vorsichtig, was sie betrifft.« Ich schluckte meine Lügen herunter, um zu sehen, wie sie schmeckten. Genießbar. »Aber als es um unser

Geschäft ging und darum, uns zu helfen, einen neuen Standort zu finden, war sie unbezahlbar. Ich stand dem anfangs auch ablehnend gegenüber, aber wir haben seitdem Zeit miteinander verbracht und über die Vergangenheit gesprochen.«

Meine Mutter setzte daraufhin ihr bedächtiges Gesicht auf, dasjenige, das sagte, dass sie Maddie betreffend noch nicht dafür oder dagegen war. Sie wog noch ab. »Dean sagte, sie wusste, was sie tat. Was auch immer passiert, ich möchte nicht, dass beide meiner Kinder sich wieder in sie verlieben wie das letzte Mal. Ich hoffte damals, dass es zumindest für dich gut ausgeht, aber das tat es nicht. Ich möchte nicht, dass sie wiederkommt, Leute zerstört und dann verschwindet.«

Ich biss mir kurz auf die Unterlippe. »Sie ist nicht aufgetaucht und dann wieder verschwunden. Wir waren fast vier Jahre zusammen.«

Ich richtete meinen Blick auf den Boden, bevor ich wieder meine Mutter anschaute. Ich nahm es ihr nicht übel, dass sie skeptisch war. Warum sollte sie es auch nicht sein? »Sie wirkt anders diesmal. Oder zumindest im Vergleich dazu, wie sie vorher war. Sie hilft Kerry mit ihrem künftigen Baby, sie kümmert sich um ihren Onkel und wichtiger noch, sie hat mir einiges erklärt. Warum sie gegangen ist.«

»Und hat sie gesagt, weshalb sie zurückgekommen ist? Das ist meine Sorge. Nicht nur damit sie dir wieder Flausen in den Kopf setzen kann?«

Ich schüttelte den Kopf. »Geschäftliches, aber auch Familie. Sie kümmert sich um ihren kranken Onkel und arbeitet hier. Sie hatte auch gar nicht die Absicht, wieder mit mir in Kontakt zu treten, aber James' Tod hat uns zusammengeworfen.«

Meine Mutter sagte für ein paar Augenblicke nichts. »Sei einfach vorsichtig. Ich kann an deiner Stimme hören, dass da mehr dran ist, als du sagst.« Sie hielt meinen Blick mit ihrem fest und ich konnte fühlen, wie sich meine Wangen erhitzten. »Ich weiß nicht, ob schon irgendetwas passiert ist, und ich möchte es auch nicht wissen.« Sie legte eine Hand auf meinen Arm. »Du bist noch immer mein kleines Mädchen. Ich will nicht, dass du wieder verletzt wirst.«

»Ich weiß das. Aber ich bin auch eine erwachsene Frau und du wirst mir hierbei vertrauen müssen. Wie auch immer ich mich entscheide.«

Von all den Leuten, denen ich es erzählen musste, zögerte ich bei meiner Mutter am meisten. Was auch der Grund war, weshalb ich nichts preisgeben wollte, bevor ich wusste, was mit Maddie lief. Ich brauchte ihre Zweifel nicht. Meine eigenen reichten vollkommen.

»Ich vertraue dir. Maddie ist es, vor der ich noch auf der Hut bin.« Sie drückte meinen Arm. »Aber wir sind deine Familie und wir stehen genau hinter dir, bei allem, was du tust, du weißt das.«

»Selbst wenn Maddie dazugehört?«

Der Mund meiner Mutter zuckte, bevor sie nickte. »Ja, falls sie diejenige ist, die du wählst, dann sogar bei ihr.«

»Gut.« Ich legte eine Hand auf den Arm meiner Mutter. »Ich kann die Zukunft nicht vorhersagen, aber Maddie könnte ein Teil davon sein. Und falls sie es tut, dann könnte es sein, dass du sie wiedersiehst. Ihre Mutter ist vor ein paar Jahren gestorben und ihr Onkel hat Krebs im Endstadium. Sie könnte bald etwas familiäre Stabilität in ihrem Leben brauchen.«

Meine Mutter setzte zu einer Antwort an, als Dean hereinkam, gefolgt von meinem Vater und Großvater.

»Na, wenn das nicht meine liebste Enkelin ist, die gekommen ist, um mich zu sehen!« Mein Großvater kam herüber und umarmte mich. Der Geruch von Bier haftete ihm an. Er schien mit jedem Mal, das ich ihn sah, zu schrumpfen und auch dünner zu werden. Meine Mutter hatte gesagt, dass sein Appetit nachließ, was offenbar etwas war, das mit dem Alter kam. Seine blauen Augen waren noch immer strahlend, wenn auch umgeben von einer Reihe weicher Falten.

»Hallo, Opa. Wie war es im Pub?«

»Laut.« Er zog langsam seine Jacke aus und nahm sie mit in den Flur, um sie aufzuhängen.

Mein Vater kam herüber und umarmte mich ebenfalls. »Hallo, Liebes. Dean hat uns erzählt, dass meine beiden Kinder Fernsehstars sind. Ich kann es kaum erwarten, es zu sehen.«

Ich warf Dean einen Blick zu. Er war schamlos.

Kapitel 26

Es war Montagmorgen und ich begann einen dreitägigen Kurs, den ich bereits ein Dutzend Mal abgehalten hatte. Dafür war ich dankbar. Mein Unterricht lief auf Autopilot, während ich ganz mechanisch zeigte, wie man dekorative Blumen fertigte und mit großer Präzision eine Torte mit Creme überzog. Zum Tagesende hin würden alle zehn Schüler etwas gelernt haben, auf das sie stolz sein und wovon sie begeistert sein könnten, selbst wenn sie anfangs an sich gezweifelt hatten. Zu lernen, wie man Torten dekoriert, war wie jede andere neue Fertigkeit: Man muss nur weitermachen, es weiter versuchen und irgendwann schafft man es.

War das mit Maddie auch der Fall?

Ich war den Abend zuvor gegen zwanzig Uhr nach Hause gekommen und hatte es mir mit einem Glas Wein gemütlich gemacht, um einen Film zu schauen: *Notting Hill.* Falls ich mich aufgrund von Maddies Rückkehr in mein Leben durcheinanderfühlte, dann war es nichts, was ein Glas Malbec und eine Portion Julia Roberts nicht heilen konnten. Ich hatte mir schon oft gedacht, dass Filme wie *Notting Hill* bei Krankheiten, sowohl mentalen als auch physischen, verschrieben werden sollte. Niedergeschlagen? Schau eine romantische Komödie. Dein Bein ist gebrochen? Schau eine romantische Komödie. Sie mögen zwar keine Knochen flicken können, aber sie wirkten Wunder für die Laune.

Ich hatte mein Handy in meinem Schlafzimmer an das Ladekabel gehängt, damit ich nicht versucht war, es den ganzen Abend anzustarren. Als ich es schließlich holte, war da nichts gewesen. Maddie hatte weder angerufen noch hatte sie eine Nachricht geschrieben. Ich verlangte nicht viel: nur eine SMS. Klar, Maddies Gefühle waren in drei sehr verschiedene Richtungen verzweigt: Geschäft, Familie, mich. Ich verstand das. Aber war ich nicht eine einzige Nachricht wert?

Es verhielt sich genau umgekehrt in meinem Herzen. Was Maddie betraf, hatte ich alle meine Emotionen vor all den Jahren am Hauptschalter ausgeschaltet und sie dann jahrelang ignoriert. Aber jetzt, da sie zurückgekehrt war, hatte ich den Schalter wieder umgelegt und die Gefühle drängten alle in eine Richtung. Es fühlte sich nicht so an, als würde das erwidert werden.

Ich wusste, dass es nicht so war wie beim letzten Mal, dass wir beide anders dastanden. Ich wusste, dass Maddie viel um die Ohren hatte. Aber es verhinderte nicht, dass es sich *absolut* gleich anfühlte. Als hätte die Zeit stillgestanden und Maddie würde mich wiederholt enttäuschen und Funkstille herrschen lassen.

»Justine?«

Resha, eine Schülerin, hatte einen Arm erhoben und ein Stirnrunzeln im Gesicht. Ich lief herüber zu ihrem Platz, wo sie Probleme hatte, die zarten Blütenblätter ihrer Zuckerrose zu rollen. Sie hatte nicht tief genug in die Ausgangsform geschnitten, daher verfügte sie nun nicht über ausreichend Flexibilität in dem Blütenblatt. Bei Tortendekoration kam es gänzlich darauf an, die Grundlagen zu schaffen und von Anfang an jeden Schritt richtig auszuführen.

Es war schwer, meinen Verstand nicht zu Maddie abschweifen zu lassen, wenn er solche Gedanken heraufbeschwörte. Ich hatte das Richtige im Hinblick auf sie getan, oder zumindest dachte ich das. Ich hatte meine Distanz gewahrt, ihr allmählich wieder Zugang gewährt und sogar das Vergangene geklärt. Warum fühlte ich mich also gegenwärtig so entblößt? Warum fühlte ich mich wie Reshas Rosenblüte? Als stimmte etwas nicht, als wären die Maße von Anfang an nicht richtig gewesen.

~ ~ ~

Stunden später verabschiedete ich meinen Kurs und begann das große Aufräumen mit Amisha. Ich hatte zu viel Kaffee getrunken und war aufgedreht, was nichts zur Verbesserung meiner Laune beitrug. Ich sollte netter zu mir selbst sein.

Gemma rief an und sagte, dass sie vorbeischauen würde, um mich nach der Arbeit auf einen Kaffee mitzunehmen, was seltsam für einen Montag war. Amisha pfiff schief eine Melodie und ich brauchte einen Moment allein. Ich schlüpfte ins Bad und verschloss die Tür.

Es würde alles gut gehen, daran musste ich glauben.

Aber während ich mich setzte, hörte ich ein Platschen. Ich stand auf und sah, dass mein Handy aus meiner hinteren Hosentasche in das Wasser, welches unten in der Toilettenschüssel stand, gefallen war. Jetzt würde es also, selbst wenn ich Maddie durch Willenskraft dazu bringen wollte, mir zu schreiben, niemals funktionieren. Als ich mein Handy herausfischte, war ich mir nicht sicher, ob ich lachen oder weinen sollte. Dies fasste mein Glück seit Samstag quasi zusammen. Heißer Sex, gefolgt von einer einzigen SMS, dann die kalten Finger des Zweifels.

Wie ich diese kalten Finger des Zweifels hasste.

Sie waren dazu imstande, mich zu packen wie niemand sonst.

Ich ging in den Hauptraum heraus, wo Gemma sich an einen Arbeitstisch lehnte und mit Amisha quatschte. Als sie mich erblickte, grinste sie mich an.

»Da bist du ja. Wir dachten, du wärst ins Klo gefallen.«

Ich hielt mein Handy hoch. »Ich nicht, aber mein Handy.«

Gemma gab ein Schnauben von sich. »War es wieder in deiner hinteren Hosentasche?«

Ich nickte. »Selbst wenn Maddie versucht mir zu schreiben, werde ich es jetzt also nicht wissen, was meine Verwandlung zurück zu der stotternden Idiotin von vor zehn Jahren vollendet.«

Gemma kam herüber und legte ihren Arm um meine Schultern. »Ich glaube, wir hatten dieses Gespräch bereits und die Antwort lautet: nicht ganz.« Sie pausierte. »Und selbst wenn du dich zurückverwandeln würdest, wärst du viel besser gekleidet als damals. Erinnerst du dich an die Zeit, in der du dachtest, Latzhosen sollten ein Comeback feiern?«

Ich streckte meine Zunge heraus, konnte mir ein Lächeln aber nicht verkneifen. Gemma konnte mich immer zum Lächeln bringen.

Sie sah sich im Arbeitsraum um. »Ein weiterer erfolgreicher Schwung von Klienten, die heute gelernt haben, Blumen herzustellen?«

Die Schüler hatten ihre floralen Kreationen auf den Metallregalen links der Tür gelassen. Morgen würden wir die Tortenböden machen, die diese zieren würden und am letzten Tag würden sie sie mit Creme bestreichen und bis zur Perfektion dekorieren.

Ich nickte. »Niemand ist gestorben und wir haben den Gipfel floral-dekorativer Höhen erreicht, oder?«

Der letzte Teil war an Amisha gerichtet, welche nickte. »Wir hätten nicht höher kommen können«, antwortete sie, bevor sie mit einer Ladung Abwasch nach hinten verschwand. Ich wusste nicht, was wir getan hatten, um Amisha zu verdienen, aber ich konnte jeden Tag von Glück sagen, dass sie da war.

Ich sah zu Gemma auf, die mich besorgt betrachtete. »Geht es dir gut? Ich weiß, dass dieses Wochenende dich durcheinandergebracht hat. Es war sehr viel Zick und dann Zack.«

»Du meinst, Sex mit meiner Ex zu haben und ihr anschließendes, erneutes Verschwinden? Das ist definitiv sehr viel Zickzack.«

Gemma hielt ihr Handy hoch. »Ich habe gerade eine Nachricht von Ally bekommen.«

»Toll. Sie schreibt dir, aber Maddie ignoriert mich.«

»Sie sind beide noch in der Wohnung, in der es Probleme gibt – die, an der Dean arbeitet – und ihre Wohnung in Bath klingt auch nach einem Albtraum. Sie mussten auf jemanden vom Amt für Natur- oder Kulturdenkmalschutz, oder wie auch immer das heutzutage heißt, warten. Es klingt unglaublich nervig.« Gemma zögerte. »Hat sie dich komplett ignoriert? Überhaupt keine Nachrichten?«

Ich schüttelte meinen Kopf. »Sie hat mir am Samstag eine SMS geschickt, aber seitdem nichts.«

Gemma seufzte. »Sie könnte gerade im Begriff sein, eine Nachricht zu deinem toten Handy zu schicken. Sei etwas nachsichtig mit ihr. Sie ist nur abgehauen, weil es einen Notfall gab. Hinzu kommt, dass sie sich um ihren Onkel kümmert.«

Ich schnaubte. »Ich werde es versuchen. Es bringt mich trotzdem auf die Palme. Auf Arten, von denen ich dachte, sie wären tot und begraben.«

Gemma streckte eine Hand aus und berührte meinen Arm. »Es ist eine andere Zeit und ihr seid beide andere Menschen. Versuch einfach, das im Gedächtnis zu behalten, okay? In der Zwischenzeit werde ich Ally Bescheid geben. Maddie kann durch mich kommunizieren. Also, kommst du mit auf einen Kaffee?«

Kapitel 27

Gemma verabschiedete sich, als wir nach unserem Kaffee wieder am Laden ankamen. Ich entschied, noch zu bleiben und den Berg an Papierkram durchzusehen, der verkleinert werden musste, bevor wir umzogen. Wenn ich mich schon elend fühlte, konnte ich das auch sinnvoll nutzen.

Es war nach zwanzig Uhr, als ich ein Hämmern an der Tür draußen hörte. Wir hatten bereits Probleme mit betrunkenen Passanten gehabt, die provozierend mit unserem Schaufenster umgingen und versuchten, die Torten durch das Glas hindurch anzulecken. Es war etwas früh dafür. Außerdem passierte das normalerweise am Wochenende, nicht an Montagabenden.

Ich seufzte. Das Ziehen in meinem Unterleib erinnerte mich an den Sex, den ich vor zwei Tagen gehabt hatte. Sex, der sich trotz Maddies Worten vermutlich niemals wiederholen würde. Während ich meine Bürotür öffnete und in den Hauptraum lief, fragte ich mich, ob wir irgendwelchen Wein im Bürokühlschrank hatten. Dieser Abend verlangte nach Wein.

Aber dieser Gedanke zerstreute sich, als ich aufschaute und sah, wer den Krach draußen veranstaltete und an dem mittlerweile dunklen Abend gegen die Glasscheibe hämmerte.

Maddie.

Als unsere Blicke sich trafen, lächelte sie mich müde an und deutete auf den Türgriff.

In meiner Eile stieß ich meine Hüfte an einer Arbeitsbank an und wankte die letzten paar Meter zur Tür. Ich öffnete sie, mein Gesicht zu einer Grimasse verzogen.

»Hi.« All die Reden, zu denen ich in meinem Kopf halb angesetzt hatte, verflüchtigten sich, als ich ihren Duft einatmete. *Aux de Maddie.* Man sollte es abfüllen und an mich verkaufen, ihre Zielgruppe bestehend aus einer Person.

Sie verlor keine Zeit, hineinzuschlüpfen, die Tür zu schließen, einen Stuhl heranzuziehen und mich daraufzusetzen. »Geht es dir gut? Das sah aus, als hätte es wehgetan.«

»Weil es das auch tat.« Innerlich strahlte ich allerdings. Sie machte sich Sorgen um mich. Es war noch nicht alles verloren.

»Entschuldige, dass ich der Grund für deinen Schmerz bin.« Während sie diese Worte sagte, ruhte ihr Blick auf mir, sanft und aufrichtig. »Und es tut mir leid, dass ich seit Samstag keinen Ton von mir gegeben habe. Es war nicht meine Absicht. Aber ich dachte mir, dass ich dir das besser persönlich sagen sollte.« Sie nahm meine Hände in ihre und trat vor, bevor sie sie küsste. »Ich bin noch hier, falls du dir Gedanken gemacht hast. Nur versinke ich in einem Meer aus Bauschutt und Familiensorgen.«

Das Gefühl von ihren Lippen auf meiner Haut ließ jeglichen Schmerz vergehen. Das war alles, was ich brauchte. Eine Wiederverbindung. Ein Zeichen, dass das hier richtig lief. Ich war froh, dass Maddie das realisiert hatte.

Ich lenkte meinen Blick auf ihr Gesicht. »Ich hatte Bedenken. Du stellst *das* mit mir an, dann verschwindest du. Es kam mir etwas bekannt vor.«

Sie zuckte zusammen. »Ich weiß und es tut mir leid. Aber zwischen der Sache mit dem Dach, dann dem anderen Gebäude und Amos obendrauf hatte ich meine Probleme damit, zu Atem zu kommen. Und dann schrieb ich dir, um zu sehen, ob du Zeit hast, aber Ally sagte, dass du dein Handy verloren hast.«

Ich schenkte ihr ein trauriges Lächeln. »Ich habe es ins Klo fallen lassen. Fasst meinen Tag irgendwie zusammen.«

Sie trat einen Schritt vor und schlang ihre Arme um mich. »Ich hoffe, mein Auftauchen hat deinen Tag verbessert.«

»Unendlich.«

Ihre Lippen trafen auf meine und schrieben mir eine augenblickliche Entschuldigung. Ihre Wärme umhüllte mich, bis ich mich darin verlor. Der Schmerz in meiner Hüfte war längst eine ferne Erinnerung. Der Schmerz in meinem Unterleib war allerdings wieder entfacht. Ich lächelte an Maddies Lippen.

Als wir uns Augenblicke später trennten, waren ihre Augen auf mich gerichtet. »Gott, ich habe dich vermisst. Ich habe das hier vermisst.«

»Ich habe es vermisst, mich am Samstag bei dir zu revanchieren.« Ich zog sie näher, so nah es ging. Es gab bereits zu viele Hindernisse zwischen uns. Und ich wollte sie überwinden.

»Nicht so sehr wie ich.« Ihr Grinsen ließ ihre Augen von innen heraus erstrahlen. Ich liebte ihr Lächeln. Das hatte ich immer.

Sie strich mir etwas von meinem hellen Haar aus dem Gesicht. »Übrigens, lässt du dein Haar bewusst wachsen? Es ist schon so lang. Ich mag es.«

Ich schüttelte meinen Kopf. »Ich hasse es. Mir gingen nur andere Sachen durch den Kopf als ein Friseurbesuch. Mit meinem Imperium umzuziehen. Mein Herz mit einer gewissen Person aufs Spiel zu setzen.«

Sie drückte meine Taille und küsste mich wieder auf die Lippen.

Mein Herz setzte für einen Schlag aus.

»Ich habe es dir doch gesagt, ich spiele keine Spielchen, entgegen den Umständen, die sich gegen mich verschwören.« Sie zog sich etwas zurück und hielt mich mit ihrem Blick an Ort und Stelle. »Hat Gemma dir erzählt, was mit dem anderen Bauprojekt passiert ist? Dem, an dem Dean arbeitet?«

Ich nickte leicht. »Ich weiß, dass es nicht gut ist. Ich weiß, dass ihr in Schwierigkeiten seid.«

Sie stieß die Luft aus. »Das sind wir. Hinzu kommt, dass es Amos nicht gut geht. Überhaupt nicht. Ich weiß nicht, wie viel Zeit er noch hat.« Sie atmete tief durch, bevor sie auf ihre Uhr schaute.

»Tatsächlich kann ich nicht lange bleiben. Ich habe ihm gesagt, dass ich heute Abend zu Hause sein würde, um *Mord ist ihr Hobby* mit ihm anzusehen. Er hat alle Folgen aufgenommen. Die hat er immer mit meiner Mutter geschaut, aber jetzt sind Harris und ich der Ersatz.« Sie schürzte ihre Lippen. »Das ist also ein Kurzbesuch. Nur um dich wissen zu lassen, dass ich an dich gedacht habe, während ich Familie und Bauchchaos unter einen Hut zu kriegen versuche.«

Ich schüttelte meinen Kopf. »Ich verstehe das, und danke, dass du vorbeigekommen bist. Ich habe gerade in meinem Büro gesessen und das Schlimmste befürchtet.«

Sie schüttelte ebenfalls ihren Kopf. »Falls es so wirkt, tut es mir leid. Vielleicht können wir bis zum Wochenende mehr Zeit haben.« Sie sah sich um. »So spontan es auch war, das nächste Mal, wenn wir Sex haben, wäre ich lieber an einem gemütlicheren Ort als an deinem Arbeitsplatz.«

Ich lachte. »Ich auch. Obwohl das neue Gebäude jetzt für immer geprägt ist.«

Maddie grinste und hielt ihre flache Hand hoch. »Ich beschwere mich nicht.«

»Schön, das zu hören.« Unsere Blicke trafen sich. Ich starrte in die grauen Tiefen von Maddies Augen, die Fenster zu ihrem Herzen. Sie waren weit geöffnet, bereit für meinen Einmarsch.

Ich strich mit meinem Daumen über ihre Knöchel.

Sie musste gehen. Ich konnte spüren, wie sie sich zurückzog, in Richtung der Tür. »Ich gehe nur sicher, dass mein Van nicht wieder abgeschleppt worden ist.« Sie warf mir ein bitteres Lächeln zu. »Ich verspreche, dass du meine oberste Priorität bist, sobald sich die Lage wieder beruhigt hat.«

Wärme und Erleichterung sammelten sich in meinem Magen. Maddie war direkt, ehrlich. »Kann ich dich um eine Sache bitten?«

»Alles.«

»Bleib in Kontakt, okay? Ich bekomme morgen ein neues Handy, es müsste dieselbe Nummer sein.«

Sie küsste mich. »Ich verspreche es.«

Kapitel 28

Der kurze Besuch am Montag hatte Wunder für meine Laune diese Woche gewirkt. Dennoch hatte Maddie, obwohl ich ein neues Handy erhalten und ihr das bestätigt hatte, die letzten paar Tage wieder kein Zeichen von sich gegeben. Nur eine Nachricht mit dem Inhalt, sie sei wieder mit Arbeit überladen. Unsere Verbindung vom Samstag stand an zweiter Stelle; Maddies Küsse vom Montagabend schienen sehr fern zu sein. Alles, was wir gesagt und getan hatten, mit dem Versprechen von mehr.

War es zu viel, zu früh gewesen? Ich glaubte das nicht. Falls sie aber so leicht abzulenken war, war ich vielleicht ohne sie besser dran. Vier Tage und eine Nachricht? Ich konnte keine Psychospielchen gebrauchen, die mein Leben durcheinanderbrachten. Sie hatte das einmal bereits getan und ich würde den Teufel tun und noch mal zulassen, dass sie mir das antat.

Vielleicht hatte meine Mutter mit all ihren Warnungen die ganze Zeit richtig gelegen. Warum hatten Mütter immer recht? Aber aufgrund ihres Schweigens hatte ich keine Ahnung, was Maddie fühlte.

Ich schwang die Tür von Robs Bäckerei übertrieben heftig auf und sackte an der Theke zusammen. Als er mich sah, warf er mir einen verwirrten Blick zu und stützte sich auf seine Ellbogen. »Jus.«

»Hmm?«

»Warum trägst du noch deine *Cake Heaven*-Schürze? Du behältst sie nie an.« Seine Kaffeemaschine zischte.

Ich schaute herunter und sah, dass er recht hatte. Ich zuckte mit den Achseln. »Ich bin mit den Gedanken woanders.«

»Du hast heute nicht unterrichtet, oder? Ich dachte, ich hätte nur Gemma durch das Fenster gesehen.«

Er lag richtig. Gemma war heute für den Kurs zuständig, aber ich hatte meine Schürze angezogen, um meine Kleidung sauber zu halten, während ich mehr von unserem hinteren Büro in Vorbereitung auf unseren Umzug ausräumte. Ich konnte Maddie in die hintere Ecke meines Verstandes schieben, indem ich mich auf eine neue Aufgabe stürzte – und das Ergebnis war ein entrümpeltes Büro gewesen, was eine Art Sieg war. Nichtsdestotrotz hatte es Maddie nicht aus meinen Gedanken gelöscht.

»Kann ich einen Kaffee haben oder muss ich mich zuerst dieser Inquisition stellen?« Ich war nicht in der Stimmung.

Rob hob eine Augenbraue an. »Inquisition? Du hättest keine zehn Minuten mit der spanischen Armada ausgehalten, glaub mir.« Er stellte den Kaffee, den er zubereitet hatte, auf die Theke. »Setz dich, ich bringe dir einen herüber. Obwohl ich das Gefühl habe, dass es mindestens deine dritte Tasse des Tages ist, was mich wissen lässt, wie ernst die Lage ist. Ich erinnere mich daran, als deine Mutter unter Krebsverdacht stand. Das war ein Fünf-Tassen-Tag.« Er stockte, Panik huschte über sein Gesicht. »Deiner Mutter geht es gut, oder?«

Ich seufzte. »Sie ist in Ordnung. Diesmal bin ich es.«

Er sah noch alarmierter aus.

»Es hat nichts mit Krebs zu tun. Eher mit Frauen.«

Er stieß einen langen Atemzug aus. »Okay.«

Fünf Minuten später saß ich mit einem Kaffee und einem Stück Millionaire's Shortbread da.

Rob starrte mich aus zusammengekniffenen Augen an. »Sie hat ganz bestimmt deine neue Nummer? Bist du dir da sicher?«

Ich nickte. »Es ist dieselbe Nummer, nur ein anderes Handy. Sie hat mir am Mittwoch geschrieben, um mir zu sagen, dass sie mit Arbeit überladen ist. Aber trotzdem war es nur eine SMS seit Montag. Heute ist Freitag.« Ich atmete aus und ließ die Schultern hängen. »Sie hat mir gesagt, dass das hier wichtig für sie sei, dass wir wichtig seien. Aber sie verhält sich nicht so. Sie tut nichts, was mir zeigt, dass das, was zwischen uns passiert ist, etwas bedeutet.«

Rob hielt inne. »Was ist passiert? Das hast du mir nicht erzählt. Habt ihr euch geküsst?«

Ein Brennen stieg unter Robs Blick in meinen Wangen auf.

»Mehr als ein Kuss?«

Ich nickte ihm langsam zu und schloss kurz meine Augen, als die Erinnerungen daran begannen mein Hirn zu bombardieren. Ich konnte es noch überall spüren.

»Okaaay.« Rob schnalzte mit seiner Zunge. Ich konnte sehen, dass er grübelte. Dann bedeckte er meine Hand mit seiner. »Hast du dein Auto heute?«

Ich schüttelte meinen Kopf. »Es wird inspiziert. Ich habe den Zug genommen.«

»Komm heute Abend mit zu mir. Ist Maddie noch in der Wohnung, die sie renoviert?«

Ich runzelte die Stirn. »Zuletzt habe ich Gemma sagen hören, dass sie mit Ally da war. Denke ich.«

»Das ist um die Ecke von mir. Besorg dir die Wohnungsnummer und wir ziehen los und suchen sie. Was denkst du? Es könnte sein, dass es keinen Grund zur Sorge gibt, aber es ist am besten, sie persönlich zu sehen.«

Eine Million Gedanken schwirrten durch meinen Kopf, die meisten davon deprimierend. Aber Rob hatte nicht Unrecht. Zu Maddie zu gehen war vielleicht das Einfachste. Sie war am Montag zu mir gekommen. Nun lag es an mir, mich zu revanchieren. Wenn sie zu beschäftigt war, mich zu sehen, könnte ich zu ihr gehen.

Ich setzte mich in meinem Stuhl auf. »Ich kann Gemma fragen, ob sie die Nummer weiß. Um wie viel Uhr fahren wir?«

~ ~ ~

Robs Auto duftete nach Brot, was ich liebte. Brot beruhigte mich immer, sowohl der Geschmack als auch der Geruch.

»Habe ich dir erzählt, dass Jeremy sie letztens gesehen hat? Maddie meine ich.«

»Ach? Wo?« Jetzt hatte er mein Interesse geweckt. Jeremy hatte Maddie gesehen und Rob hatte mir nichts erzählt? Ich setzte dazu an, ihn zusammenzustauchen, aber dann fiel mir auf, dass er nicht wusste, dass ich mit ihr geschlafen hatte. Ich hatte diese Info für mich behalten, nach dem Need-to-know-Prinzip.

»Im Supermarkt. Sie hat offenbar Bananen und eine Packung Celebrations gekauft.«

»All die wichtigen Nahrungsmittelgruppen.« Ich schaute starr nach vorn, während Rob seinen roten Arbeitsvan um den Queen Square lenkte. Das Gras draußen hatte sich noch immer nicht von dem heißen Sommer erholt. Dann ging es den Hügel hinauf, zu beiden Seiten von georgianischen Häusern gesäumt, zum Circus.

Dies war eine spontane Entscheidung gewesen. Mit der Aussicht konfrontiert, Maddie zu sehen, war ich mir nun allerdings nicht sicher, was ich ihr sagen sollte. Vielleicht musste ich gar nichts sagen. Vielleicht mussten wir nur dieselbe Luft atmen. Wenn ich in ihre Augen sehen konnte, würde ich wissen, was sie dachte. Zumindest hoffte ich das.

Wir fegten in das Royal Crescent, der Van holperte über die Pflastersteine. Dies war eine Adresse, die mich stets beeindrucken konnte. Ein Halbkreis aus dreißig mehrstöckigen Reihenhäusern, dessen georgianische Architektur unter Denkmalschutz stand und eine der meistbesuchten Attraktionen in der Gegend war. Es thronte über der Stadt, die schon mit georgianischer Erhabenheit vollgestopft war, aber dies war dennoch Baths beliebteste Adresse.

Die meisten Reihenhäuser waren in Wohnung unterteilt worden, aber ein paar bestanden als riesige Häuser fort. Alle Türen waren schwarz gestrichen und wiesen verchromte Türgriffe auf. Schwarze Geländer durchzogen die gesamte Länge der Häuser und das schwache Licht des Abends dehnte sich aus und ruhte an den gegenüberliegenden Rasenflächen. Ich hatte diesen Halbkreis als Studentin immer geliebt, aber in dem Wissen, dass Maddie jetzt hier war, waren meine Gefühle verworren.

Ich schob mein inneres Chaos beiseite, während ich Rob sagte, wo er parken sollte. Als er vor der Wohnung hielt, die Maddie renovierte, atmete ich tief durch. Die Lichter waren aus, was kein gutes Zeichen war, aber ich musste es trotzdem versuchen. Ich drehte mich zu Rob und hoffte, dass ich ihm ein Gesicht zeigte, das sagte »das bedeutet nicht viel«, obwohl ich fühlen konnte, wie mein Körper auf der Stelle erstarrte und wie meine Beine sich mit Blei füllten.

»Ich warte auf dich.«

Ich schüttelte den Kopf. »Das musst du nicht.«

»Ich weiß.«

Meine Hand zitterte, als ich die Autotür zuschlug und anschließend das quietschende Gartentor aufdrückte. Ich sammelte mich und hob meine Hand. Meine Knöchel klangen wie Kanonenschüsse, als sie das feste Holz der Tür rattern ließen.

Nichts. Mein Herz galoppierte in meiner Brust. Ich ballte meine rechte Hand, während ich erneut anklopfte. Das dritte Klopfen kam nicht zustande, da die Tür aufgerissen wurde. Ally stand dahinter.

»Justine!« Etwas glitt über ihr Gesicht, aber ich konnte nicht sagen, was genau es war. Dafür kannte ich sie noch nicht gut genug. »Was tust du hier?«

»Ich bin gekommen, um Maddie zu finden.«

Sie saugte an ihrer Oberlippe. »Sie ist nicht hier. Ich kam selbst erst vor einer Stunde.« Sie schwieg, sah herunter, dann wieder auf. »Ich wünschte, ich könnte helfen.«

Ich starrte sie an. Wenn Maddie nicht hier beschäftigt war, wo zur Hölle war sie dann? Mein Magen sprudelte vor Qual, und ein vertrautes Gefühl von Verzweiflung durchspülte mich. »Du hast keine Ahnung, wo sie ist?«

Ally zögerte, bevor sie nickte. »Amos geht es nicht so gut, also rief sie heute Morgen an, um mich wissen zu lassen, dass sie nicht hier sein würde. Ich glaube, sie hatte vor, es dich ebenfalls wissen zu lassen, aber vielleicht ist ihr der Tag davongelaufen. Es klang, als wollte sie etwas Zeit für sich allein, also habe ich sie in Ruhe gelassen.«

Meine Verzweiflung wandelte sich zu Sorge.

Ich nickte Ally knapp zu, wirbelte herum und rannte zum Auto zurück. »Danke, Ally!«, rief ich über meine Schulter, während ich schlitternd vor Robs Auto zum Stehen kam. Dann öffnete ich die Tür und rutschte in den Beifahrersitz.

»Ich weiß, dass wir gerade erst hergefahren sind, aber Maddie ist zu Hause in Bristol. Denkst du, du könntest mich zurückfahren, wenn ich dich süß anlächele?« Ich schenkte ihm mein schönstes Lächeln, das bei Gemma immer funktionierte. Ich glaubte nicht, dass Rob normalerweise so leicht rumzukriegen war, aber heute war er auf meiner Seite.

»Nur für dich.« Er reichte mir sein Handy. »Aber kannst du Jeremy schreiben und sagen, dass du mich zurück nach Bristol fahren lässt und ich daher spät nach Hause komme?«

~ ~ ~

All dieselben Erinnerungen der Vergangenheit nahmen mich wieder ein, als ich bei Maddies Elternhaus ankam. Ich versuchte nicht hoch zu ihrem Schlafzimmerfenster zu schauen und mich an alles zu erinnern. Es gelang mir nicht.

»Du musst diesmal nicht warten.« Ich beugte mich herüber und küsste Rob auf die Wange. »Aber danke, dass du das gemacht hast.«

Er nickte. »Kein Problem. Wird es dir gut gehen?«

Ich löste meinen Sitzgurt. »Ich nehme an, ich werde es bald herausfinden.«

Mein zweites Anklopfen an einer Tür, hinter der ich Maddie zu finden erwartete, war sehr viel weniger angespannt, weil ich eine Ahnung hatte, was zu erwarten war. Dennoch war die Trauer, die Maddie ins Gesicht geschrieben stand, als sie die Tür öffnete, mehr, als ich vorausgesehen hatte. Außerdem öffnete sie die Tür nicht weit.

Bevor ich überhaupt irgendwelche Worte herausbekam, schüttelte sie ihren Kopf.

»Hi.« Ihre Stimme war ein Flüstern voller Wehmut. Selbst ihre normalerweise gestylten Augenbrauen waren in Unordnung. Sie sah erschöpft aus.

»Hi. Ich bin zu der Wohnung in Bath gegangen und Ally sagte mir, dass du hier wärst. Sei nicht sauer auf sie, ich war einfach besorgt um dich.«

Maddie nickte, aber stellte keinen richtigen Augenkontakt zu mir her. »Das alles tut mir leid. Dass ich untergetaucht bin. Einiges ist diese Woche eskaliert und ich weiß, dass mein Timing nicht toll ist. Es war nichts, mit dem ich gerechnet hätte.«

Ich streckte die Hand aus und bedeckte ihre Finger mit meinen. Als unsere Haut sich berührte, versetzte es mir einen Schock, aber Maddie trat zurück. Ich konnte sie heute nicht verstehen, nicht wie am Samstag oder Montag. Jetzt waren ihre Augen überschattet, ihr Blick leer. »Wie geht es Amos? Kann ich helfen?«

Sie griff nach der Tür und schüttelte ihren Kopf. »Versteh das nicht falsch, aber nein. Es geht ihm nicht gut und ich muss mich im Moment auf ihn konzentrieren. Ich darf an nichts anderes denken, ich hoffe, du verstehst das.«

Ich nickte ihr langsam zu. »Natürlich. Aber ich kann helfen. Du musst das nicht allein machen.«

Sie schluckte, dann atmete sie tief durch. »Die Ärzte haben gesagt, dass er nicht mehr lange hat, also muss ich ihm all meine Aufmerksamkeit schenken, vollkommen präsent sein. Es tut mir leid, wenn es nicht das ist, was du hören wolltest, aber das ist es, was ich tun muss. Wenn du hier wärst, würde ich mich schuldig fühlen, weil ich nicht bei dir bin.« Sie schaute auf, ihre Augen funkelten vor Emotionen. Sie hielt so viel zurück. Über uns. Über Amos. Über ihre Mutter.

»Ich werde dir nicht im Weg sein, ich verspreche es. Lass mich dir helfen, Maddie.« Ich wollte sie wissen lassen, dass sie Verstärkung hatte.

Aber Maddie schüttelte noch immer ihren Kopf. Sie war immer schon stur. Ich hätte es mittlerweile wissen müssen.

»Es tut mir leid, Jus. Ich kann mich gerade nicht mit uns auseinandersetzen. Das sind Amos' letzte Tage und ich verbringe sie an seiner Seite. Genau da, wo ich bei meiner Mutter hätte sein sollen.« Sie lächelte mir zerknirscht zu, trat einen Schritt zurück und drückte die Tür ein wenig weiter zu. »Ich rufe dich an, ich verspreche es, aber für den Moment muss ich bei Amos sein.«

Sie würde mich nicht helfen lassen. Verzweifelt schob ich einen Fuß in die Tür, als sie versuchte, sie zu schließen. Sie sah mich wieder an, ihr Gesicht gerötet.

»Wenn du mich schon nicht helfen lässt, kann ich dich wenigstens in den Arm nehmen, bevor ich gehe? Nur damit du weißt, dass du damit nicht allein bist?«

Maddie zögerte für einen Augenblick, bevor sie mir minimal zunickte und die Tür öffnete.

Ich trat vor, legte meine Arme um sie und strich mit meiner Hand ihren Rücken hoch und runter. Ich wollte, dass sie wusste, dass ich mir etwas aus ihr machte, aus uns. Dass es dabei, was wir begonnen hatten, nicht nur um uns beide ging, sondern um ihr gesamtes Leben. Wenn das ihre Familie miteinschloss, dann schloss es auch mich ein.

Zuerst war Maddie steif, widersetzte sich meiner Hilfe. Sie rannte noch immer, selbst als sie in meinen Armen lag. Dennoch drückte ich, nachdem ich ihr ein paar Mal über den Rücken gestreichelt hatte, meine Lippen an ihre Wange.

Als ich das tat, wurde ihr gesamter Körper weich und sie schmiegte sich an mich. Ihre Hände schlossen sich um meine Taille.

»Ich hab dich.« Ich drückte sie fest, um es zu verdeutlichen.

Als sie sich Augenblicke später zurückzog, wischte sie sich Tränen von den Wangen und schüttelte ihren Kopf.

Meine eigenen Gefühle waren ein brodelnder Kessel in mir, aber trotzdem waren keine Tränen geflossen. Wenn es um Tränen ging, war ich unergiebig. »Bist du sicher, dass du nicht möchtest, dass ich bleibe? Ich kann dir Tee kochen.«

Sie lächelte, dann schüttelte sie abermals den Kopf. »Ich muss das allein tun. Nur ich und Amos.«

Ich trat zurück. Zumindest wusste sie, dass ich hier war. Und zumindest wusste ich jetzt, warum sie kein Zeichen mehr von sich gegeben hatte. Nach ihrer Mutter war dies eine große Sache. »Versprich mir einfach, dass du mich anrufst, wenn du irgendetwas brauchst. Egal was, okay?«

»Das werde ich. Ich verspreche es.«

Die Tür schloss sich mit einem Klicken vor mir und ich stand auf dem Gehweg ihrer Straße in Bristol, allein, den frühherbstlichen Wind kitzelnd im Gesicht.

Kapitel 29

Ich hatte eine Nachricht von Maddie erhalten, seit ich am Freitag zu ihrem Haus gegangen war, in der sie mir dafür dankte, dass ich gekommen war, um nach ihr zu sehen. Ich wollte ihr Freiraum geben, damit sie bei Amos sein konnte; ich wusste, dass es wichtig war. Dennoch war es komisch für mich, am Samstag im neuen *Cake Heaven* aufzutauchen.

Dies war die nächste Stufe in unserer Entwicklung, in der sich alles fügen sollte. Dies war der Ort, den Maddie für uns gefunden hatte, der Ort, den wir mit Kerrys Hilfe hatten erwerben können, der Ort, an dem wir all unsere Träume wahr werden lassen konnten.

Was für einen Unterschied ein Wochenende machte. Letzte Woche um diese Zeit hatte mich Maddie hier berührt. Jetzt versteckte sie sich in ihrem Haus in Bristol und bewältigte eine Krise unnötigerweise auf sich allein gestellt. Alles, was ich tun konnte, war, den Dingen ihren Lauf zu lassen und da zu sein, um die Scherben aufzukehren, wenn sie mich brauchte. Aber da die Sache mit Maddie auf Eis lag, war es an der Zeit, mich den restlichen Aspekten meines Lebens zu widmen.

Mein neues Handy meldete sich in meiner Hosentasche. Es klang wie ein quakender Frosch. Ich musste das ändern, war aber noch nicht dazu gekommen. Ich zog es aus meiner Tasche und sah eine Nachricht von meiner Mutter, die mich fragte, ob ich heute zum Abendessen vorbeikommen wollte. Ich lehnte ab. Ich konnte ihr heute nicht gegenübertreten.

»Justine!« Deans singender Tonfall riss mich aus meinen Gedanken. »Was wolltest du an diesen Wänden haben?« Er schlug gegen die Wand zu seiner Linken.

»Du hast die Pläne.« Ich lief zu ihm herüber. »Wir entfernen das hier und machen das zur Hauptwand.« Ich deutete auf die Wand. »Und Regale mit einem Hakenbord hier überall entlang, okay?«

Dean nickte. »Ich hatte sie falsch herum gehalten.« Er wedelte mir mit seinen Plänen zu und grinste mich an. »Kommt diese Octavia später?«

»Ich denke schon.«

Er starrte mich an. »Cool. Ich mochte sie, sie ist nicht von schlechten Eltern.«

Ich schaute ihn an. »Nicht von schlechten Eltern? Hast du eine Zeitreise zurück in die Siebzigerjahre gemacht?« Dean hatte Octavia bei Maddies anderem Projekt kennengelernt und hatte mir seine Verzückung bereits in einem Telefonat mitgeteilt.

Und plötzlich lief mein Bruder rot an. Er wurde tatsächlich rot. Ich trat einen Schritt zurück. »*Magst* du Octavia?«

Seine Wangen hatten nun die Farbe von Auberginen angenommen. »Ich denke, sie ist cool. Sie ist nicht die Art Mädel, für die ich mich normalerweise entscheiden würde, aber sie war interessant. Wir hatten ein richtig nettes Gespräch über die Beleuchtung in Gebäuden, wovon ich, wie du weißt, ein großer Fan bin.«

Na, so was. Dean und Octavia waren eine Kombination, die ich nicht so schnell zusammengebracht hätte. »Und du willst das weiterverfolgen?«

Er zuckte mit den Schultern und verbarg sein Kinn an seiner Schulter. »Möglicherweise. Wir werden sehen. Ich will diesen Teil der Bauarbeiten nicht vermasseln. Vielleicht ist es besser zu warten und zu sehen, wie die Dinge laufen.«

Ich war beeindruckt. Mein Bruder wollte uns nicht in die Bredouille bringen, nur damit er Octavia aufreißen konnte. Vielleicht hatte ich ihn hin und wieder unterschätzt.

»Ich mag ihre Pläne trotzdem. Sie ist heiß und schlau. Genau so, wie ich es bei Frauen gern hab.« Er zwinkerte mir zu, dann spazierte er nach hinten und studierte im Gehen die Pläne.

Ich sah auf, als ich näherkommende Schritte hörte.

Ally war hereingekommen und lächelte mich an. »Ich dachte, ich komme vorbei und wünsche euch viel Glück mit eurer neuen Unternehmung.« Sie umarmte mich und ich dachte wieder daran, wie komisch das war. Maddie hatte diesen Ort für uns gefunden, aber sie war nicht hier.

»Danke. Wir freuen uns, dass wir damit beginnen können.« Aber meine Stimme klang nicht sehr froh. »Hast du irgendetwas von Maddie gehört? Ich mache mir Sorgen um sie.«

Ally nickte. »Soweit ich weiß, gibt es keine Veränderung. Amos hält weiter durch. Sie geht auf ihre Weise damit um, was heißt, dass sie sich von allen anderen abschottet. Es ist nicht gesund, aber so ist sie nun mal.« Sie schenkte mir ein schmales Lächeln. »Es bedeutet aber nicht, dass sie dich nicht sehen will. Sie durchlebt so viele Emotionen.«

Ich schüttelte meinen Kopf. Ich wusste, wie schwer es für Maddie sein musste. »Ich will einfach nur helfen. Ich hätte liebend gern für sie zu Abend gekocht oder wäre einfach nur für sie da gewesen. Aber sie wollte mich nicht hereinlassen, als ich hingegangen bin.«

Ally seufzte. »Sie hat dasselbe mit mir gemacht. Es hängt alles mit dem Tod ihrer Mutter zusammen. Sie gibt sich noch immer die Schuld, weil sie nicht da war und jetzt will sie keine Sekunde mit ihrem Onkel verpassen. Sie realisiert dabei nicht ganz, dass sie sich auch auf ihre Freunde verlassen kann.«

Ich verschränkte meine Arme. »Vielleicht sollten wir eine Intervention abhalten. Ihr zeigen, dass Hilfe bedeutet, sie kann sich auf ihren Onkel konzentrieren, während wir uns auf sie konzentrieren.«

Ally fasste sich an ihr Kinn. »Ich habe mir dasselbe gedacht. Wie wäre es, wenn wir morgen dort hinfahren? Ich bin deiner Meinung, sie kann das nicht alles allein schaffen.«

»Tolle Idee.« Erleichterung breitete sich in mir aus. Wenn wir zusammen gingen, wäre es viel weniger wahrscheinlich, dass Maddie uns abweisen würde. Ich umarmte sie erneut. Als ich mich zurückzog, deutete ich mit meinem Kopf auf die hintere Küche. »Der Hauptgrund, weshalb du gekommen bist, ist in der hinteren Küche und bespricht die Pläne mit Dean, falls du sie sehen möchtest.«

Ally schenkte mir ein Grinsen und lief in die besagte Richtung.

Kapitel 30

Am folgenden Tag hatte ich während der Mittagspause ein warmes Gefühl in meiner Brust. Ich war mir nicht sicher, was es war, aber es fühlte sich hoffnungsvoll an. Ally würde mich am Nachmittag abholen und gemeinsam würden wir zu Maddie herüberfahren. Handeln war immer besser als Untätigkeit und es fühlte sich an, als täten wir *etwas*.

Maddie musste sehen, dass sie Freunde hatte, denen sie etwas bedeutete. Ex-Liebhaber, denen sie etwas bedeutete. Eine möglicherweise aktuelle Liebhaberin, die sich vorgewagt hatte und jetzt nur etwas Kleines im Gegenzug erwartet. Verdammt, ich wollte keinen Sex und eine anschließende, große offene Aussprache mit ihr. Alles, was ich wollte, war ihr etwas Beistand zu leisten. Ihr Tee und ein Sandwich zu machen. Sie zu umarmen. Die normalen Sachen, die einen Unterschied machten.

Ich lief in meine Küche mit ihren warmen, orangefarbenen Fliesen und der Frühstückstheke und machte mir einen Kaffee. Ich schaute hinaus auf meinen kleinen Garten. Mir war in den Sinn gekommen, dass ich möglicherweise darüber nachdenken müsste, nach Bristol zu ziehen, falls das Geschäft wirklich florierte und mehr von meiner Zeit und Aufmerksamkeit verlangte. Da ich dieses Haus nur gemietet hatte, könnte ich gehen – aber es wäre wirklich traurig. Ich hatte hier für die letzten acht Jahre gewohnt und es war das erste Zuhause, das ich allein geschaffen hatte. Mein erstes Nach-Maddie-Zuhause. Das, in dem ich gelernt hatte, wieder ich selbst zu sein. Nun stand ich in meiner Küche und mein Leben war einmal mehr wegen ihr auf Eis gelegt.

Was dachte sie wohl an diesem Morgen? Wie ging es ihrem Onkel? Mein Herz schwoll an, während ich an sie dachte. Rastete sie gerade völlig aus? Hatte sie Bedenken wegen uns? Ich hatte keine Ahnung.

Das Piepen meines Handys unterbrach meine Gedanken. Ich griff danach. Maddie. War alles in Ordnung? Mir drehte sich der Magen um, als ich die Nachricht öffnete.

Es tut mir so leid, Justine. Wegen allem. M.

Ich blinzelte, während mein Verstand einen Zusammenbruch erlitt. Was meinte sie? Was zur Hölle tat ihr leid? Ich tigerte in der Küche herum, mein Blut rauschte in meinen Ohren, mein Gesicht war zu einer Grimasse verzogen. Mein entspannter Sonntag war gerade zum Fenster herausgeworfen worden. Verdammte Scheiße, Maddie brachte mich um den Verstand.

Es tat ihr alles leid. Dass wir miteinander geschlafen hatten? Dass wir uns wiedergesehen hatten? Es ergab überhaupt keinen Sinn für mich. Ich war nicht so schlecht darin, Leute einzuschätzen, oder? Allerdings war es nicht nur ich. Alle waren sich einig gewesen, dass Maddie eine gute Person war, die derzeit gute Dinge tat. Alle außer meiner Mutter.

Bevor ich vom Dach meines Lebens springen konnte, begann mein Handy zu klingeln. Vielleicht war es Maddie, die sich erklären wollte. Ich schaute auf den Bildschirm. Nein, es war Gemma.

»Hey du.« Ich versuchte, beschwingt zu klingen, obwohl ich alles andere als das war. Wären meine Emotionen ein Boxer, würden sie sich gerade verzweifelt an den Seilen festklammern. Warum tat es Maddie leid?

»Selber hey«, antwortete sie.

Gemmas scharfes Einatmen sagte mir, dass dies kein heiterer Gelegenheitsanruf war.

»Was ist los?« War es nicht seltsam, dass man jemandes Ton an seinem Atem erahnen konnte?

»Es geht um Maddie. Ihr Onkel ist gestern gestorben und sie hat Ally geschrieben, um ihr zu sagen, dass sie geht.«

Falls mein Herz aus meinem Körper springen und zur Vordertür stürmen könnte, hätte es das getan. »Sie geht? Wo zur Hölle geht sie hin?«

Zumindest ergab ihre Nachricht jetzt etwas mehr Sinn. Nicht den Sinn, den ich gern gehabt hätte, aber trotzdem.

»Wir wissen es nicht. Wir sind unterwegs zu ihrem Haus, aber sie hat Ally heute Morgen geschrieben. Sie hat kurz mit ihr gesprochen und sie war außer sich, sagte, dass sie aus dem Haus weg muss, dass es verflucht wäre, dass sie viel zu viel Tod darin gesehen hätte.«

Das war etwas, was ich absolut nachvollziehen konnte. »Aber wenn er gerade erst verstorben ist, wo geht sie hin? Da ist so viel, was geregelt werden muss. Die Beerdigung. Das Haus. Die Sachen ihres Onkels. Außerdem hat sie Verpflichtungen die Arbeit betreffend. Sie kann nicht einfach auf und davon.« Ich wollte sagen, dass sie auch Verpflichtungen emotionaler Natur hatte. Aber hatte sie die? Vielleicht nicht.

»Ich weiß. Sie kann jetzt nicht für immer weggehen, aber sie hat davon gesprochen und gesagt, dass dieser Ort zu viele schlechte Erinnerungen habe und sie nicht wisse, warum sie zurückgekommen war.«

»Scheiße.« Manchmal brauchte man nicht viele Worte, um zusammenzufassen, wie die Dinge liefen.

»Sie denkt gerade nicht klar, so viel ist sicher. Ally wollte dir Bescheid geben, aber sie hat sich auch gefragt, ob du eventuell weißt, wohin sie gegangen ist. Maddie sagte, dass sie für ein paar Tage fortkommen müsse, aber gibt es irgendeinen Ort, an dem sie sein könnte? Einen Lieblingsort, von dem du möglicherweise weißt und wir nicht? Freunde? Familie? Irgendwohin, wo sie zum Denken hingehen könnte?«

Ich war bereits dabei, in mein Schlafzimmer zu rennen, um mich anzuziehen; mein Kopf schwirrte vor lauter Möglichkeiten. Wo könnte sie sein? Bei ihrem Bruder zu Hause? Zu offensichtlich. Vielleicht irgendwo auf einen Drink? In der *Spanish Station*? Eventuell sogar zurück in London? Möglicherweise.

»Ich mache zuerst ein paar Anrufe und schaue in der Bar nach, die wir lieben. Sie hat mir erzählt, dass sie nach dem Tod ihrer Mutter zur *Spanish Station* gegangen ist.«

»Super. Wir sind unterwegs zu ihrem Haus, weil sie gesagt hatte, dass sie einen Schlüssel beim Nachbarn hinterlässt. Wir schauen nach, wie die Lage ist, und räumen, wenn nötig, auf. Nur um ein paar Dinge etwas besser für sie zu machen, wenn sie zurückkommt.«

»Danke, Gem, das ist wirklich lieb.«

»Das tue ich auch für dich.«

Mein Herz machte abermals einen Sprung, während ich mir meine Jeans vom Schlafzimmerboden schnappte, das Handy zwischen meine Wange und meine Schulter geklemmt. »Ich weiß. Ruf mich an, wenn ihr sie findet, okay?«

~ ~ ~

Ich fuhr zur *Spanish Station*, stellte den Motor ab und sprintete über den Parkplatz. Es nieselte heute ein bisschen und ich ergriff meine leichte Regenjacke. Ich hatte außerdem meine Scheibenwischer anschalten müssen, was wie ein Novum wirkte. Es hatte gerade einen leichten Regenschauer gegeben und die Luft war schwer mit dem Geruch von nassem Asphalt. Es war vermutlich zu früh für Maddie, um hier zu sein, aber es war einen Versuch wert.

Ich schlitterte um die Ecke zum Eingang der Bar. Die Bierfässer und ihre Hocker waren nass vom Regen. Ich spähte hinein. Maddie war nicht da.

Mein Herz sank wie ein Anker und schepperte in meiner Magengrube. Ich war fast sicher gewesen, dass ich sie hier finden würde. Dass sie darauf wartete, dass ich um die Ecke lief und sie in meine Arme nahm. Aber das tat sie nicht. Vielleicht kannte ich sie nicht so gut, wie ich angenommen hatte. Vielleicht wollte sie nicht gerettet werden.

Meine Laune unterstreichend hatte es wieder angefangen zu regnen. Ich setzte meine graue Kapuze auf und trottete zurück zu meinem Auto. Der Schwung in meinen Schritten war verschwunden, Enttäuschung machte mir die Gliedmaßen schwer.

Ich begann eine Nachricht an Maddie, die jüngste von fünf, die ich in der letzten Stunde gesendet hatte, in der ich ihr schlicht mitteilte, dass ich an unserer Bar war, sie aber nicht hier war. Aber dann löschte ich sie. Wenn sie nicht hier war, wollte ich nicht, dass sie dachte, ich wäre ein solcher Weichling. Scheiße, wieder mit irgendjemandem verstrickt zu sein, war schwer. Wieder mit meiner ersten Liebe verstrickt zu sein, war erdrückend.

Ich fischte in meiner Jackentasche nach meinen Schüsseln und hechtete in Kermit rein, um dem Regen zu entkommen. Ich warf mein Handy auf den Beifahrersitz, schob meine Kapuze zurück und starrte mich selbst im Spiegel meiner Sonnenblende an.

Ich hatte noch immer nicht geweint. Während dieser gesamten Woche hatte ich keine einzige Träne vergossen, obwohl ich das gesamte Spektrum der Gefühle durchlebt hatte. Was war falsch mit mir? Ich warf mir selbst einen strengen Blick zu. Vielleicht würden die Fakten etwas freisetzen. Weinen war das Resultat austretender Emotionen. Es war genau wie Physik, richtig?

Maddies Onkel war gestorben.

Ich hatte keine Ahnung, wo Maddie sich aufhielt.

Meine Zukunft mit ihr, die ich mir vorzustellen begonnen hatte, war in Flammen aufgegangen.

Ich schloss meine Augen und konzentrierte mich fest. Maddie war weg. Es tat ihr leid. Ich verzog mein Gesicht. Strengte mich an.

Immer noch nichts.

Obwohl, falls ich jemanden imitieren wollte, der auf dem Klo war oder der etwas wütend in seinem Auto saß, schlug ich mich wacker. Ich schüttelte meinen Kopf und starrte mich dann weiter im Spiegel an und schluckte. Ich musste mich fokussieren. Es *wirklich* versuchen.

Ich atmete aus, senkte meinen Kopf und begann ein Mantra in meinem Kopf: *Sie ist weg. Maddie ist weg. Das wars.* Ich atmete schnell ein und aus, mein Herzschlag beschleunigte sich in meiner Brust.

Weine, verdammt.

Das Geräusch meines klingelnden Handys zerschnitt die Luft. Erschrocken riss ich die Augen auf und ich griff nach dem Telefon, genervt von der Unterbrechung. Aber dann sah ich, dass es Kerry war. Die mich nie anrief. Scheiße, lag Kerry etwa verfrüht in den Wehen?

Ich drückte den grünen Knopf. »Hey, geht's dir gut?«

»Nein«, kam die sofortige Antwort.

»Ist es das Baby?« Mein Herz legte wieder einen Sprint hin.

»Ich bin erst im achten Monat, mein Baby sitzt noch fest in meinem Bauch.« Sie schwieg einen Moment. »Allerdings habe ich eine sehr verstörte Maddie auf meinem Sofa sitzen und ich denke, sie würde dich gern sehen. Sie mag es vielleicht nicht zugeben und sie wird mich umbringen, weil ich es gesagt habe, aber ich denke, das würde sie gern.«

Erleichterung fuhr durch mich hindurch und ich wollte eine Faust in die Luft stoßen. »Sie ist zu dir gekommen.«

Natürlich war sie zu Kerry gegangen.

»Ist sie. Verständlich, oder nicht? Sie ist häufig zu Besuch gekommen, um über Trauer zu reden. Als ihr Onkel gestorben ist, wusste sie, dass sie bei mir damit sicher ist. Jemand, der es versteht. Jemand, der das durchgemacht hat, was sie gerade durchmacht.«

Es ergab tatsächlich einen Sinn. Meine Emotionen fuhren Achterbahn und ich hatte keine Ahnung, welche Richtung sie als Nächstes einschlagen würden. Ich war froh, dass ich Maddies Aufenthaltsort erfahren hatte, war sauer auf sie, weil sie weggelaufen war, aber ich hatte das Gefühl, dass Letzteres ein Überbleibsel von vor vielen Jahren war. Aber die Tatsache, dass Maddie zu einem sicheren Ort gelaufen war, zu unserer Freundin, zu jemandem, der es verstand?

Ich mochte etwas verletzt sein, dass sie nicht zu mir gekommen war, aber ich verstand es. Wenn irgendjemand Trauer nachvollziehen konnte, war es Kerry.

Ich startete den Motor. »Ich bin unterwegs. Brauchst du irgendetwas?«

»Nur dein lächelndes Gesicht.« Sie zögerte. »Und Schokolade ist immer eine gute Option.«

Das ließ mich lächeln. »Wird erledigt.«

Kapitel 31

Falls ich noch irgendwelche Wut gegenüber Maddie gehegt hatte, war es unmöglich, diese aufrechtzuerhalten, als ich sie zusammengerollt auf Kerrys Sofa sah. Sie war noch die Frau, mit der ich begonnen hatte, mir eine Zukunft auszumalen. Aber heute war sie vor allem gebrochen; mir war auf den ersten Blick bewusst, dass es einige Zeit brauchen würde, bevor sie wieder heil war. Darüber hinaus würde das nur passieren, wenn wir sie überzeugen konnten, sich nicht von der Stelle zu rühren, an der ihre Freunde sich befanden. Wo ich mich befand.

Maddie war nicht die Einzige, die von dieser Erfahrung mitgenommen aussah. Kerrys Gesicht war ebenfalls geschwollen. Es war erst etwas über fünf Monate her, dass James gestorben war. Außerdem war es fast so weit, dass sie ihr Kind bekam. Sie umarmte mich, dann bot sie mir einen Tee an, bevor sie in die Küche verschwand. Sie schaltete das Radio an und drehte dann die Lautstärke hoch. Sie erschien nicht sofort wieder, was, wie ich vermutete, mein Stichwort war, mich um Maddie zu kümmern. Schließlich war ich dafür hier.

Ich setzte mich, legte meinen Arm um sie und meine Nase gegen ihre Wange.

Maddie atmete tief durch, genau wie ich.

»Es tut mir so leid wegen Amos.«

Ringe lagen unter ihren Augen und ihre Haut war blass und fahl. Ich hatte den Eindruck, dass sie erst vor kurzem aufgehört hatte zu weinen und sie schnaubte sich die Nase, bevor sie antwortete. »Danke.« Sie zog sich zurück und sah mich vorsichtig an. »Tut mir leid, dass ich mich nicht gemeldet habe. Es wurde einfach zu viel.«

Ich nahm ihre Hand in meine und drückte sie. »Es ist okay, das ist jetzt vorbei. Aber ich sollte Ally und Gemma wissen lassen, wo du bist. Sie sind bei dir zu Hause und bringen es auf Vordermann.«

Maddie antwortete nicht, sondern ließ nur ihren Blick auf mir verweilen, bevor sie wegschaute.

»Wie geht es dir?«

Maddie hustete. »Wahrscheinlich so, wie ich aussehe. Als wäre meine Welt zusammengebrochen. Ich weiß nicht, wie Kerry so gut damit umgehen konnte, wie sie es bisher getan hat. Es ist schrecklich. Es ist, als ob …«, sie legte ihre Hand an ihre Brust, »als ob ich meine Mutter ein weiteres Mal verloren habe. Dasselbe Haus, dieselbe Krankheit. Scheiß Krebs.« Sie schloss ihre Augen und lehnte sich zurück.

»Es tut mir so leid, ich weiß, dass es nicht einfach ist. Beziehungsweise dass es das Gegenteil von einfach ist.« Ich tat mich schwer damit, Worte zu finden, die ihrem Schmerz gerecht wurden, aber ich sprach weiter. »Ich bin zum Dock gegangen, um nach dir zu suchen. Als wir alle nicht sicher waren, wo du dich aufhieltst, dachte ich, dass du dorthin gegangen sein könntest.«

Der Schatten eines Lächelns huschte über ihr Gesicht. »Ich habe es in Erwägung gezogen, aber dann dachte ich, ich könnte versucht sein, mich selbst ins Wasser zu werfen, anstatt über das Leben nachzudenken. Außerdem verbinde ich diesen Ort mit dir, mit glücklicheren Zeiten. Ich weiß, dass ich nach dem Tod meiner Mutter dorthin gegangen bin, aber ich will es nicht zu sehr mit Tod assoziieren.«

»Es hätte dich vielleicht etwas aufgemuntert.«

Sie schüttelte ihren Kopf. »Ich denke nicht, dass es viel gibt, was mich aufmuntern kann. Ich denke nicht, dass es irgendjemandem helfen würde, dorthin zu gehen und etwas zu trinken.« Sie zögerte, bevor sie durch ihre langen, dunklen Wimpern zu mir aufsah. »Obwohl deine Anwesenheit Wirkung zeigt.« Sie schüttelte ihren Kopf. »Aber ich verdiene dich nicht. Es tut mir alles so leid. Ich weiß, dass ich es nicht gut bewältigt habe.«

»Es spielt keine Rolle.« Ich musste das sagen, obwohl das Gegenteil der Fall war. Alles davon spielte eine Rolle. Maddie war zuvor bereits einmal weggelaufen und sie drohte, es erneut zu tun. Das war die verdammt noch mal größte Sache von allen. Aber ihr Denken war von Trauer überschattet. Ich verstand das. Ich hoffte, dass das alles war.

»Tut es irgendwie schon. Ich will es erklären.«

Ich atmete tief durch. »Okay. Also dann, erklär es mir.«

Sie setzte sich auf und rieb mit ihren Händen über ihr Gesicht, bevor sie das Wort an mich richtete. »Zunächst einmal … Ich wollte, was auch immer da zwischen uns lief, nicht verhexen. Ich wollte nicht, dass wir wieder während einer holprigen Zeit etwas beginnen. Es fühlt sich so an, als wäre das der Punkt, an dem wir es belassen hatten und ich wollte positive Dinge in dein Leben bringen und es nicht zusätzlich verkomplizieren. Falls wir mit dieser Sache einen Versuch wagen, will ich, dass es so perfekt wie nur möglich ist.«

Ich schüttelte meinen Kopf, während ich ihren Blick festhielt. »Du bist dumm, weißt du das? Das Leben ist nicht so; es ist nicht perfekt und es läuft nie nach Plan. Ich weiß das und du solltest das auch wissen.«

Ihre Brust hob und senkte sich schwer, als sie sich zurücklehnte und ihr Gesicht mit beiden Händen bedeckte. »Ich kann nicht glauben, dass er weg ist. Meine letzte Verbindung zu dieser Generation der Familie. Ich glaube, ich hatte irgendwie gehofft, dass ein Wunder passieren und er überleben könnte, aber ich wusste, dass die Chancen haushoch gegen ihn standen. Jetzt gibt es nur noch mich und Harris.«

»Und eine Menge Freunde, die bereit sind zu helfen. Kerry und mich eingeschlossen.«

Sie nickte und wischte sich eine Träne von der Wange. »Ich weiß. Es ist einfach hart.«

Ich nahm sie in meine Arme und sie ließ es zu. Ihr Körper bebte leicht, während Schluchzer durch ihren Körper hallten. Als sie sich Augenblicke später zurückzog, wusste ich, dass ich einen nassen Fleck auf meiner Schulter haben würde, aber das war mir egal. Alles, was ich wollte, war für Maddie da zu sein. Im Tod waren wir alle gleich. Er schmolz all den anderen Kram weg und ließ einen nur mit dem Moment zurück, dem Hier und Jetzt.

Aber da stand noch immer das unausgesprochene, offensichtliche Problem im Raum. Ich würde es ansprechen. »Ally sagte, dass du davon sprachst, wegzugehen. Hast du das ernst gemeint? War es das, was du in deiner Nachricht gemeint hast, als du sagtest, es täte dir leid?« Mein Herz polterte in meiner Brust, während ich auf ihre Antwort wartete.

Sie senkte ihren Kopf. »Ich weiß es nicht. Ja. Nein. Vielleicht.« Sie seufzte erneut. »Hier zu sein, bringt mich durcheinander. Auf der einen Seite gibt es dich, Kerry, Rob, alle. Es war toll, wieder mit allen zusammenzukommen, das war es wirklich. Aber dies ist auch der Ort, an dem meine Mutter gestorben ist und jetzt auch Amos. Wenn ich in dem Haus bleibe, was kommt als Nächstes? Wie lange, bis ich Krebs kriege und sterbe?«

Ich schüttelte meinen Kopf. »So funktioniert das nicht.« Ich lächelte sie müde an. »Das ist nur deine Art wegzulaufen. Deine Standardeinstellung. Aber wie wäre es damit, die Hilfe anzunehmen, die dir von allen angeboten wird? Außerdem sind wir gerade erst wieder zusammengekommen. Ich dachte, wir hätten ein gemeinsames Ziel, die Vorstellung von einer Zukunft.« Meine Lippen zitterten, während ich sprach. »Ist das nicht das, was du nach dem letzten Samstag gedacht hast?«

Sie sah auf. »Natürlich. Aber ich wusste nicht, ob ich meine Chancen diese Woche nicht vertan habe. Warum würdest du mit mir verbunden sein wollen? Ich bin der Kuss des Todes. Das ist der andere Grund, weshalb ich darüber nachdenke, wegzugehen. Hier zu sein und mich zu kennen, ist gefährlich. Ich bin wie die Schwarze Witwe, die alle verflucht, die ihr zu nahe kommen.«

»Jetzt wirst du aber lächerlich.« Ich nahm ihre Hände in meine und sah sie eindringlich an, um sicherzugehen, dass ich ihre volle Aufmerksamkeit hatte. »Hör mir zu. Letzte Woche war bedeutend. Ich hoffe, dass du es auch gespürt hast. Ich tue solche Dinge nicht leichtfertig und es war nicht einfach mit irgendwem. Es war mit dir.« Ich beugte mich vor und küsste sie. »Du bist meine erste Liebe und ich könnte mich wieder in dich verlieben. Es könnte seine Zeit dauern und etwas Arbeit brauchen, aber ich bin gewillt, den Versuch zu wagen. Aber um das zu tun, musst du hier sein.« Ich lehnte mich an sie. »Versprich mir, dass du nirgendwohin gehst!«

Sie atmete zitternd aus, dann nickte sie. »Ich verspreche es.«

Ich küsste sie erneut und sie klammerte sich an mich, bevor ein Geräusch im Raum erklang und wir auseinandersprangen.

»Ich hoffe, dass du ihr etwas Vernunft einredest.« Das war Kerry, die mit einem Tablett mit Tee und Keksen – der britischen Lösung für alles – hereinkam. »Ich schwöre, wenn sie wieder anfängt, dass sie der Kuss des Todes zu allen um sie herum ist, dann schreie ich. Maddie, du hast einfach etwas Pech gehabt, das ist alles. Ich meine, ernsthaftes Pech, aber du bist nicht die einzige Person, die es hat. Ich habe es auch.« Sie deutete auf ihren Bauch. »Diese kleine Person hat es und er oder sie ist noch nicht mal geboren. Er oder sie wird nie wissen, was für ein großartiger Mann ihr oder sein Vater war.«

Kerry setzte sich und schnaubte sich die Nase. »Aber falls du für irgendjemanden außer dir selbst bleiben solltest, dann denk an die Leute in diesem Raum. Ich weiß, dass Justine will, dass du bleibst, aus Gründen, die schon immer offensichtlich waren. Ihr zwei seid füreinander bestimmt und je eher ihr beide aufwacht und das akzeptiert, desto besser.«

Maddie und ich sahen uns mit großen Augen an, aber sagten nichts. Es fühlte sich nicht so an, als ob Kerry schon fertig wäre. War sie nicht.

»Der andere Grund, weshalb du bleiben solltest, ist für mich und dieses Kleine, was im Handumdrehen hier sein wird. Ich will, dass mein Kind von Leuten umgeben ist, die ihm von James erzählen und ihm sagen werden, was für ein Mensch er war. Ich will auch, dass es umgeben ist von liebenswürdigen Menschen, von guten Freunden. Ihr beide fallt in diese Kategorie.«

Sie drohte Maddie mit dem Finger. »Außerdem habe ich es genossen, dass du wieder Teil meines Lebens bist und ich will nicht, dass du wieder verschwindest, ganz abgesehen davon, dass Justine heillos unglücklich sein wird, falls du das tust.« Sie legte sich eine Hand an ihre Stirn. »Können wir also bitte aufhören über dein Weggehen zu reden und uns einfach auf die Tatsache einigen, dass du hierbleibst und wir alle für dich da sein werden?«

Sie starrte uns beide an, dann wandte ich mich an Maddie. »Ich hätte es selbst nicht besser sagen können.«

Zufrieden damit, dass sie das losgeworden war, was sie zu sagen hatte, setzte sich Kerry vor. »Also, wer möchte einen Tee und einen Schokoladenkeks?«

Endlich brach ein Lächeln aus Maddie hervor. »Wenn ich bleibe, habe ich mir auch einen Keks verdient, oder?«

Kapitel 32

Ich klopfte an Maddies Tür. Ich versuchte, es als »Maddies« zu sehen und nicht »das Haus ihrer Mutter« und ich ermunterte sie dazu, dasselbe zu tun. Seit Amos vor ein paar Tagen gestorben war, hatte Maddie bei Kerry übernachtet, da sie nicht allein in diesem Haus schlafen wollte. Kerry hatte angerufen, um zu fragen, ob ich eingreifen könnte. Sie sagte, Maddie müsse nach Hause gehen und zur Normalität zurückkehren. Kerry wusste von allen Leuten am besten, dass Maddie ihre Angst überwinden musste. Mein Plan für heute war, Maddie dazu zu kriegen, sich nicht vom Fleck zu rühren. Ich würde auch bleiben, falls sie mich brauchte.

Sie öffnete die Tür und umarmte mich, bevor sie einen Schritt zurücktrat und mich durchließ. Wir waren nicht weitergegangen, als uns zu umarmen, seit unserem Gespräch nach Amos' Tod. Ich wusste, dass an dem Tag in der Archer Street vielschichtige Emotionen aufgerüttelt worden waren. Allerdings würde ich nichts erzwingen, bevor Maddie nicht bereit war. Ich war einfach glücklich, dass sie mich wieder in ihr Leben und ihr Haus ließ.

Ich lief zur Küche durch, die noch immer mein liebster Raum im Haus war, und setzte mich an den Tisch, während sie den Teekessel aufsetzte.

Maddie lächelte die Box an, die ich abstellte. »Du hast Kuchen mitgebracht?«

Ich nickte. »Ein bisschen offensichtlich, aber Kuchen macht immer alles besser.«

»Das stimmt. Danke.« Sie klammerte sich an der Arbeitsfläche hinter ihrem Rücken fest. Mit ihrer Größe und ihren hellen Haaren glich sie ihrer Mutter so sehr, dass es mir fast den Atem verschlug. Sie gehörte in dieses Haus und sie gehörte in diese Küche. Sie musste nur anfangen, daran zu glauben.

»Der Rest von Amos' Sachen ist heute Morgen an eine Wohltätigkeitsorganisation für Obdachlose die Straße runter gegangen. Mengen an Kleidern und Schuhe, die sie gebrauchen können, das ist also gut. Außerdem noch all seine technischen Spielereien, die er liebte. Ich habe darüber nachgedacht, sie zu behalten, aber ich mag den Gedanken, dass er durch andere weiterlebt. Sie waren begeistert von seinem iPad und seinem Laptop.«

»Das glaube ich sofort. Und das ist ein schöner Gedanke – dass er durch andere weiterlebt.«

Sie nickte. »Wir haben auch einen Termin für die Beerdigung bekommen. Den 14. Oktober. Das sind dann über drei Wochen, seit er gestorben ist. Kannst du glauben, dass es fast einen Monat dauert, um jemanden in diesem Land zu begraben? In Spanien machen sie es innerhalb eines Tages oder zwei. Es erscheint mir etwas seltsam, dass wir Leute so lange warten lassen.« Sie schwieg einen Moment und drehte sich um, um die Tassen zu holen, als das Wasser im Kessel kochte. »Aber jedenfalls ist es erledigt.«

»Du machst das wirklich gut, ich hoffe, du weißt das; dass du wieder arbeiten gehst, Amos' Sachen und seine Beerdigung regelst.«

»Kerry hat auch geholfen. Sie wusste, was zu tun war. Und Harris war auch sehr oft hier. Wir hatten beide die Beerdigung unserer Mutter organisiert, daher erinnerten wir uns daran. Aber Kerry war großartig. Und Gemma hat geschrieben, um mir zu sagen, dass sie einen Kuchen für die Beerdigung macht. Ich glaube, dass sie das zu einem neuen Trend machen möchte, damit ihr etwas Geld herausschlagen könnt.«

Ich lachte. »Sie war schon immer die unternehmerische von uns beiden.« Ich sah Maddie ernst an, als sie sich mit dem Tee in den Händen setzte. »Dein Beerdigungskuchen geht aber aufs Haus.«

»Mit dieser Unternehmenseinstellung wirst du nicht reich.« Sie begegnete meinem Blick. »Danke.«

»Ich liebe diese Küche, habe ich das schon erwähnt?« Das Licht flutete herein und ich konnte beinahe die Essenz ihrer Mutter in der Luft schmecken. »Ich hoffe, du liebst sie auch. Ich weiß, dass du, seit Amos gestorben ist, nicht hier übernachtet hast.«

Sie biss sich auf die Lippe. »Es ist nur ein wenig komisch. Aber ich weiß, dass ich das muss.«

Ich griff über den Tisch und schloss meine Finger um ihre. »Du tust das hier nicht allein, weißt du noch?«

»Ich weiß.« Sie hob meine Knöchel an ihre Lippen und küsste sie sanft.

Zum ersten Mal seit wir in unserem neuen Imperium Sex gehabt hatten, fühlte ich mich, als wäre es mir gestattet, meine Gefühle zu erleben. Als wäre es mir gestattet, ihr auf *diese* Weise in die Augen zu sehen. Als wäre es mir gestattet, zu fühlen, dass ich sie wieder wollte. Ich versuchte, dahingehend etwas zu sagen, aber ich konnte nicht wirklich die richtigen Worte finden.

Vielleicht war es noch nicht ganz der richtige Moment. Ich schluckte und sah sie an.

»Ich weiß aber immer noch nicht, ob ich hier leben kann.«

Mein Herz schien zu stocken. Ich lehnte mich zurück, mein Kiefer angespannt. »Ich dachte, du hattest dich dazu entschlossen, hierzubleiben?«

Sie nickte. »Das habe ich, aber einfach nicht in dieser Gegend, nicht in diesem Haus. Hier sind so viele Erinnerungen; ich kann meine Mutter und Amos noch spüren. Außerdem ist da noch Harris, an den ich denken muss. Er braucht das Geld und falls wir das Haus verkaufen, kann er seinen Anteil haben.«

Okay, sie sagte nicht, dass sie fortgehen würde. Erleichterung breitete sich in mir aus.

»Verkauf es nicht bloß, weil Harris das Geld braucht. Du könntest ihn auszahlen, oder?« Ich war mir ziemlich sicher, dass sie das könnte, aber ich hatte keine wirkliche Vorstellung von ihren Finanzen.

Sie nickte. »Stimmt. Aber wenn ich einen Neuanfang wagen möchte, dann wäre es vielleicht besser, es mit einer reinen Weste zu tun, an einem neuen Ort?«

Ich schüttelte meinen Kopf. »Ich sehe das anders. Ich liebe dieses Haus, das habe ich immer. Dies ist das Haus, das deine Mutter gekauft hat, als sie unabhängig wurde, also hat es eine gute Aura. Und ja, ich weiß, dass sie hier gestorben ist, wie auch dein Onkel, aber sieh das als einen Pluspunkt. Sie werden immer hier sein, gegenwärtig sein, um über dich zu wachen. Das ist eine sehr kostbare Sache.«

Ich schluckte schwer. »Falls du beschließt, es zu verkaufen, wirst du ein wenig von beiden verlieren. Sie sind in den Knochen dieses Hauses, genau wie du. Das ist deine Chance, nicht vor deiner Vergangenheit und deiner Familiengeschichte wegzulaufen, sondern alte Muster zu verändern und deine Geschichte mit offenen Armen zu empfangen. Dich hineinzuknien.«

Sie starrte mich an; ihre Augen schienen ein Funkeln anzunehmen. »Ein sehr überzeugendes Argument. Hast du jemals darüber nachgedankt, Motivationsrednerin zu werden?«

Ich lachte. »Ich bin nur leidenschaftlich bei Dingen, an die ich wirklich glaube. Und ich glaube an dich und deine Familie. Es ist deine Entscheidung und für was auch immer du dich entscheidest, ich werde es respektieren.« Ich zögerte. »Aber willst du mich in deinem Leben?«

Maddie setzte sich auf, streckte beide Arme über den Tisch und nahm meine Hände in ihre. »Du weißt, dass ich das tue. Und neulich sagtest du, dass du es auch tust. Ich will eine Zukunft mit dir, Justine. Ich dachte, ich hätte das deutlich gemacht.«

»Nichts ist wirklich deutlich, wenn du fortwährend davon sprichst fortzugehen und mir damit einen Herzinfarkt bescherst.«

Maddie ließ den Kopf hängen, bevor sie langsam nickte. »Ich verstehe das. Es fühlt sich vermutlich so an, als könnte ich mich nicht entscheiden. Aber tatsächlich ist das nur meine Art, laut zu denken, zu versuchen, mir der Dinge klar werden zu lassen. Auszumachen, ob ich in diesem Haus bleiben kann oder nicht.«

Das ergab Sinn. Selbst wenn es verdammt nervig war.

Maddie warf mir ein entschuldigendes Grinsen zu.

»Aus meiner Sicht ist es einfach.« Ich ließ ihre Hände los und wedelte mit einem Arm in der Luft. »Dieses Haus enthält glückliche Kindheitserinnerungen von dir. Außerdem, falls du mich in deinem Leben willst, wäre es dir nicht lieber, dass es mir möglich wäre, in diese Küche zu kommen und augenblicklich glücklich zu sein?«

Maddie schnaubte. »Wie wäre es damit, dass ich dir das Haus verkaufe? Es klingt so, als würdest du es mehr lieben als mich.«

»Du liebst es auch und ich würde es nicht kaufen. Einer der Gründe, weshalb ich es liebe, ist, dass es dir gehört. Und solange du es behältst, wird das andauern. Das bedeutet sehr viel, also wirf es nicht weg.«

Sie atmete tief durch und ich konnte sehen, dass ihre Augen feucht glänzten. »Du denkst, ich sollte es behalten?«

Mein Herzschlag donnerte in meinen Ohren. »Das tue ich wirklich. Du hast mir neulich versprochen zu bleiben. Jetzt versprich mir, dass du hierbleibst und dem Leben frontal begegnest. Von heute an, indem du zum Schlafen hierbleibst.«

»Die einzige Möglichkeit, dass mir das gelingt, ist, wenn du auch hierbleibst.« Maddies Wangen waren gerötet, ihre Augen dunkel.

»Ich habe meine Zahnbürste mitgebracht.« Ich stand auf und streckte beide Arme aus. »Ich gehe nirgendwohin.«

Sie sah mir in die Augen. »Ich bin mir nicht sicher, was ich getan habe, um eine weitere Chance bei dir zu verdienen, aber ich werde es nicht wieder vermasseln, ich verspreche es.« Sie stand auf, während sie noch sprach.

»Du hast zuvor schon viele Versprechen gegeben. Ist dies eins, was du halten wirst? Wenn das nächste Mal etwas Schlimmes passiert, versprichst du, mich nicht wieder auszuschließen?« Unsere Blicke hielten einander fest und ich zitterte, als ihre Hände meine drückten. Maddies alte Versprechen waren hauchdünn gewesen. Sie mussten jetzt dicker für mich werden, mehr Gewicht haben. Ich brauchte das nun mehr als jemals zuvor.

»Du musst dich nicht mehr sorgen, Justine. Du willst, dass ich meiner Zukunft mit offenen Armen begegne?« Sie trat vor und schloss ihre Arme um mich. »Das tue ich gerade. Ich verspreche, dass du nie mehr an mir zweifeln musst. Ich werde dir nie wieder einen Anlass dazu geben.«

Maddies Mund war innerhalb von Sekunden auf meinem und es fühlte sich an, als wäre ich auf einem Karussell und meine Gefühle würden in meinem Kopf jubeln. Maddie hatte mir *alles* versprochen und ich begann ihr zu glauben.

Wir bewegten uns küssend in den Flur und stolperten die Treppe hinauf, während ich mich an ihre Klamotten klammerte und Maddie schwankte, als wäre sie betrunken. War sie nicht. Es war nur so, dass wir so lange um alles herumgeredet hatten, dass uns die Worte ausgegangen waren. Maddie würde bleiben. Für den Moment war das alles, was ich wissen musste.

Denn unter alldem gab es uns. Den Herzschlag von uns, der nie aufgehört hatte zu schlagen, obwohl er für viele Jahre so geschwächt war. Aber ich hatte nie aufgehört, an Maddie zu denken. Nie aufgehört vom »Was wäre wenn« zu träumen. Jetzt streckte mein »Was wäre wenn« die Hand aus und zog mich in ihre Arme, bevor wir durch ihre Tür drängten und beide lachend auf ihr Bett stürzten.

Da erinnerte ich mich. Mit Maddie zusammen zu sein, war immer mühelos gewesen. Kein einziges Mal holprig. Im Privaten waren wir immer schon explosiv gewesen. Bei ihr konnte ich immer völlig ich selbst sein: lachen, mich entspannen, mit blanker Ambition in ihre Augen starren. Wie ich es gerade tat.

Meine Ambition war, sie zu lieben, wie sie nie zuvor geliebt worden war. Ihr ein Gefühl von Sicherheit zu geben. Über alles hinwegzukommen, was vorausgegangen war. Als wir uns wiedergetroffen hatten, war sie es gewesen, die hart dafür arbeiten musste, damit ich mich sicher fühlte. Nun, mit so viel Verlust in ihrem Leben, hatte sich das Blatt gewendet.

Der erste Schritt, den ich unternehmen würde, um das zu erreichen, war wieder eine Verbindung zwischen uns herzustellen, Haut auf Haut. »Seit jenem Samstag wollte ich dich so sehr berühren. Ich sehnte mich danach, in dir zu sein.«

Sie stöhnte. »Das wollte ich auch.«

Ich legte einen Finger an ihre Lippen. »Dann lass es uns tun.« Ich sah die Einwilligung in ihren Augen, als sie beobachtete, wie ich mich neben sie kniete, bevor ich die Hand ausstreckte und ihr das Oberteil auszog. Verdammt, sie war wunderschön. Flache, starke Bauchmuskeln, definierte Bizeps, glatte Haut.

»Bist du sicher, dass du nicht trainiert hast? Du lässt mich ein bisschen schlecht aussehen.«

Sie grinste zu mir auf. »Keine Gewichte kamen bei der Herstellung dieser Muskeln zu Schaden. Das passiert nun mal, wenn man die ganze Zeit Holzbalken, Fliesen und Badezimmer-Sets herumschleppen muss. Bist du beeindruckt?« Sie stützte sich auf ihrem Ellbogen auf und spannte ihren rechten Bizeps an.

Ich zog sie hoch und öffnete ihren BH. »Nichts macht mich mehr an, als über Balken und Fliesen zu sprechen.« Ich zog meine Kleidung aus, befreite Maddie von ihrer Hose und ihrer Unterwäsche und als wir beide nackt waren, ließ ich meinen Körper auf ihren sinken. Es entlockte uns beiden ein langgezogenes Stöhnen. Es war ein Jahrzehnt her, seit wir dies zuletzt getan hatten und in gewisser Weise schien es, als wäre gar keine Zeit vergangen; und gleichzeitig, als läge ein ganzes Leben dazwischen. Aber nun lag sie unter mir und ich war ruhig, sicher.

Aber es war nicht wie damals, weit gefehlt. Dies waren wir, aber ein neues Wir.

Ich küsste Maddies Wangenknochen, ihren langen Hals herunter, an ihrem Schlüsselbein entlang. An manches erinnerte ich mich. Als ich sie dort leckte, sah sie herunter, überrascht. Aber als unsere Blicke sich trafen, glitt Erkenntnis über ihr Gesicht. Ich wusste, was sie mochte. Zumindest das, was sie gemocht hatte.

»Das hat sich nicht geändert?«

Sie biss sich auf die Lippe, ihre Augen voller Emotionen. »Nein.«

Ich bestaunte ihre zierlichen Brüste, ihre harten Nippel und verweilte mit meiner Zunge an ihren Kurven. Ich wollte jeden letzten Rest von ihr schmecken. Mich erinnern, aber auch von dem Neuen begeistert werden. Maddies Körper hatte sich nach außen hin kaum verändert, aber sein Inneres war eine völlig andere Geschichte. Meine Aufgabe war es, die Punkte zu verbinden, ihr gesamtes Sein singen zu lassen.

Ich drehte sie herum und knabberte meinen Weg vom Ansatz ihres Nackens bis zu ihrem Hintern herunter und widmete ihm besonders viel Aufmerksamkeit, während sie unter mir bebte. Als ich ein bleibendes Zeichen auf einer ihrer Backen hinterließ, stöhnte sie unter mir, was mich dazu brachte, mich an die gesamte Länge ihres Körpers zu drücken und meinen Mund an ihr Ohr zu legen.

»Magst du das noch?«

Maddie stöhnte. »Ja.«

Das war alles, was ich brauchte. Ich wollte noch ein paar andere Sachen ausprobieren, an die ich mich erinnerte. Zum Beispiel ihre Vorliebe, geleckt zu werden, während sie auf meinem Gesicht saß. Ich bedeutete ihr, sich wieder umzudrehen, und legte mich unter sie. Als ich mit einer Hand auf meine Brust zeigte, riss sie überrascht die Augen auf.

Sie lehnte sich gegen meine Hüfte und sah mich aus dunklen Augen an. »Du erinnerst dich an mehr, als du zugibst.« Sie beugte sich herunter und küsste mich, wobei sie ihre Lippen Millimeter von meinen entfernt beließ, ihr Atem heiß auf meinem Gesicht. »Ich erinnere mich auch daran, wie gut du hierin warst. Ich habe diese spezielle Sache mit niemand anderem getan.«

Lust übernahm mein Innerstes. »Dann gehe ich besser sicher, dass es so gut ist, wie du es in Erinnerung hast.«

Maddie grinste und küsste mich stürmisch. Dann bewegte sie sich an mir herauf, bis sie sich über meinem Mund befand.

Ich ergriff ihren Hintern. Als meine Zunge begann sie zu erkunden, atmete Maddie scharf aus. Genau wie ich. Ich arbeitete mich nach oben zu ihrer Klitoris und genoss, wie sie sich anfühlte. Ich wollte es unvergesslich für sie machen. Hatte sie das wirklich bloß mit mir getan? Und falls das die Wahrheit war, was sonst hatte sie ohne mich aufgehört zu tun? Hatte sie nach mir einen Teil von sich selbst weggeschlossen, so wie ich es vor all den Jahren getan hatte, nachdem sie gegangen war? Es schien, als ob wir auf eine Erlaubnis gewartet hatten, wieder vollständig wir selbst zu sein.

Ich war entschlossen, uns in diesem Moment wieder zusammenzuschweißen, beginnend mit meiner Zunge auf und über Maddies heißer Mitte und kräftigen Bewegungen; einmal, zweimal, dreimal. Sie war so feucht und bereit. Ich drang mit wilder Hingabe in sie.

Maddie wand sich über mir, ihr Hintern spannte sich in meinen Händen an. »O Justine, ja!«

Ich wusste, dass sie kurz davor war. Mit einem letzten Schwung meiner Zunge, einem letzten Drücken ihres Hinterns, brachte ich sie zum Höhepunkt.

Sie fiel nach Luft ringend vornüber auf mich, ihr Körper zitterte. Ich grinste in sie hinein und hörte erst auf, als sie mich dazu anhielt. Nach ein paar Augenblicken führte ich sie zu mir herunter und legte sie auf ihren Rücken, bevor ich sie sanft auf die Lippen küsste und mit zwei Fingern in sie glitt. Sie war so feucht.

Ich küsste sie abermals und als Maddies Augenlider sich flatternd öffneten, begann ich langsam zu stoßen, mich an sie zu schmiegen, die Luft schwer mit Emotionen beladen. Genau in diesem Moment rastete etwas in seinen Platz ein, wie ein Puzzleteil, nach dem ich gesucht hatte.

Die ganze Zeit über war es Maddie gewesen.

Als mein Daumen erneut mit ihrer Klitoris in Verbindung kam, wurde Maddie kurz ganz still. Dann krallten sich ihre Hände in meinen Rücken und während ich meinen Rhythmus fand, schrie sie erneut auf. Ihr Körper bebte, als sie völlig losgelöst kam, meinen Körper und mein Herz umklammernd.

Als ihr Orgasmus ausklang, küsste ich ihre Wange, dann ihren Nacken, bevor ich wieder aufsah, um ihrem Blick zu begegnen. Was ich in ihren Augen sah, brachte mich beinahe zum Weinen. Beinahe.

»Du weißt nicht, wie sehr ich dich vermisst habe.«

Ich warf ihr ein wissendes Lächeln zu. »Ich denke, das tue ich.« Ich bewegte meine Finger in ihr.

Sie schloss ihre Augen und versuchte zu Atem zu kommen. »Musst du heute Nachmittag irgendwohin?«

Ich schüttelte meinen Kopf.

Sie schenkte mir das weiteste Grinsen, das ich seit langem gesehen hatte. »Gut. Ich hätte da ein paar Vorschläge, falls du interessiert bist.«

Ich wollte antworten, wurde aber davon unterbrochen, dass Maddies Lippen sich auf meine drückten.

Kapitel 33

Amos' Beerdigung fand an einem dunklen Herbsttag Mitte Oktober statt. Als wir auf den Parkplatz fuhren, kam ich nicht umhin, Flashbacks zu James' Beerdigung zu haben. Zu dem Wetterwechsel. Und der Tatsache, dass das Leben weiterging, trotz dessen, was die Haupt-Trauernden zu dem Zeitpunkt denken mochten.

Maddie hatte darauf bestanden, dass ich Kerry mitnahm, daher saß sie im Vordersitz neben mir. Maddie und Harris saßen im Beerdigungswagen, der irgendwo hinter uns war. Mein Magen drehte sich um, als wir anhielten. Ich sah herüber zu Kerry, zu ihrem riesigen Babybauch und ihrem stoischen Gesichtsausdruck. Während ich den Motor ausschaltete, nahm ich ihre Hand in meine und sah ihr in die Augen.

»Denk einfach daran, welche Reaktion auch immer du hast, es ist die richtige, okay? Das ist immer noch dasselbe Jahr, in dem du deinen Ehemann begraben hast, auf demselben Friedhof. Du musst nicht für Maddie stark sein. Du kannst sein, was auch immer du sein möchtest.«

Kerrys Kinn bebte. »Ich weiß.« Sie atmete tief durch. »Sagen wir einfach, dass ich keine Ahnung habe, was passieren wird, sobald wir durch diese Türen schreiten, weil ich keine Ahnung habe, was ich gerade denke.«

Wir stiegen aus und liefen zum Haupteingang, da das heutige Wetter nicht dazu einlud, draußen stehen zu bleiben. Über unseren Köpfen war der Himmel grau, genau wie mein Herz. Ich hoffte, dass Maddie in Ordnung war. Sie war standhaft gewesen, als ich gegangen war; es war Harris, der völlig aufgelöst schien. Dies war hart für beide.

Drinnen hielten sich bereits Gemma und Ally, ebenso wie Rob und Jeremy und vereinzelt ein paar Freunde von Amos auf. Es war keine große Ansammlung wie bei James' Beerdigung. Aber andererseits nahm ich an, dass Freundesgruppen auseinanderbrachen, je älter man wurde. Außerdem hatte Amos den Großteil seines Lebens als Ingenieur im Ausland verbracht, daher konnten viele seiner Freunde nicht kommen. Ich wusste, dass Maddie viele Karten und Nachrichten von ihnen erhalten hatte.

Jemand tippte mir auf die Schulter und ich drehte mich um. Ich konnte sehen, dass Kerry sich fragte, wer diese Person war. Es war Lisa, die Ex von

Maddies Vater, zusammen mit Maddies Halbbruder Nate. Ich gab beiden eine dankbare Umarmung.

Seit Amos gestorben war, war Lisa zweimal vorbeigekommen, als ich dort gewesen war. Ich konnte verstehen, warum Maddie sie mochte. Sie war warm und mitfühlend, genau wie ihr Sohn. Auch wenn Lisa niemals Maddies Mutter sein würde, hatte ich den Eindruck, dass sie glücklich darüber war, ein klein wenig von der Leere füllen zu können. Und Maddie schätzte das. Wenn Maddie den Mut dazu aufbrachte, im Haus meiner Eltern vorbeizuschauen, würde meine Mutter diese Leere ebenfalls ein wenig mehr füllen können. Genau in dem Moment kam Dean herein, dicht gefolgt von meinen Eltern.

Etwas stieg in meiner Kehle auf, als ich sie sah. Würde ich endlich weinen? Ich wappnete mich, bereit für die Flut an Tränen, aber sie kamen nicht. Dean und meine Eltern kamen auf uns zu.

Ich umarmte meinen Bruder, dann hielt ich meine Mutter länger als nötig fest. Dass Maddie ihre Mutter hier begraben hatte, nahm plötzlich eine viel größere Bedeutung an. Ganz gleich was in meinem Leben passierte, meine Eltern waren immer für dich da gewesen. Das stand nun im Mittelpunkt.

»Danke fürs Kommen«, flüsterte ich, kaum in der Lage, die Worte herauszukriegen, und umarmte meinen Vater. *Und dafür, dass ihr noch am Leben seid*, wollte ich hinzufügen, tat es aber nicht.

Meine Mutter trat zurück und drückte meinen Arm. »Ich weiß, dass es wichtig ist. Für dich und für Maddie. Also sind wir alle gekommen.«

Wir setzten uns und warteten auf das Hauptgeschehen. Kerry und ich saßen in der vordersten Reihe und die Ironie entging mir nicht, als ich mich herumdrehte, um Gemma anzulächeln, die hinter mir saß.

Sie formte stumm das Wort »Bankwärmer« mit ihren Lippen und reckte ihre Daumen in die Höhe.

Ich schluckte. Ich war froh, dass ich für Maddies Onkel hier war und nicht für Maddie. Wir hatten erst kürzlich begonnen einander wieder kennenzulernen und ich war nicht bereit dafür, dass das zu Ende ging.

Orgelmusik ertönte und wir standen auf. Ehe ich mich versah, wurde der Sarg vor uns platziert und Maddie stand neben mir, ihre Hand in meiner, und drückte meine Finger fest. Auf meiner anderen Seite hatte Kerry meine andere Hand genauso fest ergriffen. Meine Aufgabe hier war es, der Fels zu sein, auf den sich alle stützten. Ich konnte das definitiv übernehmen und war froh, es zu tun. Ich würde schließlich ohnehin nicht weinen, also konnten meine Hände ebenso gut nützlich sein.

Aber scheiße, ich hatte keine Ahnung, wie Kerry damit fertigwerden würde. Einfach nur hier zu sein, brachte James' Beerdigung bereits in schärfster Bildauflösung wieder in meine Gedanken. Ich schaute zu meiner Linken, wo sie heftig ausatmete und versuchte, an sich zu halten. Zu meiner rechten tat Maddie dasselbe. Sie hatten beide so viel Schmerz, so viel Verlust ertragen. Ich hatte sowohl Kerry als auch Maddie geraten, sich auf glückliche Erinnerungen mit ihren Lieben zu konzentrieren, aber das hier war härter, als sogar ich angenommen hatte. Meine Atmung wurde unregelmäßig, aber ich musste stark sein.

Kerry brach zusammen, als sie einen von Amos' Lieblingssongs spielten – *You Can't Always Get What You Want* von den Rolling Stones –, was zufälligerweise auch einer von James' war. Sie brach in einer stillen Art zusammen, ihr Körper bebte, aber kein Laut entwich ihr. Ich hörte Bewegungen hinter mir und dann erschien Gemma neben Kerry und nahm sie fest in den Arm, spendete ihr Trost. Emotionen wirbelten um mich herum und in meinem Inneren, die Farben verschmolzen miteinander wie bei einer Zuckerstange.

Dann drückte Maddie meine Hand ein weiteres Mal. Sie hielt ihre Notizen umklammert; es war Zeit für ihre Grabrede.

»Du schaffst das«, flüsterte ich, bevor ich sie auf die Wange küsste.

Sie nickte, ihre Augen glänzten feucht.

Ich hoffte wirklich, dass sie es schaffte. Wir hatten uns darauf geeinigt, dass ich dort heraufgehen und für sie übernehmen würde, falls sie zusammenbrach.

Als Maddie zu sprechen begann, weinte Harris. Ich streichelte seinen Arm. Maddie sprach über ihren beeindruckenden Onkel, der im Ausland gearbeitet hatte, darüber, wie er ihnen Geschenke mitgebracht hatte, wenn er sie in ihrer Kindheit besucht hatte. Darüber, wie er später im Leben für ihre Mutter da gewesen war. Darüber, wie sehr sie ihn geliebt hatte.

Es war in dem Moment, als sie anfing davon zu sprechen, wie sehr ihre Mutter Amos geliebt hatte, dass ich mich zu meiner Familie nach hinten umdrehte. Ich konnte mir nicht ausmalen, mich von ihnen zu verabschieden. Sie waren alle für mich da, meine Felsen, und ich war dankbar. Ich war mir nicht sicher, was ich tun würde, sollte ich sie verlieren.

Plötzlich bohrte sich Trauer wie ein Messer in meinen Bauch und ich rang um Luft. Was war los? Maddies Worte über ihre Familie wirbelten in meinem Kopf herum wie Konfetti, aber ich konnte sie nicht hören. Die Laute meines eigenen Schmerzes waren zu ohrenbetäubend; all die Gefühle, die ich die letzten zehn Jahre unter Verschluss gehalten hatte. Ich starrte den Sarg an und sah James' vor meinem inneren Auge. Ich drehte mich zu Kerry und dachte an ihr ungeborenes Baby. Ich schaute zu Maddie und sah unsere Zukunft, eine, die von Tod beeinflusst war. Meine Mutter kam nach vorn, küsste mich auf die Wange und drückte meine Schulter.

Mehr brauchte es nicht, um meine Tränen fließen zu lassen. Als sie eingesetzt hatten, schien es, als würden sie vielleicht nie wieder versiegen. Ich saß in der vordersten Reihe, während Harris mich in die Arme nahm und ich meiner Liebsten dabei zuhörte, wie sie über Verlust sprach. Und ich trauerte. Um alles und jeden, der fort war. Um Maddies Mutter, Amos, James, um den Verlust von uns. Es war entsetzlich, aber es war befreiend.

Glücklicherweise bewältigte Maddie ihre Rede wie ein Champion, was auch gut so war, weil ich überhaupt keine Hilfe gewesen wäre. Als sie sich wieder setzte, ergriff sie meine Hand. Ich hatte mich halb erholt und saß aufrecht, aber der Rest der Beerdigung verging wie im Flug. Als Amos hinter dem Vorhang verschwand, weinte ich wieder, so wie alle anderen.

Ich war nicht mehr ungewöhnlich.

Ich war frei.

Am Ende umarmten Maddie und ich einander, wie auch sie und ihr Bruder. Obwohl ich durchweicht war mit Tränen und Trauer, fühlte ich mich irgendwie leichter, als wäre etwas von mir genommen worden. All meine Trauer und mein Ärger, die ich mit mir herumgetragen hatte, waren in die Welt hinausgelassen worden.

Als ich unsere Bankreihe verließ, warteten meine Eltern auf mich und ich war nie zuvor so dankbar gewesen. Ich leistete an Ort und Stelle einen Schwur, meine Eltern nie wieder als selbstverständlich zu betrachten.

Ich war sogar noch dankbarer, als meine Mutter zuerst Maddie umarmte und nicht mich.

Kapitel 34

Mein Vater musste gehen, weil er noch einen Arbeitsauftrag zu erledigen hatte, aber meine Mutter kam nach der Beerdigung in den Pub. Sie blieb für zwei Drinks und ein Stück von Gemmas Schoko-Orangen-Torte und verkündete, dass sie köstlich war und Gemma eine Backschule eröffnen sollte. Zwei Gläser Wein und sie dachte, sie wäre eine Komödiantin. Sie ging bald darauf, küsste mich zuvor auf die Wange und sagte mir, dass sie einen Zahnarzttermin habe. Ich hatte Mitleid mit dem Zahnarzt, angesichts der Wolke aus Chardonnay und Zucker, die sie ausatmen würde, sobald sie den Mund öffnete. Sie verabschiedete sich mit Küssen von uns allen und hob sich die längste Umarmung für Maddie auf, der sie sagte, dass sie bald zum Abendessen vorbeikommen solle. Das ließ mir wieder Tränen in die Augen steigen, aber verdammt, ich würde nicht weinen.

Maddie kam anschließend herüber und setzte sich kopfschüttelnd neben mich. »Deine Mutter ist großartig, weißt du das?«

Ich lächelte. »Das tue ich. Sie hat ihre guten Momente. Heute war ein herausragender.«

»Es war so toll von deinen Eltern, dass sie beide gekommen sind. So wie ich dich damals behandelt habe, hatte ich Angst davor, ihnen zu begegnen. Besonders deiner Mutter. Aber sie hat mir sehr deutlich zu verstehen gegeben, dass ich immer in ihrem Haus willkommen sei.« Sie hob eine Augenbraue an. »Hast du mich in den Himmel gelobt? Sie sprach in den höchsten Tönen darüber, wie ich dir und Gemma geholfen habe.«

Ich schüttelte meinen Kopf und sah meinen Bruder an, der mit einem von Amos' Freunden sprach. »Das war nicht ich. Das hast du Dean zu verdanken. Er hat dich nun mal immer geliebt.«

»Dem Himmel sei Dank für Dean.« Sie lehnte sich vor und küsste mich. »Und für dich. Danke für alles in den letzten Wochen und Monaten. Ich hätte das wirklich nicht ohne dich und ohne die anderen schaffen können.«

»Hör auf damit, du bringst mich wieder zum Weinen.« Ich zappelte auf meinem Stuhl; fühlte mich noch immer verletzlich aufgrund des emotionalen Ausbruchs zuvor. Ich hatte bereits ein weiteres Mal bei der Totenwache geweint, als Maddie einen Toast auf ihre Mutter und ihren Onkel ausgesprochen hatte.

Jeder fasste mich mit Samthandschuhen an, da sie nicht wirklich wussten, wie sie mit der neuen Justine umgehen sollten. Falls sie deshalb verstört waren, sollten sie mal versuchen ich zu sein.

»Scheiße!«

Ich drehte mich um, um zu sehen, wer Obszönitäten um gerade mal kurz nach siebzehn Uhr schrie. Ein Schauer lief über meinen Rücken, als ich Kerry vornübergebeugt stehen sah, Deans Arm auf ihrem Rücken. »Geht es ihr gut?« Es war eine dumme Frage und keine, auf die ich stolz war.

»Nein, geht es ihr verdammt noch mal nicht.« Kerry konnte schon immer mit Worten umgehen. Sie hatte sich ungefähr die letzte Stunde darüber beschwert, dass sie sich komisch fühlte, aber wir hatten es der Trauer zugeschrieben. Aber jetzt? Vielleicht war es das nicht.

»Sind das Wehen? Soll ich einen Krankenwagen rufen?«

»Ja, verdammt, solltest du!«

Okay, Kerry war eine zu Flüchen neigende werdende Mutter.

»Und ihr kommt verdammt noch mal mit mir, ihr alle.« Kerry schaute auf. Ihr Blick wanderte den Tisch entlang, an dem alle verstummt waren.

Ich konnte mir nicht vorstellen, dass die Sanitäter glücklich darüber wären, alle zehn von uns mitzunehmen, aber das tat ich schnell ab.

»Wir kommen mit dir, keine Sorge.« Ich sah zu Maddie, die mein Handy in die Hand nahm und rausging, um einen Krankenwagen zu rufen. »Trink aus, meine Liebe. Wir werden bald das Wunder der Geburt erleben und den Kreislauf des Lebens. Geburt und Tod, alles an einem Tag.«

Kapitel 35

Wir überließen Kerry im Krankenhaus den fähigen Händen des Personals und ihrer Familie. Ihre Schwester war die Geburtspartnerin und ihre Eltern warteten angespannt mit uns, umarmten uns bei jeder sich bietenden Gelegenheit. Aber Kerrys Baby brauchte nicht lange, um herauszupurzeln: Es war ein Junge, den sie Stanley James nannte, nach ihrem verstorbenen Großvater und ihrem verstorbenen Ehemann. Ich mochte die Tatsache, dass ein Baby, welches nach zwei verstorbenen Familienmitgliedern benannt war, zwei Wochen zu früh kam.

Wir übermittelten Kerry und Stanley unsere Liebe, sagten ihr, wie stolz James gewesen wäre und ich heulte ein letztes Mal, als ich das Baby hielt.

Dann sprangen wir in ein Taxi. Ich setzte gerade an, dem Fahrer Maddies Adresse zu nennen, als sie sich vorlehnte und ihm sagte, er solle uns zur *Spanish Station* fahren. Als sie sich in dem schwarzen Ledersitz zurücklehnte, lächelte ich sie an.

»Du warst immer schon ein Charmeur, weißt du das?«

»Ich versuche es«, antwortete Maddie.

Als wir ausgestiegen waren, spazierten wir Hand in Hand über den Parkplatz zur Bar. Ich zog mir meinen grauen Schal etwas enger um meinen Hals, als die Oktoberkälte uns beißend umgab. Als wir ankamen, war die Bar halbleer, aber sah großartig aus. Lichterketten waren draußen zusammen mit frischen Blumen aufgehängt worden. Wir bestellten zwei Gläser Wein, dann setzten wir uns draußen unter einen der Heizstrahler und sahen hinaus zum Frachthafen, der vollständig beleuchtet war. Es war noch vor einundzwanzig Uhr, aber es fühlte sich an, als wären wir Tage wach gewesen. Wir hatten ein ganzes Leben in die letzten zwölf Stunden gepackt.

»Also eine Beerdigung und eine Geburt an einem Tag. Es ist, als wären wir in einem Countrysong, oder?«

Ich lachte. »Könnte man so sagen. Ist es okay für dich, dass Kerry Amos in den Schatten gestellt hat?«

»Mehr als okay. Mir gefällt es, dass sie ihm seine Zeit gegeben hat, nur um am Schluss den Moment zu stehlen. Es bedeutet, wenn ich in Zukunft an den heutigen Tag denke, wird er nicht von dermaßen viel Traurigkeit gezeichnet sein. Gutes hat er ebenfalls gebracht. Diesen Gedanken habe ich nie bezüglich der Beerdigung meiner Mutter.«

Ich legte einen Arm um sie und zog sie an mich. Sie ließ es zu.

»Wir hatten hier gute Zeiten, oder?«, fragte Maddie.

»Sehr gute.«

»Denkst du, wir könnten noch etwas mehr gute Zeiten haben?«

»Das lässt sich einrichten.«

»Ich habe über das Haus nachgedacht. Darüber, was ich tun möchte.«

Ich wandte mich ihr zu. Ich hatte ebenfalls etwas darüber nachgedacht. »Ich weiß, dass ich dich damit unter Druck gesetzt habe, darin wohnen zu bleiben, dich niederzulassen. Aber weißt du was? Solange du hierbleibst und nicht wegziehst, solltest du wohnen, wo immer du möchtest. Wo auch immer du glücklich bist. Solange wir zusammen sind – das ist die Hauptsache. Ich will nicht, dass du in dem Haus bleibst, falls es zu viele Erinnerung birgt.«

Maddies Mund verzog sich langsam zu einem Lächeln, eine einzelne Augenbraue zuckte. Wie sehr ich ihre Augenbrauen doch liebte. »Lass mich ausreden. Was ich sagen wollte, bevor du mich unterbrochen hast, ist, dass du recht hattest.«

»Hatte ich?« Das kam nicht allzu oft vor.

»Ja. Dieses Haus birgt viele Erinnerungen, aber die meisten von ihnen sind gut, nicht schlecht. Amos, wenn er zu Besuch kam. Meine Mutter, singend und kochend. Wir, wie wir in der oberen Etage Sex haben.« Sie grinste und küsste mich auf die Lippen. »Außerdem, wie kann ich ausziehen, wenn du diese Küche so sehr liebst?«

Ich lehnte mich vor, um sie erneut zu küssen. Sie schmeckte nach meiner Zukunft.

Maddie sah mir in die Augen. »Mein Punkt ist, dass ich beschlossen habe, an Ort und Stelle zu bleiben.«

Wärme flutete meinen Körper wie goldener Sonnenschein. Ich warf ihr meine Arme um den Hals und drückte sie. »Ich bin so froh.« Das war die Untertreibung des Jahres.

Sie küsste mich abermals. »Es freut mich, dass dich das so erfreut. Aber ich habe eine Bedingung.«

Ich rückte von ihr ab. »Bedingung?«

»Eigentlich zwei. Und es sind große.« Sie schwieg einen Moment lang. »Die erste Bedingung ist, dass du mit mir einziehst. Das ist nicht verhandelbar.«

Mein Herz explodierte wie ein Feuerwerk in meiner Brust, aber ich riss mich zusammen. Ich konnte fühlen, wie sich Emotionen wieder um meine Tränendrüsen wickelten, aber ich würde dem nicht nachgeben. Noch nicht. *Konzentration.*

»Die zweite Bedingung ist, dass wir uns einen Hund zulegen. Vorzugsweise einen Dackel, wie in meiner Kindheit, aber ich bin offen für Vorschläge. Nur bloß keinen Labrador. Die sabbern zu viel.«

»Ich wusste gar nicht, dass du bei Hunden so wählerisch bist.«

»Wieder etwas Neues gelernt.« Sie zögerte und beobachtete mich genau. »Also, was denkst du? Zieh mit mir ein und du kriegst die Küche deiner Träume!«

»Erpresst du mich?«

»Auf die möglichst netteste Art. Aber wenn dein Unternehmen in Bristol ist, macht das Sinn, oder? Denk an all den Verkehr, den du morgens vermeiden würdest.«

»Das ist der bisher beste Grund.«

Maddies breites Lächeln zeigte ihre unfassbar geraden Zähne. »Ist das ein Ja?«

»Es ist eine schwerwiegende Entscheidung.« Ich kniff die Augen zusammen, überlegte. Ich versuchte, das Negative zu bedenken, aber da war nichts. In letzter Zeit konnte ich nur das Positive sehen, wenn es um Maddie ging.

»Du hast mir gesagt, dass du darüber nachdenkst, umzuziehen.«

»Habe ich. Tue ich.«

»Na, dann zieh bei mir ein.« Sie rückte so nah an mich heran, wie sie konnte, ohne mich zu küssen. »Es gibt keinen Grund mehr zu warten, oder? Wir haben ein Jahrzehnt gewartet und das Leben ist kurz. Lass es uns angehen, es riskieren, solange wir noch können. Ich, du und unser Hund. Ich liebe dich, Justine. Das habe ich immer.«

Ich schluckte. Ich hatte so oft von diesem Moment geträumt und jetzt war er da. Maddie war wieder Teil meines Lebens und sie bat mich darum, bei ihr einzuziehen. Ihr zu vertrauen. Sie zu lieben. Ich musste dem eine Chance geben. Ich musste meinem Bauchgefühl vertrauen. Und mein Bauch – wie auch mein Herz – schrie ja.

Ich nickte und Erleichterung rauschte durch mich hindurch. Ich hatte sie wiedergefunden. Ich war zu Hause. »Ja. Ich würde liebend gern mit dir in dein

Haus ziehen. Wir können uns einen Dackel zulegen.« Ich hielt inne. »Und ich liebe dich auch.«

Maddie strahlte mich an und nahm mich in ihre Arme. Sie hielt mich, als wollte sie mich nie wieder loslassen.

Ich musste darauf vertrauen, dass das die Wahrheit war. Ich musste Maddie vertrauen. Ich war entschlossen, in dieser Sache mein Bestes zu geben. Denn wo auch immer sie war, wollte ich sein.

Am Ende war es wirklich so einfach.

Epilog

Ein Jahr später

»Etwas riecht hier unglaublich lecker!« Ich hängte meinen Schal an den Kleiderhaken im Flur und begrüßte Flash, unseren braun-schwarzen Dackel, der zu meinen Füßen bellte. Ich lief in die Küche und stellte den Victoria-Sponge-Kuchen, den ich zuvor gebacken hatte, auf die Anrichte.

Dort vor mir stand meine Freundin und kochte. Sie hatte das in letzter Zeit öfter gemacht und sogar begonnen, Gefallen daran zu finden. Da ich vorher all unsere Mahlzeiten gekocht hatte, seit ich vor neun Monaten eingezogen war, unterstützte ich das vollends. Auch wenn sie die Küche in einem Zustand hinterließ, als ob eine Bombe darin hochgegangen war.

Ich kam hinter ihr am Herd zum Stehen, ging auf die Zehenspitzen und kuschelte mich durch ihre Haare hindurch an ihren Nacken. Wobei ich mit meiner kleineren Körpergröße nie den Halt fand, den ich wollte. Ich atmete sie ein, noch immer verliebt in ihren Duft. Noch immer verliebt in sie, mehr als jemals zuvor und das von Tag zu Tag.

»Wie läuft es heute mit Dianes Tajine?« Ich zog mich zurück, trat über Flash hinweg und schnappte mir ein Glas aus dem Küchenschrank. Maddie hatte die alten Rezepte ihrer Mutter ausgegraben und arbeitete sie alle ab, eins nach dem anderen.

»Schmeckt toll. Es könnte sein, dass ich bald zu einem anderen Rezept übergehen kann. Ich dachte vielleicht zum Apfelkuchen meiner Mutter als Nächstes.«

Ich trank etwas Wasser, bevor ich antwortete. »Ich stimme dem aus ganzem Herzen zu.«

»Wie war der Unterricht?« Sie setzte den kegelförmigen Deckel auf den Topf und kam herüber, um mich zu küssen, während Flash zwischen unseren Füßen herumhuschte. Maddie beugte sich herunter, um ihn zu streicheln, bevor sie sich wieder aufrichtete.

Der heutige Tag war schonungslos gewesen: ein Kurs mit zwanzig Teilnehmern in Studio A mit Amisha und Jo; ein Kurs mit fünfzehn Teilnehmer in Studio B mit Gemma. »Gut. Die Studios sind toll, noch neu genug, um sie zu lieben. Und die Anfragen gehen durch die Decke. Es läuft so gut. Außerdem sind unsere neuen Lehrer hervorragend, was eine Erleichterung ist.«

Sie erspähte die Kuchenbox. »Und du hast einen Kuchen mitgebracht?«

»Natürlich. So ein wunderschönes Essen braucht ein entsprechendes Dessert.« Ich grinste sie an.

»Außerdem würde mir meine Familie niemals vergeben. Meine Eltern, Dean und Octavia tauchen hier in einer Stunde auf.«

Unsere *Homes Under The Hammer*-Episode war verschoben worden und wurde erst letzte Woche ausgestrahlt. Dean litt noch immer darunter, dass er komplett herausgeschnitten worden war. Es war eine Wunde, in die ich später noch einmal piken würde – die Episode war für eine weitere Vorführung nach dem Essen bereitgestellt, da meine Eltern sie noch nicht gesehen hatten. Maddie hatte mir gesagt, das wäre kindisch von mir. Ich stimmte ihr da vollends zu, aber das würde mich nicht davon abhalten.

Ich schaute auf meine Uhr. »Alles auf Kurs?«

Sie streckte ihren Daumen in die Höhe. »Tipptopp, oder wie es so schön heißt: *Shipshape and Bristol fashion.*«

»Dann ist es ja gut, dass wir in Bristol wohnen.« Ich sah nach oben durch das Oberlicht; jenes, das mich hierher zurückgeführt hatte, jenes, das ich immer geliebt hatte. Die letzten neun Monate waren im Flug vergangen und waren größtenteils die süßesten, die ich jemals geschmeckt hatte.

Maddie war gut mit dem Verlust ihres Onkels umgegangen. Sie hatte für ihre Trauerbewältigung wieder mit einer Therapie begonnen, was sie nach dem Tod ihrer Mutter nie getan hatte. Entscheidend war, dass sie ebenfalls mit Kerry und mir gesprochen hatte. Sie reagierte nicht mehr damit, dass sie weglief. Stattdessen ging sie es langsam an und versuchte zu sehen, wie sie ihre Launen ändern könnte. Das war ein Triumph von epischen Ausmaßen und einer, der mich hoffnungsvoll für unsere Zukunft stimmte.

»Und du fühlst dich gut heute? Es ist ein Jahr her, seit Amos gestorben ist.« Ich schaute auf den Tisch, an dem ich ihn in meinen Erinnerungen manchmal noch sitzen sehen konnte. »Es wirkt gar nicht so lange, oder?«

Maddie lächelte mich an. »Mal mehr, mal weniger. Manchmal kann ich ihn fühlen und ich hätte schwören können, dass er heute hier bei mir war. Meine Mutter war es definitiv. Sie sagte mir, ich solle die Tajine nicht überwürzen. Sie ist so bestimmend.«

Ich küsste sie auf die Lippen. »Der Apfel fällt nicht weit vom Stamm.«

Sie schwieg für einen Moment, dann griff sie sich ein paar Weingläser aus dem Schrank und eine Flasche Rotwein vom Regal. »Ich habe heute übrigens mit Kerry gesprochen. Stanley läuft bereits. Sie hält ihn für ein Wunderkind und ich wollte nicht mit ihr streiten.«

»Er könnte es sogar sein, wer weiß?« Ich lachte. »Hat sie erzählt, wie ihr Date neulich Abend lief?«

Maddie nickte und reichte mir ein Glas. »Das steht noch am Anfang, aber sie sagte, er wirkte nett. Sie gehen nächste Woche wieder miteinander aus, also wer weiß? Es muss richtig komisch für sie sein, wieder mit jemandem auszugehen.«

»Lass uns das nie wieder tun müssen, okay?«

»Einverstanden.« Sie zog den Korken heraus, goss Wein in zwei Gläser und hob ihres. »Ich will heute Abend nicht bei dem Thema verweilen, also lass uns jetzt anstoßen. Auf abwesende Freunde. Auf meine Mutter, auf Amos, auf James. Wo immer sie sind, danke, dass ihr unsere Leben für so lange, wie ihr es getan habt, besser gemacht habt.«

Ich stieß mein Glas gegen ihres.

»Übrigens, könntest du nachsehen, ob die Haustür zu ist?« Maddie erzitterte. »Ich habe das Gefühl, einen Zug zu spüren.«

Ich nickte und ging in den Flur, aber es war alles in Ordnung. Ich runzelte die Stirn und lief zurück. »Die Tür ist zu«, begann ich. Aber die Worte blieben mir im Hals stecken, als ich zurück in die Küche kam und Maddie auf einem Knie vorfand, mit gerötetem Gesicht und einer kleinen Ringschachtel in ihrer Hand. Und in der Schachtel lag etwas Funkelndes.

Ich legte mir eine Hand an die Brust und der Raum geriet ins Wanken.

O scheiße, passierte das wirklich? Blut schoss in meine Wangen und ich muss wirklich ein komisches Gesicht gemacht haben. Ich klammerte mich an einen alten Esstischstuhl und schluckte schwer.

Maddie schenkte mir dieses Lächeln, das sie nur für mich reservierte. Eine volle Augenbraue zuckte nach oben, als sie aufschaute. »Justine Amelia Thomas, willst du mir die Ehre erweisen, meine Frau zu sein?«

Ich grinste breit, Wärme erfüllte mich. Dann nickte ich. Entscheidungen fielen mir schwer, aber über diese Antwort musste ich nicht lange nachdenken. Dies war ich, wie ich mich dem Universum und dem unfairen Gesetz des Lebens widersetzte. Ich hatte ein Haus, ein erfolgreiches Unternehmen und bald eine neue Ehefrau.

»Natürlich will ich, verdammt«, antwortete ich.

Maddie stand auf und dann lag ich in ihren Armen. Ihre Arme waren mein liebster Ort.

In Maddies altem Haus, nun *unserem* Haus, war ich endlich zu Hause.

Ebenfalls im Ylva Verlag erschienen

www.ylva-verlag.de

Bevor du sagst »Ich will«

Clare Lydon

ISBN: 978-3-96324-449-0
Umfang: 213 Seiten (73.000 Wörter)

Abby Porter hat einen tollen Job und mit Marcus Montgomery den perfekten Verlobten. Als er merkt, dass Abby bei den Hochzeitsvorbereitungen unter Stress gerät, engagiert er eine professionelle Brautjungfer zu ihrer Unterstützung – nicht ahnend, was er damit anrichtet.

Eine bezaubernde Liebesgeschichte über die alles entscheidende Frage: Willst du diesen Mann heiraten? Oder lieber deine Brautjungfer?

Wer kennt Jessica Lambert?

Clare Ashton

ISBN: 978-3-96324-579-4
Umfang: 332 Seiten (121.000 Wörter)

Als Anna in der Londoner U-Bahn Jess begegnet, wirkt die attraktive junge Frau, als sei sie auf der Flucht. Anna hilft ihr, ohne zu ahnen, dass Jess eine der bekanntesten Filmschauspielerinnen ist und in genau der Öffentlichkeit steht, aus der Anna sich seit Jahren zurückgezogen hat. Werden die beiden Frauen trotzdem zusammenfinden können?

Eine Lady mit Leidenschaften

Lola Keeley

ISBN: 978-3-96324-498-8
Umfang: 197 Seiten (68.000 Wörter)

Wenn eine selbstbewusste Tierärztin und eine arrogante Großgrundbesitzerin aufeinandertreffen, bleibt die Spannung nicht aus.

Ein lesbischer Liebesroman aus den schottischen Lowlands.

Wie ein neues Leben

Lois Cloarec Hart

ISBN: 978-3-95533-220-4
Umfang: 378 Seiten (104.000 Wörter)

Jan hat es sich zur Aufgabe gemacht, ihren an MS erkrankten Ehemann Rob zu pflegen, der sich als ehemaliger Kampfflieger nur schwer mit seinem Schicksal abfinden kann. Durch Zufall tritt eines Tages Terry in ihr Leben. In kürzester Zeit stellt die junge Postbotin, die von einer Karriere als Schriftstellerin träumt, das Leben von Rob und Jan auf den Kopf.

Über Clare Lydon

Ihren ersten Roman schrieb Clare Lydon bereits in der Grundschule und bekam dafür 9.5 von 10 Punkten. Bis heute weiß sie nicht, aus welchem Grund ihr dieser halbe Punkt abgezogen wurde. Zu wenige Lesben vielleicht? Das kann man ihr heutzutage natürlich nicht mehr vorwerfen.

Clares Sternzeichen ist Jungfrau. Sie ist ein großer Fußballfan, gilt als Königin des Karaoke und liebt Curly Wurlys über alles. Außerdem hatte sie noch nie eine Katze und ergreift vor sämtlichen Heimwerkertätigkeiten schreiend die Flucht. Derzeit lebt sie mit ihrer Frau in London.

Bibliografische Information der Deutschen Bibliothek
Die Deutsche Bibliothek verzeichnet diese Publikation in der Deutschen Nationalbibliografie; detaillierte bibliografische Daten sind im Internet über www.dnb.de abrufbar.

1. Auflage

Taschenbuchausgabe Mai 2022 bei Ylva Verlag, e.Kfr.

ISBN: 978-3-96324-665-4

Dieser Titel ist als Taschenbuch und E-Book erschienen.

Übersetzung: Olivia Swann
Lektorat: Jenny Spanier
Korrektorat: Claudia Volland
Satz & Layout: Ylva Verlag e.Kfr.
Bildrechte Umschlagillustration vermittelt durch Shutterstock LLC; iStock; AdobeStock
Covergestaltung: Streetlight Graphics

Kontakt:
Ylva Verlag, e.Kfr.
Inhaberin: Astrid Ohletz
Am Kirschgarten 2
65830 Kriftel
Tel: 06192/9615540
Fax: 06192/8076010
www.ylva-verlag.de
info@ylva-verlag.de
Amtsgericht Frankfurt am Main HRA 46713

Printed in Poland
by Amazon Fulfillment
Poland Sp. z o.o., Wrocław

37825427R00124